U0946770

西安国际医学援鄂医疗队

西安国际医学援鄂医疗队　组织编写

人民卫生出版社
·北　京·

图书在版编目（CIP）数据

西安国际医学援鄂医疗队抗疫纪实 / 西安国际医学援鄂医疗队组织编写. —北京：人民卫生出版社，2021.5

ISBN 978-7-117-31542-5

Ⅰ. ①西… Ⅱ. ①西… Ⅲ. ①纪实文学－中国－当代 Ⅳ. ①I25

中国版本图书馆CIP数据核字（2021）第084888号

人卫智网	www.ipmph.com	医学教育、学术、考试、健康，购书智慧智能综合服务平台
人卫官网	www.pmph.com	人卫官方资讯发布平台

西安国际医学援鄂医疗队抗疫纪实

Xi'an Guoji Yixue Yuan'e Yiliaodui Kangyi Jishi

组织编写：西安国际医学援鄂医疗队
出版发行：人民卫生出版社（中继线 010-59780011）
地　　址：北京市朝阳区潘家园南里 19 号
邮　　编：100021
E - mail：pmph @ pmph.com
购书热线：010-59787592　010-59787584　010-65264830
印　　刷：北京盛通印刷股份有限公司
经　　销：新华书店
开　　本：710 × 1000　1/16　　印张：17
字　　数：213 千字
版　　次：2021 年 5 月第 1 版
印　　次：2021 年 9 月第 1 次印刷
标准书号：ISBN 978-7-117-31542-5
定　　价：88.00 元
打击盗版举报电话：010-59787491　E-mail：WQ @ pmph.com
质量问题联系电话：010-59787234　E-mail：zhiliang @ pmph.com

序

致“西安国际医学”

在人类的漫长岁月中，“疫”是一种几乎永远挥之不去的梦魇。从古希腊到古罗马的欧洲诸国，从先秦到明清的东方大地，“疫”不时地给人类带来死亡的阴影和身心的伤痛。即使在科技发达的今天，突兀而来的新型冠状病毒肺炎竟然在人类认知之前便夺去了数个鲜活的生命。“疫”是无情的，甚至是恐怖的，可“真正的猛士，敢于直面惨淡的人生”。在武汉，乃至武汉以外更多的地方，不计其数的医护人员在艰难而坚定地前行。在“西安国际医学”的旗帜下，西安国际医学高新医院、西安国际医学中心医院、西安国际医学康复医院、西安国际医学商洛医院先后选派 6 批共 330 名医护人员紧急驰援湖北，这不只是壮举，更是情怀，因此我非常敬佩，也非常感动。

2020 年 4 月 8 日，我应邀参加了由陕西省中医药管理局主持举办的西安国际医学赴湖北医疗队的工作总结及经验介绍会议，听取了西安国际医学康复医院院长贺西京介绍的中西医结合治疗新型冠状病毒肺炎的工作和经验。他们依据中医药学理论，持守辨证论治原则，结合新型冠状病毒肺炎以湿症和寒症为主的证候特点，以及轻症、重症、恢复期三种不同症型，针对性地研制出了四种对症膏剂，治疗则全程采用中药熏吸、中西药口服及注射三种途径给药。在他们负责的武汉市第八医院、随州市中心医院集中收治的 471 名患者中，不仅无一例轻症转重症、无一例重症转危重症、无一例死亡，而且未出现一例医护人员感染，他们用真诚的服务、客观的疗效和卓越的成绩，彰显了中西医结合治疗疫病的切实优势。

2020 年 7 月 20 日，中央电视台发现之旅频道以《疫往直前，致敬最美逆行者》为题，报道了西安国际医学的抗疫事迹。这是一家在全国率先向湖北抗疫一线独立派出医疗队的医院，等于在湖北省“空投”了一个整建制的三级医院。据统计，陕西省在援鄂抗疫过程中先后派出医务工作者 22 批 1 460 人，其中西安国际医学一家就占了 6 批 330 人，是全省援鄂医护人数最多的机构。为此，他们不仅赢得了国人的广泛赞誉，也得到了世界卫生组织有关专家的认可。

疫情是残酷的，但仁爱是无边的。孙思邈在他的名篇《大医精诚》中说到“大医”的标准，要“先发大慈恻隐之心，誓愿普救含灵之苦”，要“不得瞻前顾后，自虑吉凶，护惜身命。见彼苦恼，若己有之，深心凄怆。勿避险巇、昼夜、寒暑、饥渴、疲劳，一心赴救，无作功夫形迹之心”。今天，先贤的千古之文在疫情危急的湖北大地，在长江与汉水交汇处的浩渺云山，得到了现代版和现实版的阐发。

鲁迅先生曾这样说：“我们从古以来，就有埋头苦干的人，有拼命硬干的人”，他将这种人归于“中国的脊梁”。一个国家是必定要有“脊梁”的，一名医生或一家医院是必定要讲“精诚”的。为此，我写下这几句话，以表达对西安国际医学的真诚赞美，对全国所有支援湖北的医护人员和机构的真诚赞美，“仁者仁心”，你们是好样的！

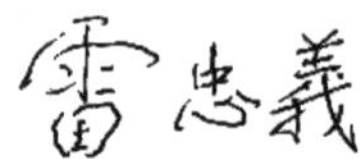

（作者系陕西省中医药研究院原心内科主任
主任医师、国医大师）
2020年8月

目录

出征篇

目录

奋战篇

目录

目录

目录

凯旋篇

尾声

出征篇

春节前夜
病毒突袭江城
黄鹤垂首
武汉告急

姑娘剃发明志
老将披挂上阵
红手印在如雪的纸片上开花

危急关头
白衣人挺身而出
舍生忘死，坚定逆行
奔赴前线
踩着春天的鼓点

身后，是父母
丈夫、妻子、儿女
前面，是祖国召唤
患者呼唤
使命所在，重担所在
救死扶伤
用生命捍卫生命
出征人，匆匆告别
步履坚定

目标，武汉
向着自由的呼吸
向着干净、纯洁的黎明
高举生命火把
——前进

第一章

出征

时刻准备着

2020年春节前后，中国长江岸边：武汉市告急！湖北省告急！一场席卷大江南北的新型冠状病毒肺炎疫情（简称“新冠肺炎疫情”）骤然来袭……

疫情当头，危急丛生；紧急驰援，刻不容缓。这是对生命的捍卫，这是与病毒的搏杀。在党中央的领导下，全国人民团结一心，“最美逆行者”勇敢奔赴前线。

除夕之夜，正是万家团圆，共赏春晚之时。“经中央军委批准，解放军派出3支医疗队共450人，分别从上海、重庆、西安三地乘坐军机出发，在农历新年钟声敲响前一刻抵达武汉，投入到接诊新型冠状病毒感染的肺炎病例较多的地方医院开展救治工作。”举全国之力抗击新冠肺炎疫情，救民于水火无畏逆行。

至此，全国正式拉开“一方有难、八方支援”、各省市支援湖北省的序幕。此间共有330多支医疗队、4万多名军队和地方医护人员奔赴疫区紧急驰援。

陕西省先后派出22批次、1 460名医护人员支援湖北省，相继进入武汉市第九医院、华中科技大学同济医学院附属协和医院西院、武汉青山方舱医院、武汉光谷方舱医院、华中科技大学同济医学院附属同济医院中法新城院区、武汉雷神山医院、武汉江夏方舱医院、武汉大学人民医院东院、武汉市第八医院等医疗机构开展医疗救治，陕西省医疗队累计救治患者1 770人，其中重症和危重症患者623人，累计治愈出院患者798人。

以大健康医疗服务和现代医学技术转化应用为主业的西安国际医学投资股份有限公司（简称“西安国际医学”）于危急时刻，担当使命，主动请缨支援湖北省一线抗疫，得到陕西省人民政府、西安市人民政府、陕西省卫生健康委、西安市卫生健康委和西安高新技术产业开发区管理委员会的大力支持。

西安国际医学作为社会办医医疗机构，独家派出330名医护人员先后奔赴武汉市第八医院、随州市中心医院、华中科技大学同济医学院附属协和医院西院、武汉光谷方舱医院和华中科技大学同济医学院附属同济医院等7所医院全面开展医疗救治工作。不仅成为陕西省驰援湖北医疗队的重要力量之一，而且也是陕西省支援湖北医疗队中唯一走出武汉市驰援随州市的医疗队伍。

西安国际医学人用实际行动彰显了“施天使之爱、佑百姓健康”的责任与担当。

疫情当头勇担当

“顿起迷烟，江城罩，时逢春节。风来急，肺炎病毒，群情关切。”

自从 2020 年 1 月 23 日 10 时湖北省武汉市宣布离汉离鄂通道关闭起，武汉这座素有“九省通衢”之称的城市，她的一举一动，无不牵动着国人的心，不但成为中国的焦点，也成为世界的焦点。

2020 年 1 月 25 日，农历新年第一天。习近平主持召开中共中央政治局常务委员会会议，对新冠肺炎疫情防控工作“再研究、再部署、再动员”。

一场举世瞩目的关于疫情防控的人民战争、总体战、阻击战打响了！

自从新冠肺炎疫情发生以来，西安国际医学创始人刘建申殚精竭虑，寝食难安。在疫情初期，他便会同集团领导和旗下四家医疗机构的专家学者，对这次突如其来的疫情进行了科学预估和预判。不仅在医疗器械、防疫物资上提前作了充足准备，并且积极备战、构筑防线，加强与省卫生健康委、市卫生健康委、西安高新技术产业开发区管理委员会（简称“高新区管委会”）的沟通，为早日派出支援湖北医疗队时刻准备着，为投入到这场抗疫的人民战争做足了思想和物质准备工作。

与此同时，许多退休后进入西安国际医学工作的老专家、老教授，看到曾经朝夕相处的同事已奔赴武汉投身抗疫之战，纷纷打来电话、发来短信：“我们虽然‘退役’了，但在祖国和人民需要之时，我们必须冲入第一线。”这些“老战士”的心愿，更加坚定了刘建申的必胜信念：“疫情当头，匹夫有责；‘硬核’驰援，时不我待！”

此时此刻，西安国际医学人拉开了抗击疫情的战斗序幕。

2019 年 12 月 31 日：采购 5 万只 N95 口罩、2 000 件 / 套防护服、8 吨消毒用品、100 只电子测温枪。

2020 年 1 月 3 日：在各医院人行道设立消毒区域；在各医院车辆进入通道设立自助洗消装置，对车体、车轮进行清洗、消毒；在每个病区门口设有洗手池，并要求按七步洗手法洗手；所有就诊者和探视者必须戴口罩。

1 月 15 日：召开各医院分诊工作研讨会，快速响应国家卫生健康委对新冠肺炎疫情防控要求。

1 月 21 日：各医院成立了由院长挂帅的应急指挥组、疫情防控组、院内感染督察组和保障组等机构；2 400 平方米的发热门诊投入使用；门诊启动预检分诊，并在全院开展新冠肺炎疫情防控工作培训。

1 月 24 日：西安国际医学中心医院全体人员取消休假，正式出台了《西安国际医学中心医院医疗应急救援方案》和《西安国际医学中心医院节日期间批量病员来院应急处理预案》等文件。

2 月 2 日：西安国际医学第一批医疗队 12 人参加陕西省支援湖北医疗队，支援华中科技大学同济医学院附属协和医院。

2 月 3 日：西安国际医学第二批医疗队于 5 个小时内集结 212 人支援湖北省，整建制全面接管武汉市第八医院。

2 月 12 日至 15 日：根据抗疫工作需要，西安国际医学 19 人分批次奔赴武汉市第八医院、武汉光谷方舱医院支援。

2 月 19 日：西安国际医学第六批 87 名医护人员随陕西省第四批医疗队再度奔赴湖北省支援，西安国际医学高新医院院长马庆久出任陕西省第四批医疗队队长。

……

从上述“时间表”上，我们不难看出西安国际医学人的责任意识、大局意识和快速应急反应能力。

“我们既是改革开放的受益者，又是医疗改革的参与者，更是健康中国的践行者，理应为社会作出更大的贡献，在党中央的领导下积极投身到这场全民抗击疫情的特殊战斗中来。”

“我们有速度，我们有力量，因为我们背后有强大的祖国，有党的坚强领导，还有共产党员先锋模范作用、退役军人使命担当胸怀、医护人员无私奉献精神！”

“我们之所以义不容辞，是因为国家在召唤！人民在期盼！患者在等待！”

国之召，我必行。每每谈及义无反顾、驰援湖北的情景时，西安国际医学的同仁们总是异口同声，直抒胸臆。

大疫当前情更切

西安国际医学人的一言一行，代表了中国社会办医机构在重大疫情下的深刻思考和使命担当。

在中国抗击新冠病毒肺炎疫情总体战中，西安国际医学支援湖北医疗队在陕西省创造了三个“第一”：第一个率先向省、市政府和省市卫生健康委提出驰援申请的社会力量办医机构；第一个对公共卫生突发事件作出应急反应、储备充足抗疫物资的社会办医团队；第一个自带防护用品、医疗设备整建制全面接管湖北省一家三级医院（武汉市第八医院）以及作为陕西省医疗队唯一走出武汉市紧急驰援随州市中心医院感染病区的队伍，成为陕西省支援湖北省抗击疫情重要的“救援队”“先锋队”“突击队”。

西安国际医学派出的旗下四家三级医院（西安国际医学中心医院、西安国际医学高新医院、西安国际医学康复医院、西安国际医学商洛医院）的 330 名医疗专家和医护人员紧急驰援湖北，成为全国规模最大的社会力量办医机构的支援湖北医疗队伍。

“硬核”支援，战无不胜。西安国际医学支援湖北派出的是实力强劲的专家队伍，队员都是相关专业学科的优秀专家、医护骨干，具有丰富的防控、治疗传染性疾病经验，核心团队中专科医院院长、科室主任人数高达 70%，其中有的人还执行过抗击“非典”、抗震救灾和抗击埃博拉等重大任务。

西安国际医学的专家团队不断探索，坚持防控靠前、救治靠前、科学施策、中西医结合，不断优化治疗方案，特别形成了“后方科研 + 前方实践”的攻关模式。贺西京教授领衔的团队创新中西医结合诊疗方案，相继推出 9 种组方应用于抗疫一线，一症一方，精准施治，改善了新冠肺炎患者发热、干咳等症状。

在抗疫后方，西安国际医学组织员工累计熬制中药液约 23 万袋、中药膏剂约 10 万包，制作代用茶约 10 万包、漱口水 5 万多支、益生菌原液 3 万多支、抗菌洗手液约 7 000 千克，并及时将这些急需的防疫物资发往湖北省和陕西省抗疫一线……

我们欣喜地看到：在此次抗疫战中，公立医院的医护人员是当仁不让的主力军，社会办医机构的医护人员同样是不可或缺的重要力量。

在这场举世瞩目的新冠肺炎疫情阻击战中，西安国际医学成为陕西省支援湖北医疗队的重要医疗力量之一。

“硬核”驰援我先行

这是一场生命保卫战，勇敢逆行是公众关注最给力的行动。
这是一份主动请战书，铮铮誓言是国际医学人最强的心音。

西安高新区管委会：

值此全国人民在党中央的坚强领导下，万众一心抗击新冠肺炎疫情的关键时期，又即将迎来“返家返工返岗返学”高峰，势必会给西安市整体疫情防控工作带来严峻的考验。尤其是西安市作为新晋国家中心城市和西北地区的中心，是“四返”人员返程的集中地，而西安高新区是国务院首批批准设立的国家级高新区，区内注册企业超12万家，势必会成为返工返岗的重要聚集地，疫情防控工作艰巨。

作为以大健康医疗服务和现代医学技术转化应用为主业的西安国际医学，在疫情暴发后的第一时间投身到抗疫最前沿，旗下高新医院是高新区定点收治医院，西安国际医学中心医院、西安国际医学高新医院响应国家和陕西省号召，全力支持湖北省抗击疫情工作，分两批累计派出224名医护人员驰援武汉，同时又派出多组医护人员承担高新区疫情防控定点医疗监测任务，充分利用高新医院互联网医院的线上平台，为广大患者提供线上医疗服务。

虽然西安国际医学及旗下医疗机构已全力以赴、夜以继日投入到疫情防控工作中。但在“四返”高峰到来之际，我们充分地认识到近期疫情防控的重要性和紧迫性，我们理解并衷心感谢西安市、高新区疫情防控指挥部所作的卓越工作，我们更加清楚“四返”人员隔离、监测、检验等一系列工作对专业医护人员的大量需求，和对科学组织监测、隔离、消毒、防控的需要。

西安国际医学携旗下西安区域内医疗机构郑重提出申请，我们主动请缨，愿举全机构之力，全力以赴参与疫情防治工作，为政府分忧，为民众出力，在西安市尤其是高新区内启动实施“国际医学守护家园”爱心公益行动，申请主动承担起高新区“四返”人员防控的医疗任务，充分发挥西安国际医学专业的医疗力量，科学合理地参与组织防控工作，构筑守护家园的坚固防线，为保卫好我们的城市、我们的家园，尽我们的绵薄之力。

国际医学全体人员众志成城，特此报告。

2020 年 2 月 9 日，在派出大批医护人员驰援湖北不久，西安国际医学又请缨启动“国际医学守护家园”爱心公益行动的报告。

正是因为拥有专业“硬核”力量和西安国际医学人的大爱仁心，非常时期，才会有惊人之举。危难之际，方显现英雄本色！

第二章

临时党支部书记李斌带领党员宣誓

以生命的名义请战

“哪有什么岁月静好，不过是有人为你负重前行！”

冬末春初的这场新冠肺炎疫情，是新中国成立以来在我国发生的传播速度最快、传染范围最广、防控难度最大的一次重大突发公共卫生事件。

在这场艰苦卓绝的人民战争中，湖北省特别是武汉市是疫情防控的重中之重，是打赢疫情防控阻击战的决胜之地。武汉胜则湖北胜，湖北胜则全国胜。

秦楚相连，抗疫共担；岂曰无衣？与子同袍。

1 月 25 日，2020 年农历新年大年初一，西安国际医学接到陕西省卫生健康委正式通知，立即组建医疗队赴武汉驰援。这一天，西安国际医学领导慰问在岗员工时，手里送出的是饺子、水果，收到的却是一封封请战书；送出的是对医护人员和家人的春节祝福，听到的却是一声声发自肺腑的呼吁：“我们请战，到疫情最需要的地方和岗位上去！”

一封封请战书发自肺腑

“妈妈，不能和您一起过年了，我报名去武汉！”

1月24日晚，2020年农历除夕之夜。西安国际医学中心医院在工作群中发布了西安市卫生健康委《关于组派医疗队援助湖北应对新型冠状病毒感染的肺炎疫情的通知》，一石激起千层浪，群情振奋，反响如潮。

“我报名！”

“我在！”

“随时听令！”

“我已准备好了，马上就可以出发！”

……

第一时间，来自西安国际医学中心医院各护理单位护士长、护士主动踊跃报名。

第一时间，来自西安国际医学高新医院、西安国际医学中心医院、西安国际医学康复医院、西安国际医学商洛医院各个岗位、各个科室的医生、护士、后勤、行政等医务工作者纷纷在手机工作群里回应着。

“我们是西安国际医学中心医院急诊科的全体医护人员。2003年我们抗击‘非典’，17年后的今天，全国人民在面对新型冠状病毒的侵袭，我们责无旁贷！经院领导批准，我们特向西安市急救中心领导请战，愿为战胜新型冠状病毒随时听候调令！”

为了获得家人的支持和理解，许多医护人员在向单位和组织递交请战申请后，积极与父亲、母亲、爱人、孩子进行沟通。

“妈妈，要跟您说个事儿！”

“是不是又不回来了？”

“总猜中人家要说什么，怪讨厌的！”

这是西安国际医学中心医院胸科医院呼吸内科一位年轻护士

与妈妈的对话。大年三十，她原本正准备回家过年，但忽然接到医院通知，便主动放弃了休假。

她说："此刻开始，只剩铠甲。"

在首批支援湖北省的医护人员名单中，她与胸科医院的其他 6 名兄弟姐妹共赴前线。

张欣，风湿免疫科护士长，曾在陕西省武警总队医院呼吸科工作 10 年，在呼吸及重症患者护理方面经验丰富。

申欢欢，感染性疾病科护士，曾就职于某野战医院，急救知识和野外护理经验丰富。

商江丽，胸外科重症监护室护士长，曾在空军军医大学唐都医院胸外科重症监护室工作 16 年，久经考验。

张波，护理部护士长，曾在心外科重症监护室工作 6 年，同时从事呼吸治疗工作 2 年，对于呼吸治疗、ECMO 患者及危重症患者护理工作经验丰富。

马乔璐，重症医学科总带教老师，曾在陕西省人民医院从事重症医学护理工作 12 年，在组织参与危重症患者抢救方面经验丰富。

李晶，急诊病区总带教老师，曾在陕西省人民医院急诊科从事护理工作 13 年，从事急诊重症监护室工作 5 年，对危重病症特别是呼吸道疾病的重症患者护理经验丰富。

不难看出，他们都有一个共同特点：具有在知名医院危重症室护理的经验。而且，他们的平均工作年限超过 10 年，都是抗疫前方急需的专业护理人才。

他们的请战书上，没有华丽的语言和煽情的辞藻，其理由朴实而真诚。

“我在武汉工作了近10年，对当地情况很熟悉。”

“我是党员，请组织给我这次机会吧！”

“我婆家是湖北人，对湖北方言特别熟悉，家人都支持我上！”

“我应变能力强，身体素质好。”

有的是一句话，还有的就是几个字：“走！”“我行！”“我参加！”“不能缺席！”

拳拳之心溢于言表，殷殷之情令人动容！

支援湖北省名单确认后，西安国际医学为了确保出征医护人员的安全，对列入名单的成员进行了集中培训。培训结束后，她们枕戈待旦，随时待命出发。

其他留守在医院的人，他们身上的担子也不轻。西安国际医学中心医院刚刚开诊不到半年，就被陕西省确定为抗击新型冠状病毒疫情定点发热门诊，其肩负的重任可想而知。于是，大家纷纷主动放弃与家人团聚的时间，春节期间一直坚守在各自的岗位上。

西安国际医学在最大限度降低交叉感染风险、确保就诊人员安全的基础上，还承担了大量的社会责任，成立了由70余名医护人员组成的10个留观点，医疗队随时待命。

2020年1月29日，西安国际医学中心医院的8位医护人员主动请缨来到高新区隔离观察点，协助相关工作。

这支医疗队由房武宁、张晓敏、王婧3位医生和白容容、陈芸、王亚馨、燕瑞娥及田桥5名护士组成。

在留观人员中，有16名70岁以上的老人和6名3岁以下的儿童。他们体质较弱，需要更多的关怀与呵护。护士王亚馨每天都要上下楼往返七八趟，为他们测量体温，询问他们的身体状况，安抚他们的情绪。

“我也时常想念家人，春节没法和他们一起过年。现在，这里的老人和孩子就是我的家人。”由于防护服透气性差，又没法擦汗，王亚馨额头上豆大的汗珠顺着眼睫毛滑落下来。即便每天都在超负荷工作，她也从未喊过苦叫过累。

为了减少出入隔离区穿脱防护服的次数，避免感染，医护人员提前两个小时开始不吃不喝，才能保证工作中间不上厕所。大家常常忙碌到凌晨，早餐、午餐也只能一起吃，饭后继续投入工作。

“作为一名医生，我为能战斗在疫情防控最前线而感到无比骄傲！希望留观人员都能够平安健康。”

在防护服的包裹下，尽管看不清他们的容貌，却深深地知道他们在用生命守护生命！在日常生活中，他们是父母、是儿女、是丈夫、是妻子……而此刻，他们是最美“逆行者”，是守卫人民健康的白衣战士。

大疫无情，人间有爱。正是这样一大批不畏艰难、身先士卒的“逆行者”，为这个阴霾笼罩的春节添了几分温暖和感动，为打赢这场防疫阻击战增强了信心和动力。

一个个红指印永不褪色

在请战的队伍中，有刚刚离开校园、参加工作的青年护士，有年富力强、经验丰富的中年医生，还有一群壮心不已的“老兵”，他们当仁不让，仍像过去抗击“非典”一样，奋战在抗疫一线。

这是2020年2月3日，一位“老兵”写给领导的请战书，全文如下。

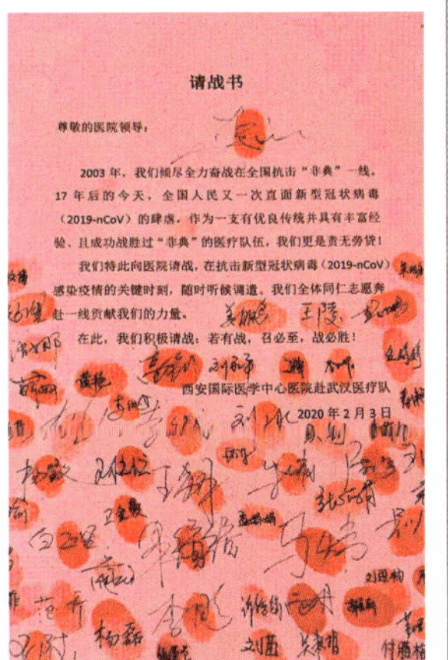

请战书

尊敬的医院领导：

2003年，我们倾尽全力奋战在全国抗击“非典”一线。17年后的今天，全国人民又一次直面新型冠状病毒（2019-nCoV）的肆虐，作为一支有优良传统并具有丰富经验、且成功战胜过“非典”的医疗队伍，我们更是责无旁贷！

我们特此向医院请战，在抗击新型冠状病毒（2019-nCoV）感染疫情的关键时刻，随时听候调遣。我们全体同仁志愿奔赴一线贡献我们的力量。

在此，我们积极请战：若有战，召必至，战必胜！

西安国际医学中心医院赴武汉医疗队

2020年2月3日

尊敬的西安国际医学领导：

新型冠状病毒肺炎疫情在全国各地不断蔓延，湖北省武汉市疫情十分严峻，一线医务人员告急。作为医务人员，疫情就是出征的号角，人民群众的苦难就是出征的命令。

我是陕西省非公立医疗机构协会会长，西安国际医学高新医院党委书记、院长马庆久，我志愿申请带领陕西省非公立医疗机构协会、西安国际医学高新医院第二批医疗队60名医务人员赴武汉，坚守在抗击病毒的第一线，将长期以来练就的医疗技能全面发挥，将广大医

> 务工作者的嘱托带到疫区，使非公医疗机构守护人民群众健康的旗帜和公立医疗机构一样绚烂。
>
> 我也将竭尽全力照顾好医疗队队员、服务好患者；同时，严格做好个人防护，为赢得抗击新型冠状病毒疫情阻击战的胜利，贡献自己的一份力量。
>
> 恳请领导准予我请战前往支援！
>
> 我和我带领的团队随时准备出发！

在这份请战书的名字下面，是一个像鲜血一样殷红的指印。

这指印像一团火，散发着炙热与激情。

这指印是一枚章，饱含着责任与使命。

现任西安国际医学高新医院院长的马庆久教授，曾任空军军医大学唐都医院普外科主任、全军科学技术协会普通外科专业委员会常委等职。在几十年的医务工作中，马庆久积累了丰富的工作经验，也取得了非凡的成就。

这次西安国际医学支援湖北省，在派出的专家中与马庆久有类似经历的还有许多，他们多数是来自呼吸科、重症医学、感染科和心脏病科等相关专业学科的优秀专家、医护骨干，其中包括第二批独立医疗队领队、西安国际医学中心医院副院长杨峰；呼吸病专家、西安国际医学中心医院胸科医院院长吴昌归；感染疾病专家、西安国际医学高新医院细胞治疗中心主任，感染性疾病、肝病首席专家贾战生；心脏疾病专家、西安国际医学中心医院心脏病医院院长王海昌；西安国际医学中心医院肿瘤医院副院长薛妍；感染控制专家刘冰等。毫无疑问，这是一支高水平的“硬核”救援队。

满头白发，是 57 岁的吴昌归奉献的履历。他曾任空军军医大学西京医院呼吸内科主任，如今是西安国际医学中心医院胸科医院院长，并担任中华医学会呼吸病学分会哮喘学组成员。大学毕业后，他一直在呼吸内科工作，数十年如一日，在呼吸系统疑难病的诊断、治疗等方面有独到见解。

吴昌归喜欢用“老兵不老，只是换个阵地去战斗”来宣告一个军人军旅生涯的终结。“我是呼吸内科医生，曾经的军人，也是党员，这个非常时期，我没有理由不去武汉。”面对记者采访，吴昌归这样说道。

再看王海昌的简历，也是非同凡响。王海昌曾任空军军医大学西京医院、唐都医院的心内科主任，是中国医师协会心血管内科分会常务委员。他在心血管疑难疾病诊疗等方面位居国内领先水平。

“战疫就是战斗，作为一名老兵，我必须上！”王海昌态度坚决地说。

与马庆久单独写下请战书不同的是，在这次疫情阻击战中，大多医护人员上交的是集体请战书。比如同样是在2月3日，西安国际医学支援湖北医疗队在请战书中写下如下话语。

> 2003年，我们竭尽全力奋战在全国抗击“非典”一线，17年后的今天，全国人民又直面新型冠状病毒的肆虐，作为一支有着优良传统和丰富经验、且成功战胜过“非典”的医疗队伍，我们更是责无旁贷！我们特此向医院请战，在抗击新冠肺炎疫情的关键时刻，随时听候调遣。我们全体同仁志愿奔赴一线，贡献我们的力量。
>
> 在此，我们积极请战：若有战，召必至，战必胜！

在请战书的最后，是一枚枚鲜艳的红指印，比写下的文字内容更多，更耀眼。

这一枚枚红指印，就是一颗颗跳动的心。

这满满的红指印，就是一面红彤彤的旗！

在这支队伍中，有为数不少的共产党员，他们意志更加坚决，并且庄严承诺。

> 岂曰无衣？与子同袍；国医勇士，力战疫情！
>
> 当新冠病毒肆虐时，作为共产党员，作为医护人员，我们责无旁贷！在此，我们庄严承诺：
>
> 牢记宗旨守初心，服从命令担使命。
>
> 身先士卒站排头，群策群力严防控。
>
> 精准施治勇攻关，凝心聚力扬正气。

在这场特殊的战“疫”中，西安国际医学全体医务人员同心连枝，抱团作战，与全国人民万众一心，修我戈矛，与子同仇。就像他们在请战书中反复强调的那样：若有战，召必至，战必胜！

这是一群大写的人

西安国际医学目前共有员工 6 300 余名，分布在西安国际医学高新医院、西安国际医学中心医院、西安国际医学康复医院、西安国际医学商洛医院四大医院。

在新冠肺炎疫情暴发后，西安国际医学三分之一以上的医务人员，通过各种方式积极请缨参战，驰援湖北。经过层层选拔，共有 330 名医护人员分 6 批赶往湖北，将爱心洒向荆楚大地。他们用鲜血和生命，谱写了一曲曲“我是党员我先上”“退伍不退色、抗疫显担当”“巾帼不让须眉”的英雄壮歌。

随便从中挑出一位，背后就会有许多精彩的故事。就说这位年仅 22 岁、工作 1 年零 8 个月、有点儿帅帅的“男”丁格尔——门领航。

高中快毕业时，因为喜欢护理这个专业，也觉得护理比较适合自己的性格，门领航义无反顾地报考了医学护理专业。大学毕业后，他顺理成章地成了一名男护士。在大多数人眼中，白衣天使是护士的代名词，可说起天使，那一定是女生了。由于这样的“习惯”，所以在成为一名合格的男护士这条路上，门领航走得并不轻松。首先是要说服家人，让他们放下偏见，支持其选择护理专业；其次，无论是在大学的课堂上还是在后来的工作岗位上，他都是为数不多的男护士之一，单是应付许多人的好奇，都让他身心疲惫。好在喜欢大过一切，对于职业的热爱，让门领航克服了一切困难。

同样的难忘之夜，医院发出通知要派医护人员去武汉时，门领航第一时间就报名了。因为怕自己的信息淹没在科室群的报名信息中，他还特地给护士长私发了消息。2 月 19 日，门领航终于获得批准出发了！在这支医疗救援队中，他不仅是年龄最小的队员之一，也是仅有的几名男护士之一。

因为医护工作者男女比例悬殊，女性远多于男性，所以在这次西安国际医学支援湖北医疗队中，女队员是绝对的主体，每 4 名队员中就有 3 名女性。与男队员相比，在医护方面她们确实有很大的优势，但在体力和生理方面，女性也有一定的劣势。

为了做好个人防护，方便护理操作，避免造成交叉感染——这既是维护自身安全的需要，也是对患者生命安全和身体健康负责，西安国际医学中心医院 100 多位援鄂医疗队女队员中有许多人主动“削”掉秀发。一时之间，队里多了许多“小平头”，有的还直接剃成了“光头”。

“削发明志”古已有之，意思是剃掉头发来表明自己坚定的志向。但这样的例子，主角多为男性，比如流传至今的就有越王勾践削发明志、卧薪尝胆的故事。而如今，这些爱美的姑娘剪掉秀发，该要有多大的勇气啊！

“作为支援武汉医疗队的护理人员，我很荣幸能够加入这场特殊战斗中，我将尽我所能与病魔搏杀，召即来，来即战，战必胜！”西安国际医学中心医院“95 后”护士郭佳萌说。

当你的秀发拂过我的眼前
我不怪你保持着冷峻的脸庞
其实你有铁骨也有柔肠
只是那青春之火需要暂时冷藏
战疫的日子短暂又漫长
别说你不懂爱只重阳刚

这世界虽有疫情也有花香
我们的明天一定会更加浪漫

这首由军歌改编的歌曲，既是写给这群曾经秀发飘扬的姑娘们，也是写给这群无私忘我、大写的人。他们既是战士，也是血肉之躯；他们既有铁骨，也有柔肠，更不缺少浪漫。但当集结号吹响时，冲锋就是他们最美的姿态！

第三章

尹强院长向杨峰副院长授旗

逆行，勇者无畏

“苟利国家生死以，岂因祸福避趋之？”

这是1842年，民族英雄林则徐被遣戍新疆伊犁，在西安与家人告别时，所作题为《赴戍登程口占示家人》七律二首中的诗句。表达了纵是被贬遣戍，但只要对国家有利，无论生死也要去做的坚定决心。

是的，一个深爱着自己的国家和民族的人，岂能因为个人祸福而趋前避后？

“中华民族历史上经历过很多磨难，但从来没有被压垮过，而是愈挫愈勇，不断在磨难中成长、从磨难中奋起。”其重要的原因就是有一大批像林则徐这样前赴后继的民族脊梁，每当国家和人民遇到危难时，他们总会不畏艰险，舍生忘死，逆行而上。

当病毒“魔鬼”袭来，一个个白衣天使、科技人员、解放军将士、党员干部迎难而上，他们同时间赛跑，与病魔较量。他们逆行的背影，是抗疫前线最美的一道风景。

林则徐在西安写下这句诗的近三个甲子之后，还是在西安，西安国际医学支援湖北医疗队用实际行动诠释了这句诗的真实内涵，用生命谱写了“救死扶伤、医者仁心”的英雄赞歌！他们和林则徐都是以身许国，不计个人安危，令人敬仰！

一次次逆行义无反顾

病毒袭来的时候，惊慌笼罩了大地。
防疫就是责任，疫情就是命令。
快快向前，献一份爱就多一份欢乐。
快快向前，留一份情就多留一份感动。
施天使之爱，佑百姓健康。
那是我的使命，勇敢地用肩去扛。

每次听到西安国际医学发布的这首《战疫情》，我的心就会不由自主地随着歌声，飞到他们出征的现场，飞到他们奋战的武汉。心里也不止一次在想，他们此时是在病房，还是在住所？吃饭了没有？有没有休息？

还是让镜头回到2020年2月3日，西安国际医学中心医院广场，勇士们整装待发的时刻。

这一天，西安国际医学中心医院212名医护人员乘坐包机驰援武汉，全面负责武汉市第八医院的医疗救治和技术支持。这是西安国际医学所派6批救援队伍中人数最多的一次。西安国际医学也由此成为当时国内第一个派出独立整建制医疗队，全面负责武汉一家三级医院的医疗救治和技术支持的医疗机构，所以格外引人注目。

出征仪式在西安国际医学中心医院万人广场上举行，数千名医务工作者为出征武汉的战友送行，场面庄严、隆重、激昂。

“生命重于泰山，疫情就是命令。这是党和人民的重托，我们要敢打硬仗，不畏艰险，坚决打赢这场疫情防控阻击战。”西安国际医学中心医院院长尹强在致辞中说道。

对于白衣战士来说，前有疫情肆虐、人民受难；后有疫情蔓延、家人担忧。何去何从，是摆在他们面前的最大选择。

西安国际医学中心医院副院长、率队出征的医疗队队长杨峰接过队旗后，慷慨激昂地说："当人民安全在危难之际，我们责无旁贷，我们是共产党员，曾经的中华人民共和国军人，我们西安国际医学人将不辱使命，迎难而上，作出我们应有的贡献。"

这简短的表态，胜过千言万语。

这豪迈的宣言，激起掌声如潮！

为了给队员们壮行，各级领导相继致辞，称赞队员们的英勇之举，坚定他们凯旋的信心。

受西安市委、市政府委托，西安市委常委、高新区党工委书记、航天基地党工委书记钟洪江充满感情地说："212 位医务工作者冒着危险驰援武汉，你们是新时代的活雷锋，是和平年代的勇士，非常敬佩你们！一方有难，八方支援。相信你们一定能用精湛的医术，带去西安人民对武汉人民的支持与关心。为你们加油！为湖北加油！在党和政府的领导下，我们齐心协力，一定能打赢这场抗击疫情的战斗。"

陕西省卫生健康委党组书记刘勤社说："我代表省委省政府应对新型冠状病毒肺炎疫情工作领导小组和办公室，为大家壮行。西安国际医学中心医院率先担当使命，主动组织医疗队，感谢你们。医疗队以党团员为骨干，一定要把我们的党旗高高飘扬在工作岗位上。希望大家坚定信心、同舟共济、科学防治、精准施策，我们盼着大家凯旋。"

"医院接到指令后，在短短 5 小时内即组建完成了这支 212 人的医疗队。广大员工踊跃报名，充分展现出国际医学人英勇无畏、敢于担当的精神。你们是我们的骄傲，你们是勇士，是英雄，向你们致敬！祝你们圆满完成任务！”西安国际医学中心医院的总经理王志峰如是说。

确实如此。自从2月2日中午接到准备驰援武汉的命令后，西安国际医学中心医院快速集结，仅用了不到半天的时间，就迅速做好了出征的准备，并选派吴昌归教授担任医疗队专家组组长，杨峰副院长担任队长，队员涉及呼吸、心脏、感染控制、重症医学等多个专科医院、科室，其中有50多名专家和医生、140余名护士及20多名医技保障人员。

在出征现场，面对记者的采访，呼吸内科专家、西安国际医学中心医院胸科医院院长吴昌归教授说：“我是呼吸内科的一个老医生，受党和国家培养教育多年，现在处于疫情危急时刻，我理应奔赴前线！我的学生、我的同事、我的战友都战斗在防疫的最前沿，我要和他们在一起，用血肉之躯为百姓筑起一道健康屏障。”

“疫情就是命令，奋力阻击疫情是我们医务工作者义不容辞的责任！”心脏病学专家、西安国际医学中心医院心脏病医院院长王海昌教授也表达了同样的心愿：越是艰险越向前，勇者无畏斗凶顽！

其实，在2月2日，西安国际医学已经派出12名医护人员随陕西省第二批支援武汉医疗队出发了。

2月12日，西安国际医学增派副主任医师杨旭东、张奎伟二人赴武汉市第八医院支援，同时特派司机董鹏飞到驻地全面协助工作。

2月14日，西安国际医学再派西安国际医学康复医院主治医师刘志宏、王磊鑫，西安国际医学高新医院主治医师王琦、丁宁、马骏，共计5名队员前往武汉一线增援。

2月15日，首批支援湖北医疗队60名队员进驻随州市中心医院……

在这些出征的日期里，有个日子不同寻常——2月14日。这一天是情人节，为了让亲人放心，出征队员丁宁提前和女朋友过了一个浪漫的情人节。他说：“为了保护身后的千千万万的人，我

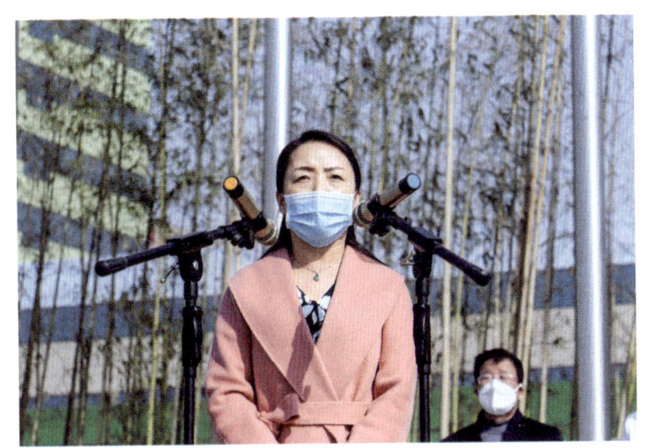

史今致辞

选择去抗击疫情的最前线。”为大我而牺牲小我，所以他只能在去武汉之前，和女朋友提前过了节。

2 月 14 日这一天出征的人数虽不多，但欢送会依然隆重热烈。西安国际医学董事长史今、总裁刘瑞轩等领导出席了出征仪式，为出征勇士们壮行。

西安国际医学康复医院贺西京对队员们殷切寄语：“今天是情人节，是天下有情人团聚的日子。但你们以大爱大义为准则，舍小家为大家，离开爱人奔赴武汉，这种精神让人感动。”

刘志宏作为这支医疗队队长，接过了鲜红的队旗，同时也将重要使命担在了肩上。

一声声嘱咐愿你平安

“义无反顾，勇往直前，我们第 6 次再出发！”

2 月 19 日，西安国际医学又有一批医护人员随陕西省第四批支援湖北医疗队出征。这一次，西安国际医学派出了 87 名队员，占此次整个医疗队人数的 60%。

这次是西安国际医学高新医院党委书记、院长马庆久，以陕西省第四批医疗队队长身份带领 145 位医务人员再度出征，驰援武汉。

这支 145 人的医疗队，由来自陕西省第四人民医院、西安市第四医院、安康市中心医院、安康市人民医院、安康市中医医院、安康市汉滨区第二医院、西安国际医学高新医院、宝鸡高新人民医院、榆林高新医院、西安国际医学中心医院、西安国际医学商洛医院、陕西中医药大学西安医学院附属西安中医脑病医院、西安济仁医院等 15 家医疗机构的医务人员组成。其中共有医生 26

2 月 14 日，西安国际医学中心医院第四批援鄂人员出发，西安国际医学康复医院医生王磊鑫向送行的妻子送上玫瑰花

名，护士 119 名，专业涵盖了内科、急诊、重症、感染控制（简称“感控”）等领域。

至此，陕西省内各级医院及军队医疗机构已累计派出近 1 400 名医护人员奔赴湖北，参与到抗击疫情救治患者的工作中，将陕西人民的关切和祝福重托带到武汉，也把最优秀的医疗骨干抽调到了一线。

这一次，陕西省卫生健康委党组书记刘勤社再次来到西安国际医学中心医院广场，为医护人员送行。他说：“武汉疫情依然严峻，每位医护人员勇于担当的精神令我感动。截至目前，陕西已派出近 1 400 名医护人员奔赴‘前线’，省委、省政府为陕西医疗队昂扬的斗志、负责的精神给予高度赞扬。希望大家在一线充分展示陕西医疗队和国际医学应有的高质量医疗技术水平，同时也做好自我防护，盼大家平安回家！”

西安国际医学董事长史今说：“每一次集结号吹响，你们都奋勇向前，在疫情面前无私奉献、敢于担当，正是因为我们有大爱。国际医学人时时刻刻都不忘初心、牢记使命，用行动践行我们的誓言：施天使之爱，佑百姓健康！”她还反复叮嘱队员们一定要保护好自己，“零感染、高质量、共克时艰，出色完成患者的救治任务。你们带去的是陕西人民对武汉人民的深情厚谊，要让党旗在一线高高飘扬！和武汉人民一起共渡难关！”

作为队长的马庆久院长坚定地说：“疫情就是出征的号角；人民群众的需要就是出征的命令。作为医务工作者，救死扶伤是职责，我们中曾有人抗击‘非典’，抗击‘甲流’，我们拥有丰富的经验；在新冠肺炎疫情面前，不分公立、非公立医疗机构，都是白衣天使。我们将不忘医者初心，不忘使命，将广大医务工作者的嘱托带到一线，以护佑生命、救死扶伤的精神全身心投入到救治工作中。”

“我将严格要求，科学指挥，并竭尽全力照顾好医疗队队员，保证在完成任务的前提下‘零感染’，把每一位队员平安带回，用智慧和勇气帮助武汉人民战胜疫情，取得疫情阻击战的最后胜利。”

“我们相信，春暖花开时，一定山河无恙、国泰民安！”

“队友们，加油！武汉加油！中国加油！”

这也是此次支援湖北省抗疫中，西安国际医学人最后一次出征。

在众多医护人员的不懈努力和艰苦奋战下，3 月 11 日 0 ~ 24 时，武汉新增确诊病例 8 例，已降至个位数；湖北省除武汉市以外，所有地市已连续 1 周无新增确诊病例；湖北省以外省份，新增确诊病例 7 例，其中 6 例为境外输入病例。3 月 12 日，国家卫生健康委新闻发言人表示，中国已度过本轮疫情流行高峰。

此时，出征湖北的队员们仍然奋战在一线，始终把医疗救治工作摆在第一位，不麻痹、不厌战、不松劲儿，紧抓各项抗疫防控工作，以大爱诠释着大医精诚的精神。

你们并非孤军奋战

“你逆行向前，我守候不退。越是危难时刻，越显责任担当；越是艰难险阻，越显人间大爱。让我们一起为爱心企业点一个大大的赞！”这是许多社会各界人士对西安国际医学和出征勇士的高度称赞。而且在称赞的同时，许多人纷纷表示要做国际医学驰援湖北的后援。

在这次全国人民共同打赢的疫情阻击战中，驰援湖北的消息发出后，西安国际医学获得了社会极大的关注，多家媒体纷纷报道，西安各界捐款捐物。多家企业和爱心市民为医院捐赠防护物资、施以援手，陕西上市公司协会、陕西证券期货业协会代表陕西省上市公司与证券期货机构，向西安国际医学中心医院捐款合计 30 万元，这笔善款也将全部用于参加抗击疫情的医务人员的支持保障。

1 月 31 日，西安国际医学中心医院收到来自西安的三家公司分别捐赠的护目镜两盒（24 支）、一次性外科医用橡胶手套 2 500 双，医用橡胶检查手套 1 000 双。这是西安国际医学中心医院接受的第一批捐赠物资。

这些暖心的行动，从一个侧面诠释了什么叫“人民战争”，以及打赢这场没有硝烟的人民战争的价值和意义。

“西安国际医学中心医院的一线医护人员护卫着市民的健康，夜以继日的辛苦付出令我们感动。我们以绵薄之力，为医院送爱心，让我们共同携手，战胜疫情！”其中一位捐赠者激动地表示，“全民同心抗疫情，国际医学是先行者，我们也不能落后。”

2 月 9 日下午，西安市政府办公厅、市民政局相关领导一行，代表市委市政府来到西安国际医学中心医院，慰问支援武汉医疗队队员，并送来了市委市政府给支援武汉医疗队队员家属的慰问信，以及 424 箱新鲜蔬菜和 212 箱鸡蛋。

西安市政府督察员鲁强代表市委市政府对支援武汉医疗队队员及其家人致以崇高的敬意和亲切的问候，并对医护人员甘于奉献的崇高精神给予充分肯定，对西安国际医学在抗击疫情中作出的贡献表示感谢。

现场的一位医务工作者说：“看到领导们的关怀，以及这些新鲜蔬菜和鸡蛋，我们心里暖暖的。作为医务工作者，在疫情一线是我们的责任和义务。疫情虽险，责任在肩！领导的关爱、战友们的鼓励、家人的支持，都是最珍贵的礼物。不忘初心，勇往直前，这场抗击病毒阻击战，我们赢定了！”面对领导的慰问和关心，医护人员家属也纷纷表示感谢：“抗击疫情是医者分内之责；爱人上前线，作为家属虽然牵挂和担心，但也为他们感到骄傲和自豪。”

2 月 6 日，西安国际医学收到陕西省某餐饮有限公司捐赠的远红外线理疗仪 1 台、青果糖 40 盒、护理膏 100 支；西安某建设有

2 月 3 日，医疗队到达武汉天河机场

限公司捐赠的护理膏 100 支、罗汉果糖 138 盒；西安某保安服务有限公司捐赠的青果糖 70 盒；西安某文化产业有限公司捐赠的砭石按摩仪 2 台、罗汉果糖 40 盒；西安某助企商会捐赠的佑红外线理疗仪 3 台、护理膏 54 支；某药业有限公司和爱心人士共捐赠的产品，价值共计 33 万余元。

2 月 10 日，西安国际医学又收到西安高新区管委会捐赠的 4 桶 75% 酒精、20 桶次氯酸钠；陕西某生物技术有限公司捐赠的 2 000 盒类人胶原蛋白修复敷料；陕西证券期货业协会捐款的 20 万元；浙江金华某生物制药有限公司捐赠的 400 瓶乙酰半胱氨酸泡腾片；陕西某有机农业有限公司捐赠的食用级酵素制作桶 1 个、酵素 35 瓶；西安某医疗科技有限公司捐赠的 6 桶（50 升）84 消毒液；陕西某医疗器械有限公司捐赠的 10 桶（25 千克）84 消毒液、2 桶 75% 酒精；陕西某器械医学诊断试剂有限公司捐赠的 2 桶过氧乙酸、6 桶次氯酸钠、2 桶 75% 酒精；陕西某科贸有限公司捐赠的 84 消毒液、吸氧面罩等医用物资及生活物资……另有市民马某捐款 500 元，史某捐赠 2 桶 75% 酒精……

2 月 25 日，陕西省慈善协会向西安国际医学中心医院捐赠呼吸机、隔离舱、防护服等医疗物资以及 322 万元慰问金。

截至 4 月 25 日，西安国际医学高新医院收到陕西省慈善协会、陕西某品牌运营有限公司捐助价值 24 万防疫医疗物资；陕西省某公司捐赠的医用手套 20 箱 10 000 只；陕西省慈善联合会捐赠的医用手套 6 000 双、医用口罩 1 000 个、医用防护服 1 167 件；某公益基金、基金会、某扶贫公益慈善协会捐赠的工作餐 5 000 余份；陕西某公司捐赠的 PE 手套、医用手套 1 000 双、口罩 500 个、护目镜 200 个、防护服 50 件、84 消毒液 30 瓶、额温枪 2 把；陕西省某扶贫协会、陕西省某慈善基金会捐赠的护理床垫 3 584 片；西安高新区创发局捐赠的医用外科口罩 2 000 个、N94 口罩 431 个；中国银行西安某支行捐赠的无纺布口罩 2 000 个；西咸新区沣西新城高桥办五席坊村党支部捐赠的绿色蔬菜 1 000 斤；陕西某医疗器械捐赠的隔离服 1 000 件；某奶业公司捐赠的高钙奶 1 000 提、酸奶 1 000 提；陕西某房地产顾问有限公司捐赠的医用手套 1 000 双、医用口罩 900 个；陕西某医疗器械有限公司捐赠的医用外科口罩 1 000 个、医用口罩 500 个；西安某公司捐赠的 84 消毒液 25 桶；西安某药房捐赠的 84 消毒液 200 千克；陕西某医疗器械有限公司捐赠的 84 消毒液 100 千克；某金融公司捐赠的浓缩型 84 消毒液 80 桶；市民戴某捐赠的进口多次性使用口罩 6 000 个，刘某捐赠护目镜 300 个……

西安国际医学中心医院医护人员清楚地记得，2 月 25 日，陕西省人大常委会原副主任、陕西省慈善协会会长吴前进，陕西省慈善协会副会长张文亮，西安国际医学刘建申、史今、刘瑞轩等领导出席了捐赠仪式。吴前进在慰问西安国际医学中心医院一线医护人员后说："西安国际医学中心医院不仅拥有强大的专家团队，更有大爱情怀。数百名医务人员奔赴湖北抗击疫情，充分展现出国际医学人勇挑重担、敢打硬仗的使命担当。"

一批批抗疫物资，是对西安国际医学的坚定支持。

一笔笔驰援善款，是对西安国际医学的绝对信赖。

诚如一位捐赠的爱心企业负责人所言："疫情发生后，我们看到西安国际医学的医护人员在一线抗击新冠病毒，非常感动，很希望能为'白衣天使'们做点事情。你们在前线守护人民健康，我们在后方护佑你们平安！"

奋战篇

没有战火
没有硝烟
小小科室就是战场

面具、口罩、手套
是武器
废寝忘食，夜以继日
成常态
穿梭在病房里
与病魔面对面，鏖战

母亲眼里
你们还是孩子
在病毒面前
你们却是坚强的战士
视死如归，临危不惧

我不知道你们的名字
也没看清你们的面容
但是，我知道
有你们就有希望

第四章

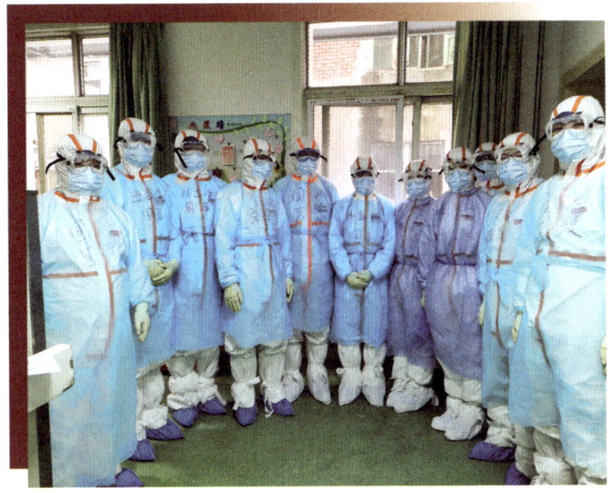

尹强院长在武汉市第八医院

三大院长齐聚武汉

不容迟疑，没有退路。驰援湖北的任务是危险而紧迫的，也是艰巨而光荣的！

新冠肺炎疫情在武汉暴发后，西安国际医学积极响应党和政府号召，第一时间组织旗下四家医院医护人员，组建了一支能战斗、能吃苦、能奉献的抗疫团队，在湖北省（武汉市、随州市）抗疫期间，挽救了许多同胞的生命，展示了西安国际医学的实力和担当。

强大的医疗团队离不开优秀的领导团队。在战“疫”关键时刻，西安国际医学旗下西安国际医学中心医院院长尹强、西安国际医学高新医院院长马庆久、西安国际医学康复医院院长贺西京先后奔赴抗疫一线指挥部署，积极开展救治以及临床指导工作，擎起了一面鲜艳的抗疫战旗。

尹强：果敢前行做表率

“尹院长好！”

“尹院长，您来啦！”

“尹院长来看望大家了！”

2月14日晚9点，西安国际医学中心医院院长尹强突然来到支援湖北医疗队所在的酒店驻地，让已经在武汉市第八医院工作10多天的212名队员激动不已，纷纷簇拥而来。

不一会儿，“尹强院长来了”的消息迅速传开，大家的心情都很激动。仿佛又回到了2月3日上午10时30分，在西安国际医学中心医院万人广场举行的出征仪式上，尹强院长向西安国际医学支援湖北医疗队队长、西安国际医学中心医院副院长杨峰授旗的那一幕。

“自2月3日西安国际医学支援湖北医疗队212名队员抵达武汉，投入紧张的疫情防控工作以来，大家的生活、工作情况始终牵动着西安国际医学、旗下医院各级领导及全体员工的心。”尹强说，他是受西安国际医学领导刘建申、史今委托专程前来看望、慰问大家的。

“队员的生活、工作情况怎么样？”

“医疗队现在有什么困难？”

顾不上休息片刻，尹强立即召集医疗队队长、西安国际医学中心医院副院长杨峰，党支部书记李斌以及专家组成员听取工作汇报。

次日一大早，尹强又前往武汉市第八医院看望了医疗队一线医护人员及患者，并和武汉市第八医院领导就疫情防控工作进行了深入交流。

“杨院长，现在武汉市第八医院按照武汉市、区卫生健康委要求抽调本院部分医护人员接受雷神山医院救治任务，西安国际医学支援湖北医疗队的工作压力比刚来时进一步加大，非常感谢我们医疗队的医护人员。”武汉市第八医院领导对医疗队的工作给予了高度评价。

“武汉市第八医院医护人员的忘我奉献精神值得我们学习，西安国际医学支援湖北医疗队一定要克服困难，统一思想，优化现有人员配置，拿稳八院交到我们手中的接力棒，完成一个共同的目标——全心全意救治患者，坚决打赢抗疫阻击战！”尹强表态说。

从武汉市第八医院返回后，尹强顾不上休息，又根据随州市卫生健康委及随州市中心医院请求，迅速安排、紧急抽调 60 名队员前往随州市支援疫情防控工作。

2 月 15 日下午 2 点，人员抽调组织集结完毕。出发前，尹强向队员们传达了各级领导对大家的关心和问候，并鼓劲说：“相信在王海昌院长和薛妍副院长的带领下，西安国际医学援随医疗队一定能够完成医疗救治任务，凯旋！”

当晚，尹强和专家组组长吴昌归教授、医教部主任陈强，会同医疗队各医疗组主任、护士长，对现有人员编组重新调整优化，保证武汉市第八医院的医疗工作能够正常有序开展。

尹强院长送随州医疗队前往随州市中心医院

2 月 16 日，尹强前往华中科技大学同济医学院附属协和医院看望随陕西省第二批支援武汉医疗队的 6 名西安国际医学医护人员，随后又马不停蹄地赶往随州市，了解援随医疗队入驻后的最新情况。

“在国家的重大应急突发事件面前，我们都会投入到一线工作当中。就是在平常的老百姓健康保健服务方面，我们也都是一个目标，一个职责。”西安国际医学中心医院当时已派驻逾 261 人在一线参加抗击疫情阻击战，尹强表示：“在人民安全遭遇危难之际，我们责无旁贷。作为国际医学人，我们将不辱使命，迎难而上，作出应有贡献。使命在肩，更需勇毅前行。”

2 月 25 日，尹强接受记者专访时说：“自新冠肺炎疫情发生以来，西安国际医学支援湖北医疗队 261 名医护人员坚守在抗击疫情一线，在武汉市第八医院、随州市中心医院、武汉市中心医院和协和医院等 5 家医院，为全面打赢疫情防控阻击战筑起了一道坚实的屏障，这充分说明非公立医院也是疫情防控一线的一支生力军。”

“平时我们是医务人员，但在关键时刻，在疫情面前，我们就是白衣战士。”尹强出征时的话语，在西安国际医学支援湖北医疗队 212 名队员心里牢牢地扎下了根。

尹强，这个军队医疗机构有名的“硬汉子”、管理专家，其性格中确实透着一个“强”字。

“尹强在担任中国人民解放军原兰州军区兰州总医院院长时，就勇于改革、励精图治，只用了几年工夫，使医院的硬件建设、软件管理、业务技能、学术水平都上了一个台阶。”一位和尹强共同战斗过的战友评价道：“他自幼在军队大院中成长，养成了敏锐的政治素养和指挥才干，善谋划、敢创新、重实干！”

在 17 年前抗“非典”时期，时任医院医疗科科长的尹强，很快抽调组织专业医护人员，较早建立起发热门诊和隔离病区并投入使用，在当地起到了“定海神针”的作用。

时任中国人民解放军兰州军区兰州总医院安宁分院副院长段虹，至今都难忘 2015 年 8 月，尹强作为中国人民解放军兰州军区野战医疗队队长，带领野战医疗队冒着酷暑在安宁分院的大操场上，整整苦练 40 天所取得的优异佳绩。

也正是因为有过部队工作多年的经历和魄力，尹强在这次支援湖北省抗疫中更显得果敢干练，挑战极限、善于协调，成为民营医院赴武汉抗疫的卓越领军者之一。

贺西京：毅然挑战不可能

“去年年底，在武汉新冠肺炎疫情暴发后，西安国际医学成立了国际医学抗疫临时指挥部。”西安国际医学康复医院院长贺西京娓娓道来，“我们西安国际医学中西医结合治疗团队迅速展开了中医药防治新冠肺炎的研究，先后研制出了中药汤剂、熏吸方膏、防疫香囊等防疫妙方。非常时期，我们挑战不可能，我们做到了！”

随着疫情不断加重，同时根据支援湖北医疗队从抗疫一线传回的消息，贺西京等专家意识到在西药治疗的基础上加上中医治疗其效果一定会更好。于是，在他的带领下，西安国际医学的 20 多位具有丰富临床经验的中西医医师、制药专家一起，根据长期医疗实践中积累的经验，遵循中医辨证理论，结合西医优势，创新性地推出了中西医结合治疗新冠肺炎方案。

西安国际医学研制中西医结合治疗新冠肺炎方案共 7 个组方，主要采取中药口服加熏吸，联合运用超大剂量维生素 C，根据不同患者的不同病情，多种途径给药。临床实践证明，这种疗法取得了良好效果，有效改善了患者咳嗽、咽干、乏力和气短的症状，治疗优良率超过 90%，在系统应用了该方案进行了完整治疗的新冠肺炎患者中，无一例复阳。

方案遵循中医正气内存、邪不可干、对症求本的原则，结合西医的优势，主要具有以下特点：一是制定多个组方，根据患者不同病情、不同体质进行辨证施治；二是采用多途径给药，比如，增加采用呼吸道给药的方法；三是应用大剂量维生素 C；四是提前制备，使用方便。

这一方案，很快获得了陕西省中医药管理局“中医药防治新冠肺炎科研应急专项”项目支持，相关经验已经形成科研论文在核心期刊发表，并申请了发明专利。

在救治新冠肺炎的初期，虽然中西医结合疗法已经开始使用，但还有一些患者对此显得比较急躁、焦虑，只相信针剂，尤其相信一些价格昂贵的西药，不相信口服中药。为此，贺西京在杨峰和王海昌的支持下，从支援武汉市第八医院和随州市中心医院的医疗队中，抽调出杨旭东、汪娅莉等中医医师，专门负责中西医治疗方案的落实，增强支援湖北医疗队的中医治疗力量。

在2月中旬的一次中西医结合治疗新冠肺炎工作会议上，西安国际医学领导经过反复斟酌，决定由贺西京亲赴武汉，在抗疫一线指导督促医疗队的中西医结合治疗工作。作出这一决定时，已是晚上10点，贺西京院长不顾一天工作的疲乏，更是全然不顾疫区的危险，当即通知驾驶员："现在就出发，车上也能睡。"短短几个字，道出了他在大疫面前的责任与担当。

次日清晨，到达武汉时，天边已露出微微晨曦。贺西京顾不上休息，一大早就穿上隔离服，一头扎进隔离病房，开始了紧张的工作。等他脱掉防护服时，早已是繁星初上之时。

在武汉工作期间，贺西京在隔离病房中一待就是五六个小时，他仔细查房、询问病史，细心了解患者用药后的感受、症状变化的细节和规律；和医护人员及时沟通，探讨解决问题、帮助患者的具体方案，鼓励医生、护士在穿戴着厚重隔离衣的条件下，更好、更多地为新冠肺炎患者治疗和护理；在病房随时发现诊疗过程中存在的问题并予以耐心指导。

虽然贺西京对自己领衔的中西医结合团队制定的治疗新冠肺炎方案很有信心，但在方案应用之初，还是受到了部分患者甚至医护人员的抵触。有一位患者直接提出质疑："我现在病情很重，我不相信中医药的效果，我拒绝服用中药，如果一定要我接受中医治疗，我就转院。"贺院长得知此事后，第一时间向患者耐心解释，精心疏导，并以其他患者的疗效为例，鼓励她接受中医治疗。该患者半信半疑地接受了中西医结合治疗，取得了意想不到

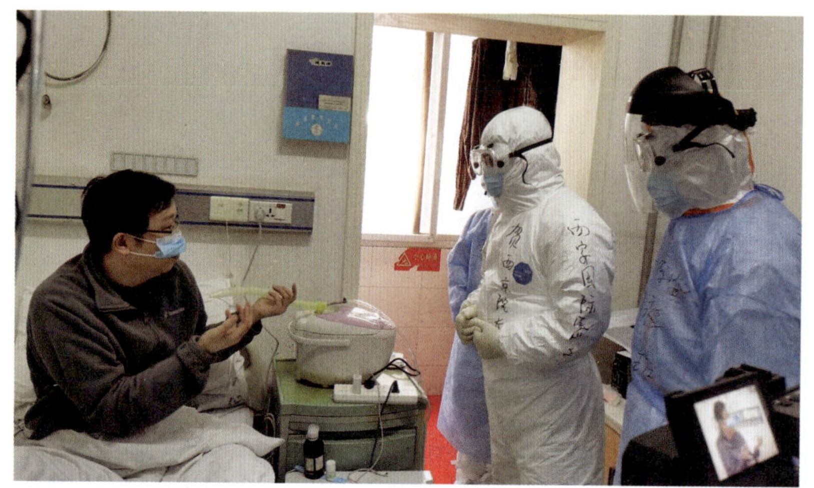

贺西京院长查房

的疗效，她在治愈出院时说："感谢国际医学的中医专家，感谢中医学！"

西安国际医学采用中西医结合治疗新冠肺炎患者的疗效，得到湖北广播电视台和陕西广播电视台的高度关注并为此做了专题报道。2月25日，在中央电视台新闻联播中，贺西京还代表陕西医疗队表态，展现了陕西省支援湖北医疗队、西安国际医学抗击疫情的风采与决心。

集国务院特殊津贴专家、卫生部突出贡献专家、全国卫生系统先进工作者、陕西省三秦学者等荣誉于一身的贺西京，不仅是此次抗疫工作的排头兵，更是一名冲杀在医疗战线上的老将。

在西安交通大学第二附属医院工作时，贺西京就率队参加过2003年的"非典"战役，他坚守一线，指挥、协调抗疫工作。

2008年汶川地震，他又率领第一批医疗队参加了青川县、广元市震区的救援工作。该医疗队成为救援行动中救治伤员多、救治病情重、开展手术多的医疗队之一。

2010 年，青海省玉树市地震发生后，又是贺西京带领医疗队，是全省赶到机场的第一支医疗队，抢运了较重的地震伤员并进行抢救和治疗。

“医者仁心，大医精诚。新时代，贺老师的言行无疑为无数的医务工作者树立了一个标杆。”贺西京的学生、西安交通大学第二附属医院副教授秦杰如是说。

“作为一名医生，要多想想怎么减少患者的痛苦。能否为患者减轻痛苦、带来便利，才是评判你是不是一名好医生的黄金标准。”在秦杰的记忆里，这是贺老师在门诊时常挂嘴边的一句话。贺老师在医院坐诊时，他的一言一行都体现出对患者的关爱和照顾，他总是想尽方法让患者少跑点路、少受点痛苦。

最近一个时期，贺西京带领的中西医结合治疗团队已先后和来自罗马尼亚、伊朗、意大利、英国、俄罗斯、日本、美国等多个国家和地区的医疗机构及医务工作者进行了远程视频会议交流和经验分享。中西医协同合作、优势互补的中国治疗方案，已经受到国际社会的广泛关注，中医药的切实疗效和重要功能正在受到越来越多的患者认可。

爱迪生曾经说过：“人生太短，要干的事太多，要争分夺秒。”贺西京正是用自己的实际行动，诠释着这句话的深刻内涵。

马庆久：抗疫战队“定心丸”

2月19日上午11点，陕西省第四批支援湖北医疗队队长、西安国际医学高新医院院长马庆久率领145名队员与同事、亲友们话别，随后坐上大巴车前往机场，奔赴湖北抗疫第一线。

在刚刚结束的陕西省第四批支援湖北医疗队出征仪式上，马庆久掷地有声的发言还响彻在上空：“作为一名医务工作者，在疫情面前，在国家和人民需要的时候，我们必须挺身而出，勇往直前。这次驰援武汉，是一场战役，我最重要的任务就是在组织完成好救治任务的同时，带领我们的队员安全回家，一个也不能少！”

2020年年初，新冠肺炎疫情席卷武汉。为此，陕西省卫生健康委发布紧急动员令，在全省范围内选拔抽调医护人员赴湖北支援抗击新冠病毒工作，马庆久主动请缨带队奔赴武汉抗疫一线。

2月17日，陕西省卫生健康委将陕西省第四批支援湖北医疗队队长的重任交给马庆久时，他当场表态：“没有问题，我保证完成任务！”

陕西省第四批支援湖北医疗队共由15家医疗机构的医护人员组成，在这支145人的庞大队伍里，有长期在一线的感控专家，有各医院科室的年轻骨干，还有走出校门没几年的“95后”医护

出征

人员。如何有效地管理好这支团队，是摆在马庆久面前一个亟待解决的问题。已经 62 岁、行医 30 多年的马庆久雷厉风行的工作风格，在西安国际医学可谓众人皆知。这不，在从西安飞往武汉的飞机上，马庆久拿着 145 名队员的名单，眉头紧锁——他已在结合医疗队实际情况，开始进行分组了。

事不宜迟，马庆久心里想着，他的头上就像悬着一把剑：要成立感控组、医务组、护理组、综合保障组，要明确各队负责人及其职责，安排好每个队员的工作和生活等。

抵达武汉后，马庆久立即组织队员开会，就队员行为管理、物资管理、医疗质量与安全、驻地感控防护、医护人员排班等问题进行了深入讨论。他将 26 名医生分为 7 组，每组 3 人或 4 人，每班次 6 小时；将护理组的 81 名护士分为 9 组，依次轮转。

“我要兑现全队‘零感染’的承诺。”马庆久反反复复地对前来授课的国内知名感控专家、北京大学第一医院李六亿教授，火神山医院支援专家、空军军医大学唐都医院黄长彤教授、李沛护士长等 7 名专家如是说。

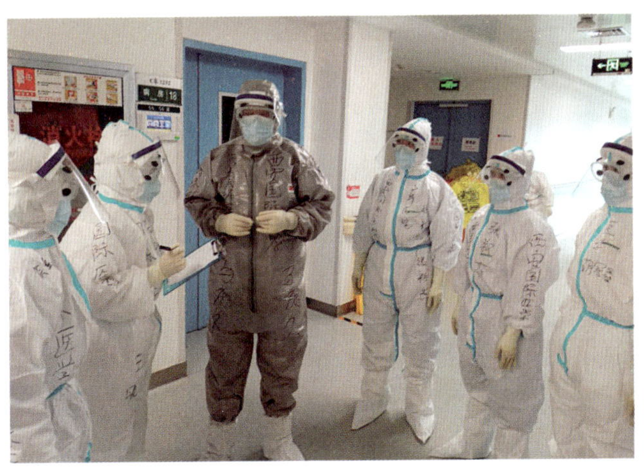

马庆久院长开晨会

医疗队成员中，近七成是“80后”“90后”，马庆久把他们当成自己的孩子，为了确保“孩子们”的安全，他把原来设定的3天培训延长到了5天，让队员们反复练习，尽快掌握“打硬仗”的力量和经验。

2月23日凌晨，陕西省第四批支援湖北医疗队接到国家卫生健康委最新指示，奔赴华中科技大学附属同济医院中法新城院区，接替吉林省医疗队。第二天一早，马庆久队长就带领医疗队核心骨干与吉林省医疗队进行了工作对接，商定于当日起接替吉林省医疗队工作。

马庆久语重心长地说：“现在考验大家的时候到了，忘掉你是哪个单位来的，忘掉你原来来自哪个地区，你现在是陕西省医疗队的一员，你代表的就是陕西省！”

每次走进病区，马庆久向队员们反复嘱托：预防和感染控制，先行于临床治疗。只有严密防护，保证医护人员安全，才能更好地服务于患者。这些原则做到了，才能有效确保队员“零感染”，保证不产生战斗减员。

“没有哪个传染病是不可防、不可控的，只要我们按照规范，认真培训，把消毒、隔离等环节做得到位，保证你们一个人都不会感染。”这是马庆久对队员们的承诺，也是他对自己的鞭策。

在陕西省第四批支援湖北医疗队所管理的华中科技大学附属同济医院中法新城院区和武汉市第三医院光谷院区的病区内，每当有患者痊愈出院、空出新床位时，队员们就会开心得像个孩子。

西安国际医学高新医院的护士温乐每结束一个班次，就感觉离胜利近了一步，但他告诉自己绝不能放松，要站好每一班岗。他说：“就这样，我和我的战友们并肩作战，满怀希望，把最初的恐惧不安，都变成坚强勇敢，看到照顾过的患者一个个康复出院，内心真的很开心。”

身为队长的马庆久，坚持一有时间就去查房，以做到对患者病情心中有数，对患者的需求了然于胸。

“行医之道，医德为尊。”马庆久说：“医生这份职业，就是以挽救患者的生命为天职，但要治病救人光有热情是远远不够的，还需要用心沟通，勤查房，提早发现问题，解决问题。”

在这场抗击新冠肺炎疫情的战役中，马庆久将“敬佑生命、救死扶伤、甘于奉献、大爱无疆”的医者精神展现得淋漓尽致。

“马院长就是我们大家的定心丸，是我们的榜样，医院有他在，我们坚信一定会帮助武汉人民战胜疫情的。”陕西省第四批支援湖北医疗队队员陈艳艳如是说。

自 2 月 19 日陕西省第四批支援湖北医疗队驰援武汉起，全队 145 名医护人员先后奋战在华中科技大学附属同济医院中法新城院区、武汉市第三医院光谷院区，参与重症及危重症救治工作。累计管理重症患者 142 人，累计治愈出院 138 人，实现了“医护人员零感染，医疗不良事件零发生，患者满意度 100%”的救治目标。

“那是一段多么记忆深刻而又惊心动魄的日子啊！”马庆久每每看到抗疫新闻都会感叹道。

是的，在那段战斗的日子里，这群伟大的逆行者面对生死，无所畏惧，在万家灯火、阖家团圆的时刻，义无反顾地将自己置身于凶险的疫情前沿，用“救死扶伤”的坚定信念和白衣天使的神圣职责与病魔抗争着每一分、每一秒……

为了庄严的誓言，为了千千万万同胞的安康，西安国际医学人勇敢前行！

第五章

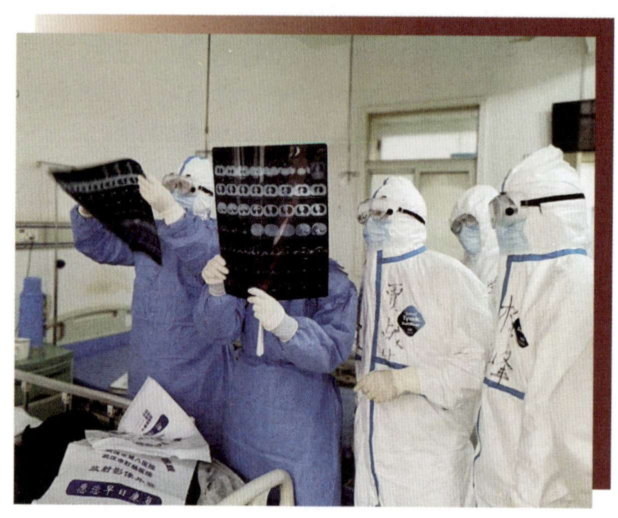

副院长杨峰、专家组成员贾战生查房

整体接管有“硬核”

有一种“硬核”，叫“逆行者”；有一批“硬核”，叫专家学者。

他们是西安国际医学中心医院支援湖北医疗队队长、西安国际医学中心医院副院长杨峰；呼吸病学专家、西安国际医学中心医院支援湖北医疗队专家组组长、西安国际医学中心医院胸科医院院长吴昌归；心脏病学专家、西安国际医学中心医院心脏病医院院长王海昌；传染病学专家、西安国际医学高新医院细胞治疗中心主任贾战生；西安国际医学中心医院肿瘤医院副院长薛妍；西安国际医学中心医院消化病专家王飙落……

在他们每个人身上，都有着鲜为人知的动人故事。

冲锋陷阵的杨峰

人们眼中的杨峰：中等个头，脸上总略带笑容，显得沉着自信。“这个陇东大地上成长起来的热血男儿，质朴、踏实，给人一种实在感。他行事沉稳，工作有板有眼。从部队退役前，他长期从事医院管理工作，养成了严谨慎实的处事风格和对人态度。无论面对什么样的挑战，他总能想方设法圆满完成任务，有很好的组织能力和很强的执行力。”这是曾和杨峰一起工作过的战友对他的评价。

2月2日早上8点，杨峰来到西安国际医学中心医院王志峰的办公室汇报工作。

王志峰一见面就对他说：“杨院长，我正要找你，你看这份文件，我们共同筹划一下。”

原来是武汉疫情紧急，有关方面请求西安国际医学中心医院驰援武汉市第八医院。

“王总，派我去吧。”作为一名党员和退役军人，杨峰丝毫没有犹豫。

杨峰说道，“当人民群众遇到危难的时候，我们要有勇于担当的责任意识，这也正是西安国际医学人的家国情怀。”

到达武汉当晚，杨峰就带领团队的专家与武汉市第八医院书记唐迎春、副院长甘学军对接，根据武汉市第八医院和医疗队的实际情况，当夜调整完善医疗队领导机构，设立了医疗管理组、感染防控组、护理组、安全督导组和后勤保障组五个机构，明确了各领导小组的职责和任务划分。

作为医疗队队长，杨峰不仅要负责管理、协调，建章立制，狠抓各项工作落实，同时要做好与武汉市第八医院工作的衔接。作为队长，特别是要带领队员们抓好感控的培训与考核，抓好进入感染性疾病病区后每一项工作、每一个细节、每一步流程的落实。

为此，杨峰经常深入病区，实地考察、落实各项防控和治疗举措，避免疏漏，同时还要经常性地细心观察一线医护人员和病患的情绪变化。在后勤物资保障方面，他也积极与当地政府和相关机构沟通，经过不懈的努力，有效地保障了医疗团队的物资需求。

“我们到武汉后，杨峰身先士卒，和我们一起第一批进入武汉市第八医院的隔离区，一起去查看通道，调阅图纸，讨论并最终确定医院隔离区改造方案。”西安国际医学中心医院感控部主任刘冰记得很清楚，杨峰曾多次和她说，“面对武汉疫情，首先要做好自身防护，特别是在环境条件还存在较高风险时，强化个人防护显得尤为重要。只有避免非战斗减员，才能去挽救更多的生命。”听完杨峰的话，刘冰看着队员们亲切熟悉的脸庞，在心里告诉自己，不管多困难，都必须保障他们的安全。

在病区，一批批医护人员身穿多层防护服、隔离衣，护目镜上凝聚着水雾，进入病区以后，他们呼吸困难，治疗操作的难度增大，甚至一个班次超过 6 个小时……

无论在武汉市第八医院，还是在驻地的酒店，杨峰总是不厌其烦地强调：“面对传染性疾病的肆虐，大家一定要用科学理性的思维，不能盲目，要科学防控，保护好自己，这也是对团队的责任。保护好了团队，才能更好地为生命去战斗。”

多少个夜晚，杨峰挑灯夜战，他带领团队根据疫情防控实际，结合专家组的意见，制定了《病房管理方案》《酒店管理要求和发热人员的应急预案》《值班职责与交接班制度》《专家会诊制度》等 30 余项相关制度和流程。

多少个日子，杨峰带领专家组深入病区进行查房、会诊，克服了在密闭环境下工作的身心压力，共同解决了诊疗过程中遇到的一个又一个疑难病例。

“在第八医院医疗任务繁重的情况下，医疗队 2 月 15 日又接到随州市委市政府的请求，杨峰在医护人员紧张的情况下，又抽调了60名队员，由王海昌带队、薛妍协助组成援随医疗队，当日便冒着风雪赶到随州支援随州市中心医院，接管了该院三个感染病区的医疗工作。”西安国际医学中心医院急诊科副主任、西安国际医学支援湖北医疗队病区主任杨宗义此时也成为援随医疗队的一员。杨峰临行前那句“保护好我们每一个医护人员”的嘱托，让他深感责任在肩。

“在随州市中心医院工作的那段日子，对于疑难和危重症患者，我每天在王海昌、薛妍的指导下讨论病情及诊治方案，然后向武汉总部杨峰汇报工作，杨峰通过视频或电话指导治疗方案。”杨宗义至今记忆深刻，“杨峰根据诊疗情况，带领吴昌归教授、贾战生教授、王飙落教授等专家，每周保证1次或2次赴随州会诊，为随州抗疫提供最专业、最及时、最精准的帮助，充分体现了一个医疗队队长的责任与担当。”

回归初心的吴昌归

2月3日，吴昌归教授随西安国际医学支援湖北医疗队急奔武汉，支援武汉市第八医院新冠肺炎疫情防控工作。

战“非典”、抗“甲流”……在39年的临床实践中，吴昌归始终奋战在临床一线挽救患者生命。而这一次，他又主动请缨，星夜驰援武汉，冲锋在抗击疫情的最前沿。

变的是战场，不变的是“逆行”。

“立即组建200多人的医疗队驰援武汉市第八医院，并于2月3日前抵达目的地！”

2月2日12时，西安国际医学中心医院员工群中发布了这条消息以后，瞬间被一条条“最美逆行者”的请战信息刷屏。

“我是呼吸内科医生，曾经的军人，也是党员，在这个非常时期，我没有理由不去武汉。”吴昌归坚持地说。

“疫情凶猛，一切都是未知数。你搞了一辈子呼吸内科，我相信你，保护好自己，我们等你平安归来。”在医院从事感染工作的妻子的话语，让吴昌归心安了许多。

2月2日晚，家人匆匆为他收拾了行李。2月3日一大早，吴昌归像军人出征一样，背起行囊来到西安国际医学中心医院参加誓师大会。

“疫情危急，这个时刻就需要我们这样的专业人员挺身而出，义不容辞！”吴昌归在出发现场接受陕西广播电视台记者采访时说。

到了驻地简单吃了几口饭，顾不上休息，吴昌归随即和医疗队领导、专家组成员同武汉市第八医院相关专家进行了紧急沟通，对各项医疗工作进行了部署。结束后，吴昌归又和专家组成员研究初步掌握的医疗信息，对可能出现的问题做好了相关预案。

“遇到一位科室主任，一开口他就哭了。虽然看不清这位主任的眼睛，但可以感到他浑身都在发抖。”2月4日，进入病区后，吴昌归发现这里的医护人员已极度疲惫。

“他们真的太累了，太辛苦了！”连续多日的超负荷高压工作，所有医护人员都已是人困马乏、身心俱疲。

“没关系，我们与你们一起并肩战斗，一定能战胜病魔。”吴昌归说。

出了病区，吴昌归脱下防护服，又与心脏病学专家王海昌、传染病学专家贾战生及感控专家刘冰一起，制定了《医疗工作方案》《医护人员及患者疫情防控培训方案》《队员穿脱防护装备流程》《临床治疗方案》《专家组成员会议制度》等规章制度，并帮助医院改造完善了清洁区、缓冲区和污染区，以及医护人员和患者专用通道。

日复一日，讨论病情、会诊、查房、治疗、交班……吴昌归每天总是奔波在第一线，与时间赛跑。

常年高强度的医疗一线工作，使吴昌归落下了不少职业病，他平时要随身携带十余种药物，药片一吃就是一大把。这次紧急

吴昌归院长：“我只是换个战地去战斗！”

出发，由于太过匆忙，竟然忘带了几种药。而且他一忙起来，就时常忘记了吃药，他心里装着的全是对患者的挂念。几位年轻的医生护士担心他的身体出状况，让他多休息一会儿。他却打趣说："别看我是老同志，身体硬朗着呢。"

"早一分钟抢救，患者就多一分保障！"从医疗队进入武汉市第八医院收治首批患者开始，吴昌归就变得越发忙碌了。

"重症及危重症新冠肺炎患者最突出的临床表现，就是重症肺炎合并呼吸衰竭。"有着 30 多年呼吸重症临床经验的吴昌归，为每位新冠肺炎患者制定精准的个体治疗方案。吴昌归说："个体化用药，特别是对于激素类药物的使用，把握时机和剂量很关键。用药适量，往往会起到事半功倍的效果。"

善打硬仗的王海昌

“您真的是王海昌教授？”

当西安国际医学中心医院心脏病医院院长王海昌站在随州市中心医院院区的时候，该院感染科主任周天彤仍不敢相信，面对面站着的这位在业界大名鼎鼎的教授，竟然来到了随州市这个小地方。

2月15日，接到驰援随州市的命令后，已在武汉市第八医院连续奋战12天的王海昌想都没想，立即打起背包，与其他59名医护人员一起急奔随州市中心医院。

“在疫情面前，我们是白衣战士，不怕苦，不怕累，就是死也要站着死！”临行前，王海昌的动员讲话，字里行间都透露着一个军人视死如归的情怀。王海昌的这番讲话，在59名医疗队员的脑海里激荡，每一个人都摩拳擦掌，热血沸腾。

与当地医务人员对接，了解情况、查看患者病历、指导救治，全面接管随州市中心医院感染病区……王海昌迅速全身心地投入到了工作中。

当时，随州市中心医院共收治有新冠肺炎患者645人，数量多，救治压力大，且危重症患者多，救治难度大。此次医疗队整体接管的随州市中心医院感染病区，也是随州市抗疫任务最艰巨的地方，王海昌说：“这又是一场硬仗呀！”

“走，查房去。”王海昌对同队病区主任杨宗义说。他们穿上严实的防护服，戴上N95口罩，戴上防护手套，扎紧袖口，撕开防护衣胸前的封条，贴紧缝隙，盖上防护面罩……全身被白色防护服裹得严严实实，仅露出护目镜下的双眼。

2月16日，是医疗队全面进入随州市中心医院工作的第一天。这一天，也正好是王海昌57岁生日。

王海昌站在院区内，看到医护人员用马克笔在防护服前胸和后背的位置写上姓名，又在防护服背面空白写上“加油”的字样。他的内心，顿时又增加了几分必胜的信念。

王海昌及西安国际医学医疗队的到来，无疑给随州市中心医院吃了一颗“定心丸”。

在随州市中心医院，有一位86岁、处于浅昏迷状态的新冠病毒肺炎的患者，他的多个脏器功能已经衰竭，2月17日早晨，又出现了突发性心动过速……患者一家人都是疑似病患，全部被隔离。

那一刻，患者及其家属的无助、悲痛、恐惧，王海昌历历在目；那一刻，他的内心无比沉重。

还有一位76岁的老人，她口唇发青，气喘吁吁，血氧饱和度只有85%。当王海昌及其他医护人员俯身安慰这位患者，老人得知他们是来自西安的专家时，很艰难地说了声：“谢谢……”这一声“谢谢”，饱含着患者对战胜病魔的希望，也饱含着患者对国际医学人的信任。

“看到你们每天穿着厚厚的防护服，眼罩上满是雾水，我真的很心疼。”一位患者说。

作为医疗队长的王海昌，总是冲在最前面，站在最险处，把风险留给自己，把安全留给他人。王海昌和他的团队与时间赛跑，

2月3日，王海昌教授随医疗队奔赴武汉

争分夺秒，把一个又一个患者从死神手里抢了回来。

王海昌大胆探索，在疑似新冠肺炎合并急性冠状动脉综合征（ACS）方面，推广和优化了一系列诊疗决策和急诊 PCI（经皮冠状动脉介入治疗）流程，并根据判断、确诊、处理等流程，形成了一套成熟的方案。

“志为心之所向！”王海昌常这样说。几十年来，他始终用初心、真心、诚心佑护着健康，守护着生命。无论是在武汉市第八医院，还是在随州市中心医院，王海昌都是如此践行着。

2 月 20 日，经西安国际医学支援随州医疗队医护人员的精心治疗和护理，随州市中心医院收治的 10 名新冠肺炎患者通过各项检测和专家组评定，终于康复出院了。2 月 24 日，又有 10 名新冠肺炎患者出院……

“厚厚的防护服，我们看不见您坚毅的眼神，却看见您无畏冲锋的身影！”这是随州市中心医院医护人员谈起王海昌时，说得最多的一句话。

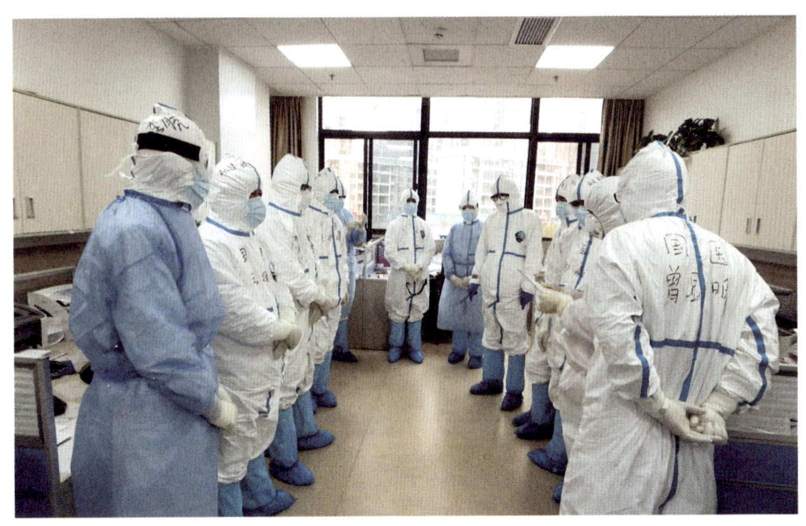

王海昌教授主持随州市中心医院感染疾病科工作晨会

一袭白衣，有怎样的魔力，能让一个人不顾生死？用生命承担使命，用生命守护生命……在这场特殊的战“疫”中，王海昌和所有西安国际医学人用生命诠释了何为“医者仁心”。

疾风知劲草，烈火炼真金。抗击疫情既是一场激烈的战斗，也是一场精神与意志的淬炼！在关键时刻担大任，王海昌无愧为曾经的军人和共产党员的称号。

严谨顶真的贾战生

61 岁的贾战生是西安国际医学支援湖北医疗队里年龄最大的队员，也是唯一的传染病学专家。在贾战生看来，在新的重大传染病疫情面前，作为刚刚退役的老兵、老党员和传染病学专家，驰援武汉疫情防控是他义不容辞的责任和使命。

春节前后，武汉市和湖北省疫情告急，贾战生心急如焚。

贾战生几十年的研究方向为病毒性肝炎的防治、肝病细胞治疗的基础与临床研究等，有着丰富的临床经验。他经历过 2003 年的“非典”病毒防控工作；参与过非洲埃博拉疫情防控工作和科室改建任务，获得了国家先进集体荣誉；也承担过陕西省 H7N9 型禽流感疫情救治任务，腺病毒感染疫情防控任务。这一次，在武汉工作的 50 天里，贾战生发挥传染病学专业所长，在新冠肺炎疫情的防控工作中起到了重要作用。

2 月 3 日抵达武汉，贾战生刚安顿好住宿，就进入了紧张的交接工作中。武汉市第八医院是一所以诊治肛肠疾病为特色的三级综合医院，疫情大面积暴发后，在武汉市江岸区新冠病毒防控指

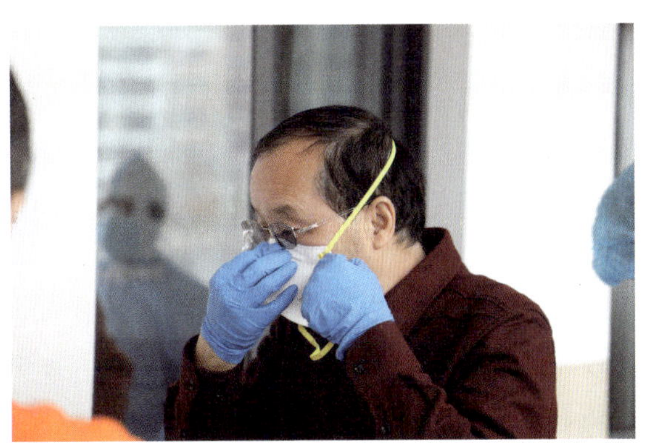

传染病学专家贾战生在随州市中心医院，此时正在穿戴防护装备

挥部的支持下，1 月 30 日，当地一家公益基金会与武汉市第八医院联合成立“应急医院”，专门面向社会收治新冠肺炎患者。

西安国际医学全面接管武汉市第八医院后，负责 2 个重症区和 4 个普通病区患者的救治工作。由于多日来的连续加班和高负荷工作，该院已有几十位医务人员无法继续工作，一线医护人员严重短缺，不堪重负。

贾战生马上意识到，武汉市第八医院的感控工作刻不容缓，必须按照“三区两通道”的要求改造，不能让出入人员、物流和污染物、通道相互交叉。

2 月 4 日一大早，贾战生就来到防控培训现场，要求正在接受培训的全体支援湖北医疗队队员严格遵守“三级 + 防护”的规定和要求，按程序认真做好穿、脱隔离服的每一个步骤。

当天晚上，在武汉市第八医院会议室和该院领导接洽会上，贾战生坚决要求：“在没有平面三区结构的条件下，根据医院结构以及楼梯电梯布局，‘立体’设置‘三区两通道’流程，以避免交叉感染。”他同时说道：“我作为武汉防控指挥部特聘的传染病学专家，请八院严格按照我们的要求进行改造。”同时，贾战生对随州市中心医院感染病区的改造进行了现场指导，避免了原来在感控流程上存在的交叉污染问题。

有人说，贾战生是一个十分认真的人。比如，他为了提高大家的自我保护意识，专门邀请了同在抗疫前线的空军军医大学唐都医院护士长李沛和几位护士，到酒店为医护人员演练穿脱防护服，讲解相关注意事项……

有人说，贾战生是一个工作不讲情面的人。比如，他态度坚决地提出武汉市第八医院和随州市中心医院改造方案，指导刘冰主任制定流程并提出督导要求，要求对方医院不打折扣地执行……

有人说，贾战生是一个十分严谨的人。比如，他亲自为武汉市第八医院和随州市中心医院的危重症患者查房，针对具体患者病情讨论和完善诊疗方案。

自接管武汉市长江新城康复驿站后，贾战生多次去看望康复期再隔离的患者。他发现医护人员数量不足，护士们跑着护理都来不及，就给他们提出建议：“把康复人员分成八人一组，选出组长，协助医护人员对组内老年人的生活进行照顾。”这一招还真灵，而且很快在武汉市长江新城康复驿站推广开来，起到了意想不到的良好效果。

新冠肺炎是一种新的疾病，缺乏有效药物，危重症患者死亡率较高，贾战生积极探索新的治疗方案。在初步了解新冠病毒的病理基础后，他分析出脐带间充质干细胞可以用于新冠肺炎的临床治疗，并着手制定人脐带间充质干细胞在新冠肺炎患者的应用方案，用于临床并取得了一定的效果。对于取得的疗效，贾战生喜悦之情溢于言表。

本色不改的薛妍

“我们医疗队的医护人员精心照顾每一位患者，将自己的补给送给患者。在进入最危险的重污染区之前，医护人员们尽量少吃少喝，避免 4 小时穿戴防护服期间不必要的生理需求，用精湛医术、精心护理为患者带来希望。”4 月 22 日，西安国际医学中心医院肿瘤医院副院长薛妍在做客陕西广播电视台融媒体直播间时，讲述了在湖北抗疫一线背后的故事。

2 月 3 日以来，薛妍随西安国际医学支援湖北医疗队先后在武汉市第八医院、随州市中心医院、武汉市长江新城康复驿站从事新冠肺炎患者救治工作。对和自己并肩作战的“战友”们，薛妍既敬佩、又感动。护理组中有三分之二是“90 后”、甚至不乏“95 后”的年轻人。

在“非典”时期，他们还是懵懂的孩子，而在新冠病毒袭来时，他们已经长大，已经肩负重任并且勇于担当。薛妍从他们身上感受到了青春的活力与朝气，也从他们身上看到了国家、民族的未来和希望。

从医多年的薛妍，擅长多种肿瘤的内科治疗。多年部队的培养，使得薛妍矢志不渝，这次毅然决然地报了名。

薛妍副院长签署请战书

刚接管武汉市第八医院时，薛妍发现整个院区并没有规范的“三区两通道”划分。此时，她作为“排头兵”陪同感染专家刘冰改建和完善各个通道，给队员们创造出一个合格、规范的穿脱防护服区域，为后期队员们的“零感染”夯实了基础。

薛妍回忆说，当时的每一步都像“踩地雷”。“刚到时，无论是穿脱防护服，还是在病区工作的各个环节，我们都要打起十二分精神，哪个环节都不能出问题。通过一段时间的努力，我们学会遵守每一个细节和规则，每天都在不断地进步。”

有一位妊娠晚期的新冠病毒患者，接受剖宫产后就进入隔离病房治疗，未见过刚出生的孩子，对于一位母亲而言，这是多么痛苦啊！为了完成这位年轻母亲的心愿，也为了让她更加积极、阳光地与病魔作斗争，薛妍积极协调联系了新生儿科，专门拍了一段孩子的视频给她。看到孩子健健康康，患者喜极而泣……

“你们是天使，待我如家人。”这位年轻的母亲说，“我虽然看不清你们的容颜，但我知道，你们是我心中的玫瑰。”在生与死的疫情面前，患者们这些真挚暖心的话语让薛妍非常感动：“虽然每天都处在精神高度紧张的状态下，但真切地体会到了作为一名白衣战士的光荣。”

“心病不除，百病难消。”这不仅是一场身体上的战役，也是一场心理上的战役。薛妍说：“查房时，我会对患者说：‘别怕啊，这就是一场重感冒，吃好喝好，心存希望一定能好！’但疫情过后，患者更需要的是家人、朋友的倾听和陪伴。那时，理解的眼神、温馨的笑容、暖心的拥抱才是他们最大的慰藉！而在病房里，就由我们这些医护人员作为他们的家人来照顾他们、安慰他们。大多数患者的坚强、乐观和坦然，让我感动于生命的温度和弹性。”英雄的城市孕育了英雄的人民，几个月后，薛妍回忆起往事依然心潮澎湃。

薛妍为武汉市和随州市的医护人员所感动。抗疫初期，物资

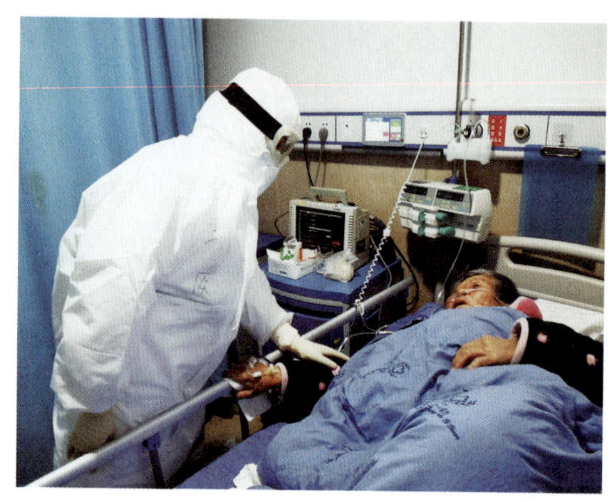

薛妍副院长看护患者

匮乏、人员短缺，医护人员长期战斗在一线，虽然精神处于高压状态，身体也极度疲乏，但仍然坚守岗位，奋战在一线。薛妍也感动于患者的坚持与坚强，她时常对患者说：“加油！有我们在，一定没事的！”

初春的一缕阳光洒落在病房，泛起温暖柔和的光晕。窗外，初开的樱花散发着淡淡香气。战斗在疫区的每个清晨，薛妍都会精神抖擞、义无反顾地去履行一位医者的崇高使命。

生死线上的王飙落

“作为医生，就应该救死扶伤；作为一名曾经的军人，就应该重新披上铠甲，走向战场……”这是西安国际医学支援湖北医疗队专家组成员王飙落常讲的一句话。

王飙落是西安国际医学中心医院消化病医院消化内科二病区主任，从事医疗、教学、科研工作30余年，擅长胆胰疾病的内镜下治疗等消化内镜诊断技术，在消化内镜诊治方面卓有建树。

王飙落总是很谦虚，也很低调，对于战友们却不吝夸赞。他说:“在专家组中，吴昌归教授是呼吸科方面的专家，专业方面他最有发言权；王海昌教授拥有非常丰富的经历，又是一个非常细腻的人，总是会发现许多被忽视的细节问题。”

王飙落一到武汉，就进入了“时不我待”的工作状态。

“医护人员防护服穿脱是重中之重。”

“严格把关医院感控，设立监管督查人员。”

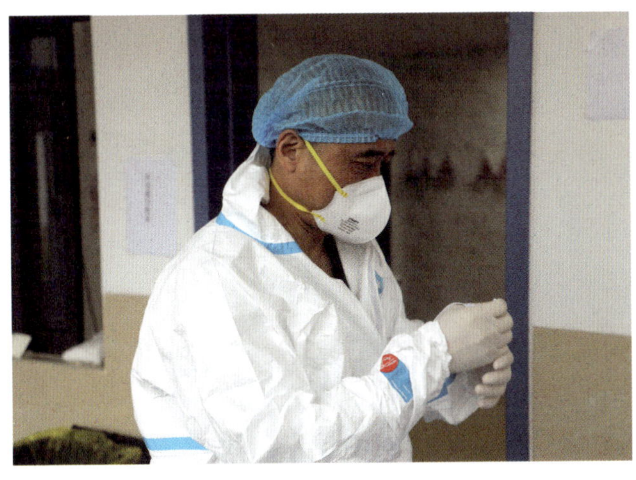

王飙落主任在随州市中心医院穿防护服

重要的工作细节，他总是一条一条地记在本子上，然后一竿子插到底，在医疗队里他身先士卒，执行规则从不打折扣。

医护人员在救治中要“零距离”接触患者，有任何的疏忽都可能会酿成事故。所以只有严格按照流程规则，做好每一个细节，才能实现“零感染”。一次，在查房过程中，王飙落发现一位20多岁的女患者伴有腹痛、腹泻、心慌等症状，同时十分焦虑。王飙落在仔细询问后，从自己专业的角度对病情进行综合分析，认为该患者的腹泻是由其他原因引起的，建议停服一些对消化系统刺激较大的药物。经过几天的药物调整和心理干预，患者的病情果然发生了好转。

“是一名医生，就要不负重托、不辱使命；面对新冠病毒，就要有与疫魔拼刺刀的技术与实力；是曾经的军人，就要有不怕牺牲、敢打胜仗的决心，就要有敢与死神掰手腕的勇气与担当。”王飙落坚定地说。

其实，像王飙落这样严谨、低调、求真、务实的专家，在支

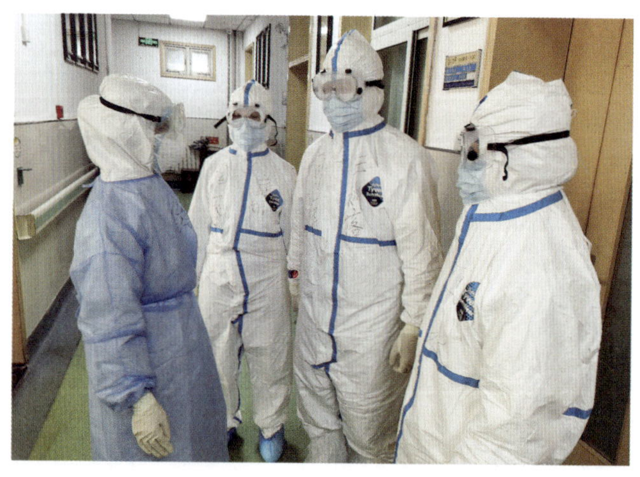

王飙落（左三）与薛妍（左二）在武汉市第八医院作为专家组成员指导病区工作

援湖北省的西安国际医学人中还有很多很多。

因为他们，这支医疗队才有了“底气”。

因为他们，这支医疗队才有了“硬核”。

因为他们，这支医疗队才有了“主心骨”！

第六章

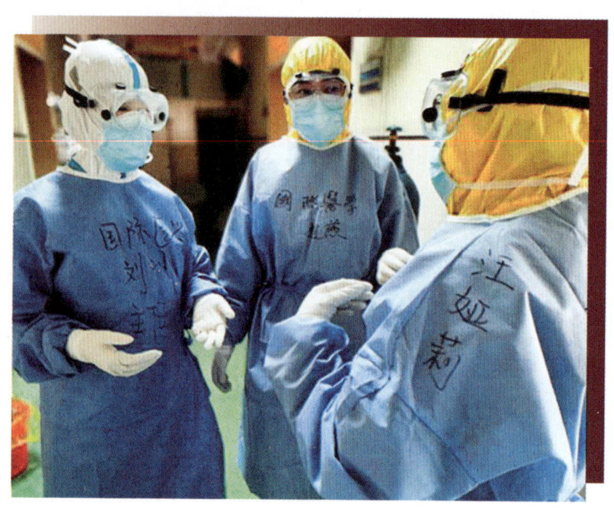

感控部刘冰和赵燕到病区

感控管理无小事

若不是这场疫情，恐怕还真没有多少人知道什么是“感控”。

有着 26 年医院感染管理工作经验的刘冰说：“感，是指在医院发生的感染；控，是指防控，即通过科学、规范的系统管理防控医院感染。对抗新冠病毒的战斗，临床治疗是重要的战场。而在战场的外围，感控犹如一道防线，为白衣战士和患者们排查感染风险，构建起一道安全屏障。”

治疗是针对已经确诊的患者，感控则能防范新增病例，其意义和作用不言而喻，更不能掉以轻心，否则后果不堪设想。

构建安全屏障

一到武汉市第八医院，西安国际医学中心医院感控部主任刘冰立即进入工作状态，仔细查看每一栋楼、每一条通道。她深入医院的每一个角落，掌握院区的布局和建筑结构，并且反反复复、一遍一遍地进行勘查。

凭着深厚的专业知识和丰富的感控经验，几个小时后，刘冰就拿出了一套在武汉市第八医院全院建立大三区的高效便捷的整改方案。

在方案中，刘冰提出在武汉市第八医院的前门与后门之间实施完全的物理屏障，患者由前门进入院区，将整个院区视为污染区，全院建立一个进入通道、一个出口通道，工作人员则从后门进入医院，通过新建立的通道进入前院污染区。

刘冰拿出的方案，得到了杨峰队长和专家组的一致认可。

“刘主任，首批西安国际医学医疗队队员将于 2 月 6 日正式进入武汉市第八医院病区，开展医疗救治工作。”杨峰语重心长的话语，让刘冰本来就很紧迫的心情更加重了一分。

方案确定后，武汉市第八医院提出：由于交通管制，没有工人。杨峰就与武汉市第八医院领导连夜到武汉市江岸区政府进行沟通，请区政府协调解决施工改造问题。区政府决定协助安排工人进行施工，连夜开始对武汉市第八医院进行改造。

交通管制、材料紧缺、改造施工的人员紧缺……改造工作困难重重。“时间又紧迫得就像头上有一把剑，脑子里当时就只有一个念头——必须尽快完成改造，让医护人员 2 月 6 日能够安全、快速地进驻院区救治患者。”刘冰一直盯在现场，协调解决各种困难，指导通道区域的划分，督导、跟进改造进度，直到院区达到“三区两通道”的要求。

这一天，西安国际医学支援湖北医疗队第一时间组成督导消杀小组，由刘冰牵头，毛金莲护士长负责具体工作，联合医教部、护理部、医学工程部、药学部配合完成。

毛金莲曾在军队医院的野战医疗所接受过正规的野战培训，军人雷厉风行的性格在她身上显露无遗。2月6日一大早，毛金莲就派出6名先遣队员对武汉市第八医院清洁区、缓冲区、病区区域进行消杀。

“杨鹏，你和史金平设计一下更衣室、换鞋室。”

“这里，要对物品进行重新摆放。”

“大家看啊，对每个房间都要进行彻底清扫，使用含氯消毒剂对墙、顶、地及物品表面进行喷洒消毒，要不放过每一件物品，不漏掉每一个角落。”

医学工程部杨鹏及药学部史金平为腾出空间改造更衣室，硬是抬起了一张张沉重的病床，又把更衣柜一个个挪进房间。

感控部赵燕护士长穿上厚厚的防护服，背上沉重的消毒器具，仔细对病区消毒。

队员们刚到武汉便参加防护服穿脱培训

正在巡查改造进度的刘冰走到清洁区，看到瘦弱的赵燕背上重重的消毒器具，不免有些心疼，下意识就喊了一声“赵燕”。

赵燕应了一声，对刘冰挥了挥手，微笑了一下，就转过身去继续消毒了。

刘冰内心无比感慨：穿上这身白衣盔甲，她们就是大家生命的守护神，就是全体队员安全的屏障。

休息室、男更衣室、女更衣室、换鞋室、专家更衣室、第一穿衣间、第二穿衣间、第三穿衣间、护士站……经过4小时的奋战，6名先遣队员所负责的清洁区域整理和消杀工作越来越像样了。

全体人员不叫苦、不喊累、不嫌脏，这些曾经是爸妈的小公主、被丈夫百般呵护的人，穿上这袭白衣，仿佛瞬间都变成了大力水手，干起活来浑身充满了力量。

毛金莲已经连续工作了9个多小时，滴水未进，工作人员心疼她，劝她先回酒店休息。她却摇摇头说：“明天大批人员进场，我不放心，就是回酒店我也寝食难安，让我留下和你们一起战斗吧。”于是，她又继续投入到了工作中……

打造最美“战袍”

在武汉市第八医院陆续交接的病区中，督导组成员压力巨大，刘冰心急如焚地赶到医院。

“主任，你回酒店远程指导吧，我在这儿盯着就可以了。”赵燕担心刘冰弱小的身体撑不住，就去劝她。

刘冰却急了：“我要跟你们在一起，我们要保障全体队员的安危。”

本已经坐上返回酒店的通勤车的杨鹏，也立即返回到医院。

“你走吧，赶快回酒店，你都工作了 9 个小时了。”刘冰说。

“我是男生，我来做保障。”杨鹏道。

细节决定成败。划好分区、布好通道、做好培训只是感染防控的第一步，进行全方位的细节和过程管理才是做好感染防控的关键环节。

“防护是保护一线人员最重要的屏障，要实现医务人员‘零感染’的目标，医护人员防护是重中之重。此次支援湖北医疗队队员中 90% 以上为非感染相关专业医护人员，防护知识欠缺，绝大多数人没有见过防护服实物，有防护用品穿戴经历的人员更是寥寥无几。”针对现实，刘冰及督导组人员守在入口通道处，看着每一个队员一件件地穿上防护用品，包括防护口罩、帽子、防护服等。为了确保穿戴的顺序和方法正确，确保严密性良好，督导人员紧盯着每一个步骤。

穿戴过程并非一帆风顺，在穿防护服时，有的人单脚会站不稳；戴上好几层手套的手会感觉麻木，再去绑外科口罩细细的带子也着实费力；体形稍微健硕的队员穿上防护服甚至弯不下腰去套鞋套……

对于这些问题，督导人员会给予及时的协助，认真帮他们解决问题。其实，他督导人员不但要对穿戴不熟练的人员提供帮助，还要对穿戴不规范的人员进行纠正，同时反复为大家讲解防护用品的穿脱流程和注意事项。

医护人员穿戴好防护设备，进入污染区前，还要逐一检查防护效果，确认没有问题后，在每个人的防护服上签上姓名，才能让他们进入病区。

脱防护用品则更为复杂，整个过程有二十多个步骤，稍有不慎，就可能会被感染。医护人员从病区出来，身上的防护用品已经被污染，需要严格区分洁污，避免交叉，每脱卸一件防护用品，就需要进行一次手卫生消毒。

队员们脱防护用品的时候，刘冰更是站在旁边，随时提醒。

“撕胶带的动作不要太大，避免气溶胶的产生。”

“双手翻转时要充分，不能污染内穿衣。”

“下拉防护衣时，首先要抓住帽子。”

“慢慢翻转，动作要轻柔。”

“先抬后脚跟，再抬前脚尖。”

“脱手套时，不要将手套拉伸太大。”

这些话，刘冰不知道自己一天要提醒多少次。而每一次的提醒，都是她对安全的负责。

身处疫情的中心，刘冰每天面对传染性极强的新冠病毒，面对确诊人数增加的疫情，面对相对缺乏防护知识的医护人员，其内心压力之大不言而喻。

空前的压力，使刘冰深真切地体验到了“食不甘味”“夜不能寐”这两个词的真正滋味。

“平日的感控关注更多的是医疗活动过程，而到了武汉，感染防控不仅仅局限于医院和诊疗过程，而是已经扩展至生活的每一个细节中。”刘冰回忆道，医疗队抵达武汉后，生活驻地感染防控成为首要问题。

到达武汉后，医疗队的生活驻地为独栋酒店，刘冰立即安排，专门设置了一个出入口，封闭其他通道及未入住的区域。从那一刻起，非医疗队人员禁止进入酒店楼内，特殊情况需要进入的外来人员，必须做好消毒、体温筛查及登记。

“小伙伴们发明了用牙签按压电梯按键的方法。”赵艳边说边微笑着，“还有用剪开的矿泉水瓶收集牙签，也成了酒店的一道风景。”

“人员之间尽量保持 1.5 米以上的距离，乘电梯一次不超过 4 人，尽量避免面对面站立。”

刘冰利用院方改造、布局的时间，让赵艳根据现有防护用品种类及样式，设计穿脱防护用品流程，对全体队员进行了为期两天的穿脱防护用品实操培训，采用现场演示及分组练习的形式，按照医护人员进驻病区的顺序，进行分批强化培训。队员们反复认真地练习，以确保人人通过考核标准，都能正确完成防护用品的穿脱。

在那段时间里，刘冰每天早上都会随着第一班工作人员到达医院，在医护人员通道与感控督导人员一起进入病区，指导队员们对走廊、治疗室、库房、护士站、医生办公室等各区域的环境进行彻底清洁消毒，对物品进行规整，对无菌、清洁、污染物品进行分类分区放置，并做好标识，使病区环境整洁规范。

有一次，刘冰在路过武汉市第八医院 3 楼缓冲区时，进入医院的应急处置室，当时映入眼帘的场景让人只能用三个字来形容，那就是“脏乱差”。

出于职业习惯，刘冰打电话给赵艳，让她带几个人来一起整理。

不出几分钟，感控部的赵艳、督导组的毛金莲、护理部王莹护士长和史璐护士长都赶了过来。她们穿着厚厚的防护服，戴着护目镜，登高把应急室的墙面、门框进行了除尘工作，把每一个角落的物件一一移开，进行彻底的清洁、消毒和布点，并粘贴标识。

背上的汗很快就湿透了衣衫，护目镜上的水珠遮住了双眸，

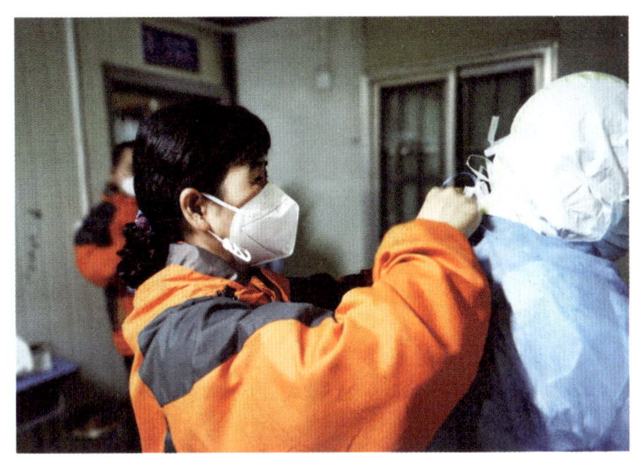

刘冰主任为队员检查防护服穿戴情况

但她们不嫌苦、不叫累，站到窗户前凉一凉，然后继续工作。

此时路过的刘永平主任看到，急忙说道："刘主任，赵护士长，你们怎么自己动手干，我去叫几个年轻人来一起帮着干。"

刘冰冲他摆摆手，说："不用了，他们要在最前线治疗患者，我们不要打扰他们的工作，要给他们营造一个安全、干净的环境。"

在武汉市第八医院，刘冰还践行着国际医疗卫生机构认证联合委员会标准的"6s"（整理、整顿、清洁、规范、素养、安全，因为6个词的外文前面都是s，故统称为6s）管理，在进入污染区之前的清洁区通道内，设置了男更衣室、女更衣室、换鞋室、专家更衣室、穿防护用品区，同时设置了休息室。休息室的床上，铺上了大家熟悉的粉色床单，并配备了水、牛奶及制氧机等应急物品。根据刘冰的经验，医护人员在穿戴防护用品开展繁重的诊疗工作的过程中，可能会出现身体不适的情况，所以为他们设置了温馨的休息场所，用有限的资源执行国际医学的高标准，体现了严谨认真的国际医学精神。

西安国际医学中心医院呼吸内科二病区护师、武汉市第八医

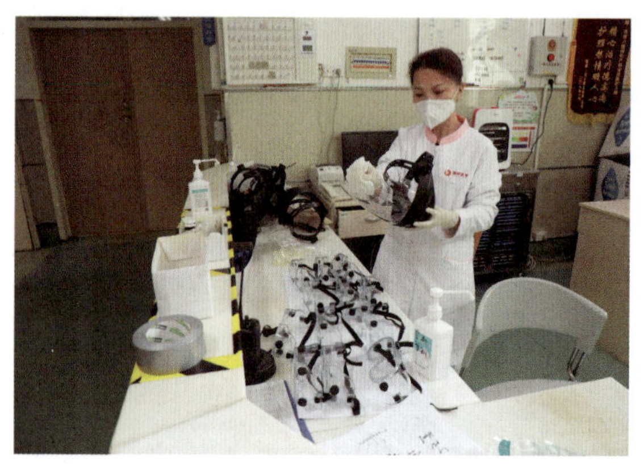

史璐护士长在武汉市第八医院清洁护目镜、防护面屏

院医疗一组成员车敏鑫在手机群里发过如下分享。

> 世界上最先使用口罩的是中国，时间追溯到元朝，马可·波罗在他的《马可·波罗游记》一书中记载：“元朝宫殿里，献食的人，皆用绢布蒙口鼻，俾其气息，不触饮食之物。”这种蒙口鼻的绢布，就是最原始的口罩。19世纪末，口罩开始应用于医护领域。20世纪初，口罩首次成为大众生活的必备品，此次新冠病毒肺炎疫情，口罩在预防和阻断病毒传播中扮演了重要的角色。

佩戴口罩可遮掩鼻和口，阻断液体与飞沫、气溶胶微粒通过，既可保护自己的安全，也可以避免他人受感染。普通棉布口罩过滤效率最低，但最舒适，适用于寒冷冬天保暖；一次性口罩过滤效率稍高，可防飞絮、花粉，适用于过敏性鼻炎患者；一次性医用外科口罩适用于感冒发热患者；防护口罩过滤效果最高，但舒适性较低，适用于特殊防护时期。

“七步洗手法”是临床医务工作者通用的洗手方法，用七步洗手法清洁自己的手，清除手部污物和细菌，可以预防接触感染，减少传染病的传播。“内、外、夹、弓、大、立、腕，揉搓不少于十五秒。”这些有用的信息，赵燕和督导组其他人员总会第一时间和大家分享。

每当看到医护人员正确、规范地穿上全套的防护用品，在刘冰看来，那就是世界上无比美丽的“战袍”。在这场战役中，全套防护用品就是队员们最美的“战袍”，是“抗疫战士”作战时的坚实盔甲，护佑着抗疫勇士所向披靡，百毒不侵。

协同并肩“抗疫”

夜已深了，武汉市第八医院（简称“八院”）督导组成员、西安国际医学中心医院麻醉手术中心护师霍双躺在宾馆的床上，翻来翻去怎么也睡不着。她在想念自己1岁零7个月的孩子，还有和她同一天递了赴武汉请战书，却为了她而选择留守在家的丈夫——西北大学附属医院西安市第三医院医生张徽。

看着寂静的窗外，霍双到武汉后的一幕幕场景不时闪现在眼前。“我们的工作内容，主要有清洁区与缓冲区的消杀、医疗废物处理，重中之重就是医务人员穿脱三级防护装备。明艳、何宁、婷宇、燕妮，你们四个负责清洁区，切记叮嘱每一个人穿的顺序必须正确；霍双、梦园、俊伟、文娟、宝宝、云飞、冯喆，你们负责缓冲区（污染区），怎么保障零感染，就是要盯住他们每一个人，严格要求每一个细节，确保环境与医疗废物处置无误……”伴随着毛金莲护士长的反复确认与提醒，每一个人都各就各位。

这次支援湖北省之行也是霍双初次见到肿瘤二病区主管护师、八院督导组的王明艳。她们是在早上坐班车一起上班时认识的。刚走进武汉市第八医院清洁区，就听到有人不停地叫王明艳，粗略估计应该有五六个人一起。

“来了，来了。”只听王明艳干脆地应了一声，就从霍双身边嗖的一声小跑了过去。

那天，西安国际医学支援湖北医疗队和武汉市第八医院刚交接结束，物资与工作流程还没有完全捋顺，所以早上的事情特别多，霍双加快了脚步，准备去给王明艳帮忙的时候，却见王明艳抱着一大堆防护用品跑了过来。

“张老师，您的护目镜。”

“李老师，您要的鞋套。”

“主任，我这就给您换合适的手套。”

“老师，您注意一下，头发没有完全包在帽子里……”

王明艳温柔且肯定的语气不时传来，她看似瘦弱的身体里却蕴含着巨大的力量，她奔跑穿梭的背影让大家的心里踏实了许多。

用“高冷”来形容何宁，真的很形象。他是超声诊疗中心住院医师、八院督导组成员，平时话不多，但总给人沉稳的感觉。大家经常会开玩笑地说“今天是惜字如金的何宁老师上班”。每次穿三级防护装置时，何宁总会走到霍双身边，看着面部防护措施，提醒她这里不行，需要帮她重新粘一下；口罩的带子太松了，会漏气，需要重新绑一下；有没有试防护服的密闭性……等到下班以后，他就会一个人静静坐在通勤车的角落里听歌，一言不发。

“把平凡的事情做好就是不平凡”，用这句话来形容检验中心主管检验技师、八院督导组成员陈燕妮最合适不过。和她在一起，听到最多的话就是“我来，我来，我来”。她总是像姐姐一样，照顾着每一个人。清洁区每天要消杀，从消毒液的配置到喷洒、擦拭、拖地，紫外线灯消毒……每一个环节至关重要，每天送走大家，陈燕妮就开始像流水线上的工人一样熟练地操作着。消毒液原液桶很重，她会说我来搬；喷洒壶很沉，她会说我来背；紫外线灯很大，她会说我来推。

“美貌与智慧并存”这句话用来形容检验中心检验师、八院督导组成员薛婷宇一点儿也不夸张。爱美的薛婷宇在剪掉心爱的长发时，没有一丝犹豫，而且笑着对大家说：“工作方便就好”。每天大家会从缓冲区拿下来大量预处理的面屏、护目镜等，这些都需要清洁区的人再次进行消毒清洁。从浸泡、打捞，到烘干、擦拭……无数次的蹲下站起，远远看去，短发的薛婷宇显得格外雷厉风行。

“姐，你不用管了，我是一个有强迫症的人，消毒液我要加满，口罩我要添够。”只要接肿瘤二病区护士、八院督导组成员姜梦圆的班，霍双总能听到这样的声音。

姜梦圆总喜欢开玩笑地说，如果能一夜暴富就好了。这个爱做白日梦的女孩，干起活来可是非常谨慎认真的。每个缓冲通道门口都有一张地垫，会由固定的班次用配置好的含氯消毒剂进行浸泡。而不管姜梦圆上哪个班次，都会浸泡。她总是会说：“要保障缓冲区相对清洁，必须让每一个从病房来的战友脚底做好消杀。”就是这份执着，保护着每一个人。

口罩能遮挡他们的面容，却遮挡不住他们微笑时会说话的眼睛。心电检查中心主管技师、八院督导组成员张俊伟就是拥有这双会说话的眼睛的人。他总是能第一时间发现其他队员低落的情绪，给人满满的正能量。知道有的护士想家了，他就会一边开玩笑一边拿起拖把用力拖地，嘴里说着：“等我把地拖干净，就陪你回家。”霍双和他在病房消杀环境时，看着大大的消毒液桶，霍双正在研究要怎么使用，他便一把提过去，笑着说：“你就负责喷，提桶的事情就交给我了。”

听到核医学科护师、八院督导组成员赵文娟的名字，就知道她这个人性格很温柔文静，确实平时很少有人听到她大声说话。

可当她穿上防护服，站在缓冲间的时候，就会知道什么叫作柔中带刚。某天下班时，一名医生在脱防护服时动作过大，赵文娟提醒了他一次，但可能因为声音不够大，那位医生没有听清楚，她便重新大声地提醒说："脱掉防护服的帽子一定要反折向里卷，你看镜子里你卷的方法不对，很容易污染自己。你别那么快，慢点儿！"这番话，隔着两间房子的霍双居然听得一清二楚。

第一次听见消化介入诊疗中心护师、八院督导组成员赵宝宝这个名字，给人一种新生的感觉。当霍双看到他的时候，就感觉到他高大的外表下蕴含着新生的力量。有好几次霍双接班，赵宝宝都会提上来一大桶消毒液、一大桶酒精，以及口罩、手套、垃圾袋等物品

霍双笑着说："这些东西还有。"这时，赵宝宝会用不太标准的东北口音说："这些东西太重，女孩子搬太辛苦，我提前拿好放在这里，大家用起来都方便。"

看着赵宝宝一边说话一边忙着搬东西的样子，每一位在场的工作人员都感觉到，即使在他乡工作，心里也很温暖。

"精打细算"这个词似乎与男人关系不大，可当霍双开始和影像诊疗中心住院医师、八院督导组成员兀云飞交接班的时候，她切身感受到这个词绝不只属于女人。每天来接班，兀云飞总会说："口罩还有一包半，根据你这个班次人数，肯定够用；消毒液还有半桶，你这个班只需要给护目镜换水，肯定够用；酒精已经全部灌满，还剩一桶，肯定够用；垃圾袋第一缓冲区有 15 个，第二缓冲区有 20 个，肯定够用。"

那天看到朋友圈有一张照片，霍双一眼就认出是神经内科监护室护士、八院督导组成员冯喆。但见他两手提了六七袋医疗废物，正在转运去统一放置的地方。一趟又一趟，因为害怕增加污染概率，他便适当抬高双手，不让垃圾袋拖到地上。

“累吗？”

冯喆总是笑着说：“不累。”然后指着自己的肱二头肌说：“你看我这健身的效果怎么样？”

一句看似简单的玩笑话，却能听出来他对待繁重工作的态度，这种乐观的心态感染着现场每一个人。

这时候，霍双的脸上浮起了笑容，这些人在她的记忆中已经烙下了深深的烙印，给了她前行的勇气，使她的浑身充满了力量。

照片中，霍双也看到了工作中的自己：她穿着厚厚的三级防护服，拿着被消毒液浸泡过的拖把，为了不让进入缓冲区脱防护服的战友存在哪怕一丝的感染风险，每送走一批人，她就开始仔仔细细地打扫缓冲区边边角角。她弯着腰，低着头，不一会儿就有气短的症状，刚开始不习惯，拖一会儿，就拉几下被浸湿的工作服，或者站在窗边缓一缓，然后再继续拖。

霍双通过手机自豪地跟丈夫张徽说：“你知道吗？我已经可以把环境消杀一鼓作气全干完了。”

第七章

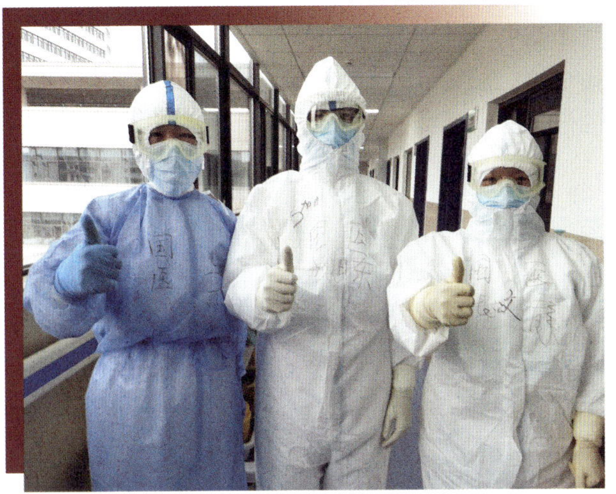

西安国际医学中心医院援鄂医疗队中西医治疗组杨旭东副主任医师（中）、于杰护士（左一）、张文静护士（右一）在随州市中医院

中西医诊疗成“经典”

“在抗击新冠肺炎疫情工作中，我们摸索出了中西医结合的特色诊疗方法：中药口服+熏吸治疗结合超大剂量维生素C，该方案可以使新冠肺炎患者的咳嗽、咽干、气喘、发热等症状明显减轻，治愈率明显提高。”西安国际医学康复医院院长贺西京信心满满地说。

“四汤三维三途径”

2月8日晚上，已过夜半时分，贺西京还在长途奔驰的车上，却毫无睡意。此次星夜奔向武汉市第八医院，就是去考察西安国际医学团队研发的治疗新冠肺炎中西医结合疗法的临床效果。

2月3日，212名西安国际医学医护人员整体接管了武汉市第八医院。随着入院新确诊的新冠肺炎患者日益增多，医院的压力也越来越大。尽管在临床治疗中，中西医结合治疗效果较好，但在具体实施上，也遇到了一些困难与阻力。

质疑之声一个接一个从前线传来：超大剂量的维生素C应用疗效到底怎么样？过大剂量有副作用吗？无形增大了工作量和风险到底值得吗？

西安国际医学决定派贺西京去武汉市第八医院进行临床考察和指导。此时此刻，贺西京不由地回想起新冠肺炎疫情在武汉暴发后，西安国际医学积极响应党和政府号召，建立国际医学抗疫临时指挥部，启动了中西医结合治疗新型冠状病毒肺炎的研发工作。

那段日子，西安国际医学的领导班子几乎天天住在“书房”（西安国际医学会客厅），力求得到最新的研发消息，以便更好地抗击疫情。

与此同时，国家也组织中医药学专家前往武汉市考察，研讨制定中医诊疗方案，先后推出了《新型冠状病毒感染肺炎诊疗方案（试行第一至第五版）》中医药诊疗方案。

1月23日，陕西省发布了《新冠肺炎中医药防治方案》。就在同一天，西安国际医学立即部署旗下西安国际医学中心医院联合西安国际医学高新医院中医药专家，组建了以贺西京教授领衔的中西医结合团队。团队成员不仅有吴昌归教授、王海昌教授和药学专家冯一凡、神经科专家刘建军、主任药师张剑、医师刘永平、杨旭东、汪娅莉以及手术室护士付腊梅、骨二科护士雍翠翠、呼吸科医生高和飞等，还有一些制剂、工程 IT 方面的专家。专家们在省指导意见的基础上，结合长期的医疗实践经验，起草制定了多个中药汤剂、熏吸剂的膏方、香囊等防疫妙方。

刘建军是从事医院管理和临床工作数 10 年的神经科专家，他及时搜集湖北治疗一线信息，了解许多患者多因“细胞因子风暴”

本方为国际医学赴湖北中西医结合医疗队临床指导方

方案二

西安国际医学中心医院
Xi 'an International Medical Center Hospital
西安国际康复医学中心医院
Xi'an International Rehabilitation Medical Center Hospital

PRESCRIPTION
处方笺

DATE&TIME
开方时间：新冠肺炎发病期间

PRESCRIPTION NO.
处方编号：

NAME 姓名：______ SEX 性别：______ AGE 年龄：______ WEIGHT 体重：______ CHARGE TYPE 费别：______

PATIENT NUMBER ID 号：______ DEPT 科别：______

DIAGNOSIS 临床诊断：新冠肺炎 PHONE 电话：______

Rp：

【方一】 补中益气加减方（不发热患者及康复期使用）

生黄芪 30g 人 参 15g 生甘草 15g 生白术 10g 陈 皮 6g 当 归 10g 大 枣 6 枚 生 姜 9 片
柴 胡 12g 升 麻 6g （划价：20.11 元）

[制作方法]：以上药物合并水煎，水煎液高速离心去除杂质后，浓缩至 50g，每 25g 一包。

[服用方法]：一次一包，一日两次，温开水送服。

【方二】虎黄排毒膏（发热患者使用）

生黄连 20g 生大黄 10g 生黄芩 10g 苍 术 10g 紫 苑 10g 鱼腥草 10g 蒲公英 10g 虎 杖 10g
生黄芪 20g （划价：12.60 元）

[制作方法]：以上药物合并水煎，水煎液高速离心去除杂质后，浓缩至 50g，每 25g 一包。

[服用方法]：一次一包，一日两次，温开水送服。

【方三】白母清热解毒膏

葛 根 15g 白 芷 12g 辛 夷 9g 板蓝根 30g 连 翘 15g 浙贝母 12g

[制作方法]：以上药物合并水煎，水煎液高速离心去除杂质后，浓缩至 50g，每 25g 一包。（划价：5.52 元）

[服用方法]：一次一包，一日两次，温开水送服。

【方四】中药加维生素 C 熏吸方

生黄连 20g 生大黄 10g 生黄芩 10g 苍 术 10g 紫 苑 10g 鱼腥草 10g 蒲公英 10g 虎 杖 10g
生黄芪 20g （划价：14.80 元）

[制作方法]：以上药物合并水煎，水煎液高速离心去除杂质后，浓缩至 50g，每 25g 一包。

[熏吸方法]：用全智能电饭煲（规格 5L）加 3L 水，投入 2 袋制成的膏剂，煮沸后加入维生素 C10g，氧气管插入中药液底部（氧气流量大约 3-4L/min），用口鼻交替深吸蒸汽，每次 30-40 分钟，每日 3-7 次（还有嫩肤作用哟！）。

【方五】冲击量维生素 C

1.维生素 C 加入 5%葡萄糖 100ml 静脉滴注，一次 10g/60kg 体重（333mg/kg 体重，参考公斤体重计算药量），每日不小于 20g/60kg 体重，每日分两次（冲击量，间隔 12 小时一次）。

2.维生素 C 口服，一次 3g，一日三次（间隔 8 小时一次）。（划价：17.49 元）

3.每五天为一个疗程。

【方六】维生素 E、叶酸

1、维生素 E 胶丸口服 200mg/次，一日三次（间隔 8 小时一次）。

2、叶酸口服，一次 10mg，一日三次（间隔 8 小时一次）。（划价：4.56 元）

PHYSICIAN 医师：贺西京教授中西医结合团队 SIGNATURE 电子/手工签名：______ CHECK 审方药师：______ SIGNATURE 电子/手工签名：______

PHYSICIAN 调配药师：______ SIGNATURE 电子/手工签名：______ CHECK 复核、发药：______ SIGNATURE 电子/手工签名：______

注：处方当日有效！

TOTAL AMOUNT
总金额：75.08 元（现时供采价）

致死的报道后，与多位专家沟通交流，提出了中药加维生素 C 等治疗的思路。

药学专家冯一凡曾主持、参与开发 10 多种中药新药并获批。他结合湖北省新冠肺炎主要为寒、湿症的特点，整理以往西安国际医学专家在治疗流行性感冒的经方、验方，与刘建军主任医师、张剑主任药师昼夜加班，经过几天几夜的研究，对原有的组方进行反复推敲，研发出两种预防汤剂和补中益气膏、黄参清热解毒膏、虎白清热化痰膏、白母清热解毒膏四种中药膏剂，中药熏蒸雾化吸入、冲击量维生素 C、维生素 E 和叶酸给药等相结合的中西医结合特色疗法。

两种预防汤剂主要突出清热解毒、燥湿驱寒功效，增强大众免疫功能，作为大面积预防使用。鉴于湖北省新冠肺炎患者情况复杂、病情不一、难以加工制剂的实际问题，冯一凡、刘建军提出把原来的制剂根据不同患者症型、不同阶段分为四种，单独使用，突出辨证施治原则，而且突破传统膏方以滋补调理为主的理念，创新性地把汤药加工为治疗用膏剂，既保证了服用剂量，还便于保存、运输。

“四种中药膏剂中补气健脾膏主要以调补脾胃，益气升阳，甘温除湿为主，用于脾胃虚弱，中气下陷所致的食少腹胀，体倦乏力，气喘，身热，头痛恶寒，久泻等症，给初期发病和恢复期患者使用。虎黄排毒膏具有清热解毒，固表升阳，健脾燥湿，润肺止咳等功效，适用于干咳、发热、乏力、气促、胸闷、痰喘等症，主要配以专用加热熏吸装置加氧气用于患者熏吸，用于发热患者，避免病情加重；白母清热解毒膏具有解表退热，祛风止痛，宣通鼻窍，化痰止咳等功效，用于风寒、风热及流行性感冒，症见恶寒、发热、鼻塞、流涕、咳嗽、头痛、咽喉痒痛、周身酸楚等症，适应于中、重症患者；双黄益肺通便膏具有补气助阳，健脾养阴，清热，理气和胃，活血散瘀，止咳化痰等功效，用于大（久）病

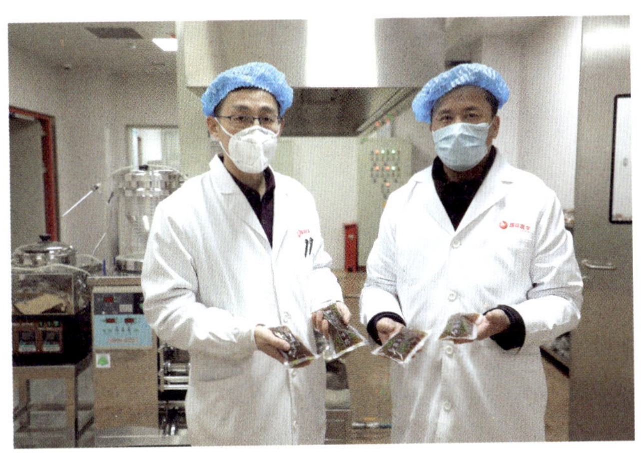

张剑和刘万宝熬制中药汤剂

初愈，体弱气虚，气短、倦怠乏力，口渴少津，食欲不振、呕恶、便秘，身热多汗，干咳、憋闷，脉无力等症，主要对肺气不足、便秘等患者使用。”张剑介绍道。

中西医结合特色疗法，遵循中医正气内存、邪不可干的原则，制定了增强新冠肺炎患者机体免疫功能的方案，同时制定了清除免疫过激反应产生堆积的自由基，保护肺、心脏等主要脏器不受损伤的诊疗方案。疗法具有四大特点：一是中西医结合创新实施，采用经典古方加减制成膏剂，配以超大剂量维生素C静脉给药，配合口服维生素E和叶酸等综合施治；二是口服、熏吸、静脉滴注等多途径联合用药，为中西医结合治疗新冠肺炎作出了积极的探索；三是研制的中药汤剂组方，药味少而精，针对性强，便于现场医生根据不同病情、不同病症辨证施治；四是所有中药可在后方加工制成膏剂，专车运到湖北供医疗队使用。

除了中药膏剂外，西安国际医学将研制的一些新产品给患者做辅助治疗，缓解了患者腹胀、食欲缺乏、便秘、腹泻等症状。

“在武汉抗疫的日子里，治疗的新冠肺炎患者，除部分重症和危重症患者之外，超过 80% 的患者使用了我们的中西医结合治疗方法，特别是在改善患者发热、干咳、气短、乏力、纳差、腹泻等方面，效果尤为明显，部分患者使用后 24 小时内就能见效。”前线医护人员的电话频频向贺西京汇报中西医结合的临床治疗情况。

“此次新冠病毒肺炎感染非常特殊，在尚无明确有效治疗方案的前提下，这几天大部分患者熏吸中药后咽干、咳嗽的症状都有明显缓解，我准备让患者再连续熏吸几次，进一步巩固和扩大疗效。”刘永平在电话里正细述着患者情况，不曾想此时贺西京却已出现在他面前:“刘主任，我们去病房看一下吧 !”

“贺院长，您先休息一下，我们等会儿再去查房吧！”

“不！现在就去，直接去病房。”

贺西京一边走一边还不忘给刘永平“补课”:“维生素 C 属于强氧化剂，采用超大剂量维生素 C 静脉滴注的方案首见于我国 20 世纪 70 年代治疗克山病时。该方案在当时针对克山病治疗时，曾发挥过相当重要的作用。超大剂量维生素 C 静脉冲击给药可以有效地清除肺脏及其他多器官的自由基，从而保护人体器官免受细胞因子风暴，有利于肺脏的功能恢复，保护和改善呼吸功能。”

新冠肺炎属于中医“疫病”范畴，因为感受“疫戾”之气，是疫疠之邪夹湿伤肺而及于全身。清代医家吴贞所著《伤寒指掌》中记载:“大疫发时，或挟寒，或挟暑，所谓兼六淫也”，新冠肺炎兼有热、燥、寒、湿、瘀等邪，侵犯人体后往往迅速充斥表里、内外，弥漫三焦，若不及时施治，可造成多脏腑的广泛损害 。

避秽抗冠香囊

1 月 27 日，西安国际医学康复医院康复骨科药房主任刘万宝接到一项特殊任务：按照西安国际医学中西医结合团队的香囊防疫方，制作 5 000 个“避秽抗冠香囊”用于抗疫。

“保证完成任务！”虽然任务十分艰巨而紧急，但刘万宝还是没有丝毫犹豫。

疫情恰逢春节，加上雨雪天的交通不畅，物资紧张，刘万宝紧急联系采购部，经过与多家中药饮片供货商多方协调调运，以最快的速度储备了足够的中药饮片物资。

1 月 28 日下午 3 点，刘万宝来到中药库房，看到制作“避秽抗冠香囊”所有中药材已经到位。但中药房的小型粉碎设备无法在短时间内完成大批量药材的粉碎工作，经过多方联系，刘万宝得知 26 号院有大型粉碎设备的制剂中心。

事不宜迟，刘万宝叫上药剂师杨琼、李耀龙，立刻赶往 26 号院粉碎车间，准备亲自来做药材原料粉碎工作。

在前去的路上，刘万宝给两位同伴介绍说：“香囊的应用历史源远流长，《神农本草经百种录》中就有‘香者气之正，正气盛，则自能除邪避讳也’；唐代医家孙思邈的《千金要方》中有佩‘绎囊’‘避疫气，令人不染’的记载。在古代，香囊最初被用作饰物，有芳香避秽和调养正气的作用，佩戴香囊的习俗一直延续至今。现在流行的香熏、药浴等芳香疗法，正是传统医学与现代生活方式的巧妙结合。”

“避秽抗冠香囊也是由芳香中药制成，具有祛瘟除秽、开窍解毒的功效。香囊所散发的阵阵药香，能刺激黏膜的免疫反应，刺激人体呼吸道黏膜产生分泌型免疫球蛋白，这种抗体对病毒和细菌有较强的灭杀作用，使这些微生物在上呼吸道黏膜不能存活。从而调整人体免疫系统，增强免疫功能，振奋人体正气，起到

‘正气存内，邪不可干’的功效。同时又能净化空气，避其毒气，在鼻黏膜形成不利于疫毒传入的小环境，在一定程度上能有效遏制病毒的入侵。芳香中药香气作用于大脑调节神经系统功能，可以调节心情，使人精神振奋。香囊通过它的芳香化浊、调养正气作用来让人避秽防疫。”

“主任，没想到一个小小的香囊，还能起到防疫抗疫的大作用。”杨琼若有所思。

在杨琼的记忆中，小时候每逢端午节，母亲都会买个香囊送给她，但她从来没去深究个中的学问。

夜已深了，在粉碎药材原料的过程中，他们三个一人往机器里面加料，一人拆袋子，一个人搅拌，干得热火朝天。还在建设中的26号院制剂中心粉碎室没有安装通风设备，由于长时间连续工作，整个粉碎室被浓浓的灰尘弥漫着。刘万宝、杨琼、李耀龙的眉毛、眼镜和鞋子上布满了灰尘。

那一夜，他们几乎“连轴转”，但毕竟人手太少，效率甚低。第二天一大早，刘万宝就在西安国际医学中心医院的工作群里求助，马上得到了各科室同事们的积极响应。

中医科主任段兴洲：“我会包香囊，我来吧！”

运维保障部司机赵芯、马当：“我们也可以来帮忙！”

护理部主任侯芳、护理部副主任黄燕萍、护士黄旭梦、护士长李婷：“我们换了班就过来！”

骨科医师王小超：“我今天休假，可以来帮忙。”

院办主任高慧、科员冯彧：“我可以”“我也可以！”

一时间，医务部主任刘建洲，医保办主任徐彩红，医教部科员段沐含，中药房主管药师张欢欢、初级药师胡德晓，收费处收费员代佩、王丽莎、王雀雀、李可等，也在群里纷纷响应着。

大家的回应，让刘万宝信心倍增。

当天的西安国际医学康复骨科一楼中药房内，散发出一股股中草药的芳香。缕缕的药香，沁人心扉，大家争先恐后地忙碌了起来。

杨琼、张欢欢、胡德晓加班赶制香囊，错过了最后一趟班车……

徐彩红、侯芳赶制香囊，一直忙到中午1点，都忘记了吃饭……

运赵芯、王小超为了赶制香囊，交接好自己手头的工作，便赶到了中药房帮忙……

短短两天时间，康复骨科药房（中药房）在护理部、医保部、院办、运维保障部、药学部等多部门的共同协作下，5 000个精美的“避秽抗冠香囊”便制作完成了。

2月14日上午9时，西安国际医学中心医院万人广场上，一场欢送抗疫勇士的仪式正在举行。西安国际医学康复医院主治医师刘志宏作为医疗队队长接过了领导授予的鲜红队旗。

贺西京对出征队员殷切寄语：“今天是情人节，是天下有情人团聚的日子。你们大爱大义，舍小家为大家，离开爱人奔赴武汉，这种精神让人感动。前期我们医疗队在前线开展了中西医结合治疗方案，取得了很好的治疗效果。为了加强湖北前线的治疗力量，把传统中医药的优势发挥出来，希望你们再接再厉，频传佳音！”

站在西安国际医学中心医院万人广场，刘志宏内心很是激动，西安国际医学史今、刘瑞轩等领导为他们的出征壮行。

刚过而立之年的西安国际医学康复医院主治医师王磊鑫接过领导交给的“避秽抗冠香囊”，坚定地说：“在这关键时候，我们年轻人必须冲到武汉抗疫最需要的地方去！”

后方科研 + 前方实践

2月19日一大早，西安国际医学中心医院神经康复科副主任医师、支援湖北医疗队副主任医师杨旭东来到随州市中心医院传染病科查房。

11床患者刘大哥退热了，但咳嗽、气喘、胸闷、鼻塞、乏力、失眠等症状还未缓解。杨旭东经过望、闻、问、切，发现刘大哥舌质红、苔黄腻、脉滑数，结合症状诊断其属于中医“瘟疫”病范畴，症属湿毒郁肺，可采用贺西京教授中西医结合团队的治疗方案。

“中药口服用虎黄排毒膏，每次1包，每日2次。熏吸用虎黄排毒膏，每日7次，每次半小时，同时往熏吸方中加入维生素C片10克。”杨旭东嘱咐西安国际医学中心医院肿瘤放疗科护士张文静。

“杨医生，我早就想用中药治疗，正好你们医疗队带来了中药，谢谢你们！”刘大哥说道。

“希望我们的中西医结合治疗方案能给你的病情带来福音，今天是第一天使用，一定要严格配合我们的方案执行，中药熏吸时要用口和鼻交替吸入。”杨旭东耐心地给刘大哥讲解示范如何熏吸。

一回到办公室，张文静好奇地问杨旭东：“杨主任，今天给刘大哥开的药方，成分是什么？”

“今天口服和熏吸使用的虎黄排毒膏是咱们西安国际医学中心医院的自制膏药，药方有生黄连20克，苍术10克，生黄芩10克，生大黄10克，蒲公英10克，紫菀10克，鱼腥草10克，虎杖10克，生黄芪20克。”

2月20日上午，张文静与西安国际医学中心医院血液科护士于杰已经把中药熏吸用的电饭锅进行清洗干净后加水，准备给刘大哥进行熏吸治疗。

“昨天用了口服中药和熏吸治疗，今天感觉怎么样？”杨旭东问道。

“杨医生，从昨天下午到现在就没有咳嗽了，鼻子也通了，鼻塞也好了，真的很神奇啊！”刘大哥说。

杨旭东再次望、闻、问、切，及时掌握患者病情变化。

第三天早晨查房，还没等杨旭东医生走到床边，刘大哥就高兴地说：“咳嗽没有了，鼻孔通了，胸闷也好了，气喘明显减轻，现在晚上睡觉也比以前好多了。”

2 月 23 日是中西医结合治疗方案执行的第 5 天。此时，刘大哥除了轻微的气喘，其余症状都没有了。杨旭东照例望、闻、问、切后嘱咐护士张文静：“今天口服中药使用补中益气膏，其余不变。”

“经过前四天口服虎黄排毒膏后，目前需要健脾益气、甘温除湿。补中益气膏包含生黄芪 30 克，人参 15 克，白术 10 克，甘草 15 克，当归 10 克，陈皮 6 克，生姜 9 片，大枣 6 枚，柴胡 12 克，升麻 6 克。”

杨旭东解释说：“补中益气膏方药中的黄芪甘温补气，善补中益气、升阳举陷，故重用为君药。人参甘补而温，善补中气，兼能养血；白术甘补扶正，燥湿利水，善补气健脾、燥湿助运；甘草甘平偏温，既益气补中，又调和诸药，三药合用，既增君药补中益气之功，又除水湿，故共为臣药。陈皮辛散苦降而温，善理气健脾、开胃，以防补药停滞；当归甘补辛散温通，补血和血，以利中气化生；大枣甘温，善补中气；生姜辛微温，善温中开胃，四药相合，既助君臣补中益气，又理气健脾开胃，使诸药补而不滞，促进补力发挥，共为佐药。柴胡苦辛、微寒，轻清升散；升麻辛、微甘性凉，升散清泄，二药合用，可助君药升举下陷之清阳，共为使药。”

2 月 24 日查房的时候，刘大哥的气喘症状也较前一日减轻了。

2 月 25 日是中西医结合治疗方案执行第 7 天，也是该疗程的最后一天，杨旭东依旧准时来到床边查房，此时刘大哥气喘的症状已完全消失了，体力也比以前增强了，也没有明显的不适。

“今天是最后一次中药治疗，虽然现在已经没有症状了，但还是要用中药来巩固疗效。”杨旭东说。

“谢谢你，杨医生。”刘大哥说道。

“刘大哥，你出院还要隔离观察 14 天，所以我们给你再带 14 天的补中益气膏口服，以巩固疗效，同时防止‘复阳’。”杨旭东说。

“杨医生，真的太感谢你了！”刘大哥说。

“不客气，我从武汉市第八医院转战到随州市中心医院，就是为了让更多的患者能够得到中药口服 + 熏吸联合超大剂量维生素 C 的中西医结合治疗，我是负责这个方案的具体实施的。”杨旭东说道。

杨旭东想到这几天患者增多，中药制剂明天恐怕就不够用了，于是拿起电话，给西安国际医学植物健康品公司的负责人张剑拨了过去：“张总，我们要的中药制剂运来了吗？明天下午随州市中心医院就不够用了。”

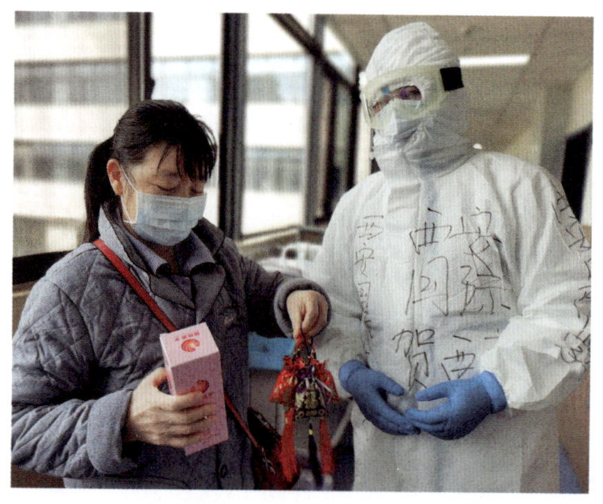

2 月 25 日，贺西京院长在随州市中心医院向患者赠送西安国际医学中心医院制作的抗疫香囊和水杯

“没问题，中药制剂已全部装箱，这会儿应该已经装上车了。由咱们的车队队长李军开车送过来，今晚就能送到医院了。”张剑亲切的声音从电话那端传过来。

“文静、于杰，你俩先准备中药，贺西京院长来了，我一会儿陪他去查房。”杨旭东叮嘱着。

这天上午，贺西京来到随州市中心医院查房。

“张阿姨，我们贺院长专程从西安来随州，指导我们的中西医结合治疗方案。”杨旭东介绍道。

贺院长拿出避秽抗冠香囊送给张阿姨，“这是我们西安国际医学制作的‘避秽抗冠香囊’，香囊以草果、广藿香、佩兰、白芷、冰片等中药材为原料，具有芳香化浊、避秽防疫的作用，祝您早日恢复健康。”

“谢谢你们，感谢你们。”张阿姨连声道谢。

贺西京详细了解了张阿姨的病情后说：“经过中西医结合治疗后，患者症状明显好转，继续采用虎黄排毒膏、维生素C加热输入氧气后熏吸，熏吸每日7次、每次半个小时。熏吸给药特别适合治疗呼吸系统疾病，可以将中药气体直接送到咽喉，经气管、支气管到达肺泡，短时间内就可以发挥作用；维生素C注射液10克静脉滴注、每日2次，维生素C片3克口服、每日3次，超大剂量维生素C可以清除体内自由基，保护肺脏，改善呼吸功能。”

“你们的综合治疗效果很好，我已经不咳嗽了。”张阿姨说道。

“这个方案也是我们最新研制出来的，熏吸的电饭锅是通过改装输入氧气后产生中药蒸汽，这样熏吸效果更好。”贺西京说。

张阿姨以前是一名人民教师，在三尺讲台上站了近30年，已是桃李满天下。今年春节期间不幸感染了新冠病毒，咳嗽、气喘、乏力等症状一直不能缓解，西安国际医学接管随州市中心医院后，

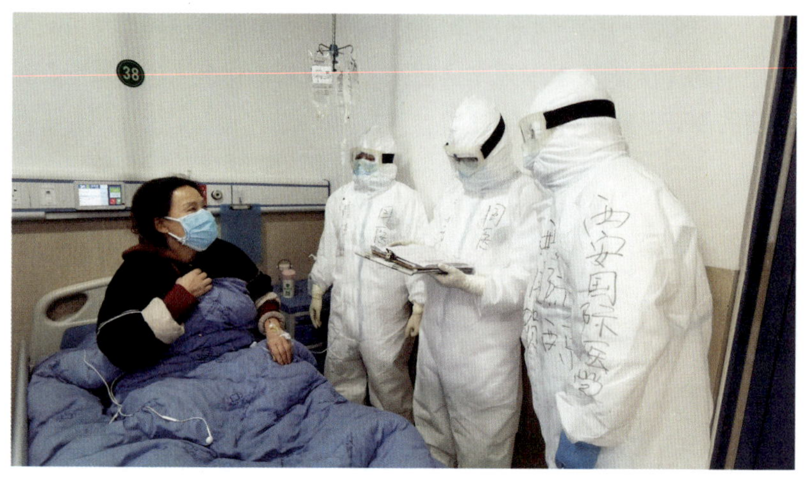

贺西京院长（右一）在随州市中心医院传染科查房，杨旭东副主任医师（右二）介绍患者病情

采用中药口服加熏吸联合超大剂量维生素 C 的中西医结合治疗方案，张阿姨第二天就不咳嗽了。

经过一个疗程的治疗，张阿姨的症状渐渐消失了，胸部 CT 显示病灶较前明显吸收，核酸检测为阴性，顺利治愈出院。

张阿姨出院后发信息说："西安国际医学支援湖北医疗队的全体医护人员，你们辛苦了！医生医德高尚、医术精湛，护士护理有方、随叫随到，一声阿姨、奶奶，温暖了我的心。中西医结合治疗减轻了患者的痛苦，杨医生每天细心地询问患者病情，一个疗程的中药治疗气短症状就好了。出院后，杨医生还通过手机跟踪随访，把隔离期间的注意事项、如何锻炼都发给我。你们的大爱我们记下了，终生难忘。谢谢西安国际医学支援湖北医疗队！谢谢杨医生！"

在湖北抗疫前线，贺西京教授领衔的中西医结合团队不断探索，坚持防控靠前、救治靠前、科学施策、精准诊疗、中西医结合，干细胞治疗，不断优化治疗方案，形成了“后方科研＋前方实践”的攻关抗疫新模式，取得了意想不到的疗效。为此，陕西省中医药管理局局长马光辉、陕西省中医药研究院“国医大师”雷忠义、陕西中西药大学附属医院副院长雷根平等对西安国际医学采用中西医结合模式所取得的成果表示赞赏。

《黄帝内经素问·四气调神大论》云：“是故圣人不治已病治未病，不治已乱治未乱，此之谓也。夫病已成而后药之，乱已成而后治之，譬犹渴而穿井，斗而铸锥，不亦晚乎！”其中“治未病”一是强调未病先防，二是强调已病防变。数千年来，这种思想一直有效地指导着中医学的防治实践。在这次抗击新冠病毒肺炎疫情的战斗中，中医诊疗又一次发挥了显著的作用。西安国际医学人的实践表明，只要坚持“早期介入、全面覆盖、中西医结合”的原则，根据不同患者的实际情况，做到精准施治、“一症一方”，就一定能取得良好的效果。

第八章

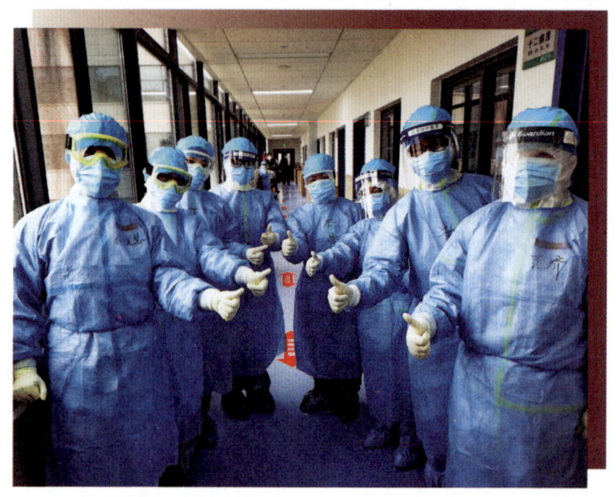

西安国际医学中心医院护理团队和随州护理团队合影

转战随州建功勋

顶风冒雪斗志高

2 月 15 日，天降大雪。随州市中心医院驻地房间温度只有 7 摄氏度。当时的随州市疫情也像这场大雪一样，寒冷胶着。

援随医疗队冒雪奔赴随州市驻地后，刘冰不顾舟车劳顿，与贾战生、薛妍、黄艳一起赶赴随州市中心医院，对医院感染病区进行布控。刘冰到现场查看后发现，随州市中心医院人员、通道均有交叉，存在清洁区与潜在污染区外通道相通，污染区防护用品在潜在污染区脱卸，医护人员在污染区与潜在污染区之间来回穿梭等不规范的现象。

“根据建筑布局，重新规划患者出入通道，使患者与工作人员各行其道。”

“分隔清洁区与潜在污染区外通道，做到不同区域之间完全分开。”

“在潜在污染区走廊尽头设置潜在污染区防护用品脱卸处，并增加物理隔断。”

“利用一间病房作为出入污染区的缓冲间，封闭各病房的缓冲间，以保证医护人员按规定和程序穿脱防护用品，同时控制人员出入不规范的情况。”

刘冰提出了以上四点改造计划，并马上付诸行动，与同事们一起，仅用半天时间就完成了医护人员通道所需设施、物品及标识的布置，为医疗队快速接管病区提供了有力保障。

2月16日上午，随州市中心医院感染科主治医师杨刚看到有一队人马走进随州市中心医院。他昨天就听说西安国际医学要来随州市中心医院支援，看来今天就到岗了，这下可来了救星了。

杨刚看了下手表，时间是上午10点15分。他随手拿起手机，

2月15日，医疗队队员们冒雪坐大巴前往随州市

拍下医疗队走进医院的照片，记录下了这一时刻。

不过，接下来的事情似乎超乎杨刚的意料——原来，西安国际医学中心医院的黄艳在随州市中心医院上班第一天就发现，杨刚主任和另一位周主任在防护上“很随意”，俩人不穿防护服，不戴手套，进病房也不戴护目镜。

黄艳就找随州市中心医院饶护士长沟通：“这两个主任我也没办法，劝说了很多次就是不听。”

黄艳找到两位主任，经过“苦口婆心”加“软硬兼施”的劝说，他们才渐渐从思想上“改邪归正”。

“感控中，最重要的就是手卫生，这是降低医院感染最简单、最有效、最方便、最经济的措施。”黄艳乘胜追击，给两位主任上起了安全防控课，“在污染区：进门—手消—消毒剂喷洒—脱面屏—手消—脱护目镜—手消—脱隔离衣—手消—脱最外层鞋套丢进垃圾桶—手消—脱最外层帽子丢进垃圾桶—手消—脱最外层外科口罩丢进垃圾桶—手消。”

经过多次指导，两位主任和随州市其他医护人员也基本掌握了穿脱防护设备的要领。

这一天，杨刚下班时，正准备将防护服一步从头脱到脚。

“杨主任，你的防护服应该慢慢脱，逐渐往里卷，避免衣服上的病毒飞到空气中。”黄艳不知什么时候来到了他的身后。

黄艳似乎总是喜欢躲在大家下班的门背后，在必经之路上监督大家。她对感控的管理特别严格，但归根到底，还是为了大家，所以医护人员其实心底里都很感激她。

每次看到黄艳，杨刚就像小学生见到班主任一样紧张，主动报告：“黄护士长，我已经按照你们的要求穿上防护服了。”

在陕西广播电视台采访杨刚时，他还讲道：“有黄艳护士长督导，让我们感到安心和放心，我们对她是又怕又爱。”

“我很荣幸成为别人眼中那个‘可怕的人’。”黄艳说。

在随州市中心医院，黄艳和董新艳主要负责清洁、消杀、督导的工作。因为要为60名队员的安全保驾护航，责任重大，所以她对队员们的要求自然也高了些。做督导工作时，黄艳就成了整个病区医务工作者眼中的“最大恶人”。

黄艳真的做到了严防死守，绝不放过一条“漏网之鱼”。

队友经常开玩笑说：“护士长，你往那里一站，我们就感到害怕。”

在支援随州市的那段日子里，西安国际医学中心医院消化内科三病区护士杨俊丽总是通过杜绝聚集聊天、严格手卫生、房间多通风等方式，做好个人防护，为大家做好表率。在临床工作中，她也总是在督导员的指导下严格遵守防护服、隔离衣、护目镜等防护用品的穿脱制度，杜绝污染他人。

西安国际医学中心医院消化内科三病区护师任凯丽，经常忙着与同事分享各个区域的工作程序。此外，她还告诫大家，在穿防护服的流程中，要做好密闭性，不能少戴少穿；在临床中要切实做到戴手套不代替手卫生，手套破了立即更换，进行吸痰等操作时加强戴好面屏等，一定要严格遵守防护要求，保证做到零感染。

在随州市中心医院，刘冰除了做医护人员防护及各区域消毒工作外，还负责协助调整保洁员工作流程，进行分区域排班，帮助他们规划污染物品运送路线，规范医疗废物收集方法等。

随州市中心医院领导在看到医疗队所接管病区医护人员通道的合理流程及规范管理后，给予了高度赞扬，并将西安国际医学支援湖北医疗队的管理模式在全院进行推广。

从武汉市第八医院到随州市中心医院，刘冰一直坚持只要发现问题就立即召开电话会议，赵燕、毛金莲则负责下发感染控制及消毒制度，督导组全体人员认真学习，做好笔记。为了更加精确快速地测量刻度，全体队员发挥才智，计算好比例，量好水的刻度和消毒液的毫升数，不放过每个环节、不放过每个细节，在工作中不断地完善改进。

刘冰对自己的要求是，对防疫指南里的所有规范了如指掌、如数家珍。

晚上，刘冰会根据每天更新的国家疫情防控方案及指南，以及医疗队各项制度流程的实际运行情况，对各项制度及时进行修订；汇总、分析武汉市第八医院、随州市中心医院在工作中发现的问题，就工作方法与流程问题及时与相关人员进行沟通，并改进完善；对医护人员在穿脱防护用品过程中需要注意的细节问题，及时在工作群中进行规范要求。完成所有的工作后，经常已是凌晨时分了。

虽然身心疲惫，但当改造后的布局流程和管理流程得到全体医疗队员的称赞，听到大家说“有您在，我们心里踏实”时，刘冰觉得所有的付出及劳累都是值得的。

“感控工作平时就被誉为‘上管天，下管地，中间管空气’，大到医院布局，小到物品摆放，贯穿医院诊疗工作的方方面面，更关系到患者和医护人员的生命安全，容不得半点疏忽。所以在传染病疫情暴发时，感控工作就显得更为重要，也更为细致烦琐。”刘冰感慨道。

“抗疫”战友情意深

在支援随州市中心医院的第二周，医疗队护士张云被安排跟着黄艳护士长负责污染区、潜在污染区以及清洁区的消杀工作。

张云首先是检查医护人员防护服穿着是否合格，帽子、口罩、鞋套、护目镜、面屏配戴是否正确，做好第一步的检查工作，确保大家安安全全地进入病房。

接下来，张云要开始对清洁区进行消毒，用酒精喷洒地面，用消毒机消毒清洁区 2 个小时。

随后，要更换浸泡护目镜的含氯消毒水，浓度为 2 000mg/L。此时，张云要将前一天浸泡的护目镜捞出来，冲水三次，擦拭吸水后悬挂晾干。同时收纳、整理前一天晾干的护目镜，擦拭水印后，每个用独立的袋子装起来，摆放整齐。

接着，张云要进入第二缓冲间，用酒精喷洒消毒，擦拭墙面、桌面，拖地，补充手消剂，用含氯的消毒液浸泡脚垫，及时清理垃圾，更换医疗垃圾袋等。

最后，她要步入第一缓冲间，将浸泡的护目镜、面屏拿出来，更换含氯的消毒水，清洁地面、墙面，补充手消剂，浸泡脚垫。

工作步入正轨后，每天一上班，感控小组成员都会随临床医护人员一起进入病区，穿戴好医用口罩、护目镜、防护服、一次性手套、隔离衣、防护面屏、鞋套等，每一个步骤都需要十分细心和严谨。

因为防护用品穿脱十分讲究，一般要花十几分钟才能穿好，这还是在非常熟练的情况下；而脱下来还得多花一倍的时间，要一件一件、一层一层地脱，并且脱每一件的时候都要严格遵守程序。

感控小组考虑到大多数医务人员此前没有接触过这样严格的防护装备穿脱程序，虽然培训过，但还不是很熟练，他们便启用了观察员的“天眼”，为大家保驾护航，帮助医护人员避免发生感染。

作为观察员，在医务人员穿戴防护设备的过程中，对需要调整的地方要及时提醒和帮助。比如，戴上医用口罩时，得让大家检查气密性，在口鼻部塑形后，用力呼气，感觉是否有气体从口罩的边缘溢出，如果气密性不好，就达不到防护的效果。口罩带子太紧就会压迫耳朵上缘，时间久了，皮肤都会被磨烂。为了解决这个问题，小组成员尝试了很多方法：比如把牛奶箱把手加在绑带中间；将头发梳得稍高一些，将绑带系在头发上缘，以最大程度减少对耳朵的压迫。

穿防护服时，由于此时医护人员已经戴上口罩和护目镜，身体下方是视野盲区，无法确认是否封好了防护服的封条，观察员也要帮助他们进行密封。穿戴整齐后，下蹲，再次确认防护用品的完整性。

观察员在逐一检查完医护人员穿戴的防护用品万无一失的情况下，才会在防护服上写好名字，准许他们进入病区。

脱防护服则更为讲究、复杂。因为医护人员从病区出来时，身上的防护用品已经被污染，所以在整个脱的过程中，身体都不能接触到防护用品已被污染的外露面，并且每做一个步骤，都要进行一次手卫生。有的医护人员，由于辛苦了一整天，在下班的时候会感觉闷热、头晕、脱水甚至心情急躁，所以手上的动作会不由自主地加快，不注意细节。而脱下防护用品的步骤多达 20 多个，稍有不慎，就会被污染。

医疗队护士孙成波觉得自己穿脱防护服已经有一个多月，可以说是相当熟练了。有一次下班时，她心情愉悦地和同事聊着天，恍惚中忘记了手上的动作，脱防护装备时双手没有充分翻转，没有一气呵成拉至肩部，导致后面帽子够不到，如果肩部再动，就会有被污染的可能。一时之间，她有些手足无措。黄艳环绕她转了一圈后，耐心地指导她成功脱下了防护服。

孙成波仔细地按照最新版本的手卫生方法洗手，正当洗到大拇指时，黄艳说："停，您洗得不对。"

这下，孙成波笑了："哪里不对？"

黄艳指出："洗手液太多，动作太大容易飞溅，极易造成污染。应该是单手转动，而不是双手同时转动。"

"受教"的孙成波立即改正了自己的错误动作。真的是"感控"无小事，事事要遵从。

医疗队消杀督导员董新艳说："感控消杀工作是一件极具挑战耐心和细心的工作，我们每天与消毒液打的交道最多。"

配消毒液、清洗护目镜、空间消毒……这些动作董新艳每天都要重复很多遍，虽然有时候被消毒液的气味刺激得眼睛都睁不开，也有好几次被高浓度的消毒液刺激得恶心反胃，但她丝毫不敢懈怠，按照流程一遍遍地重复着每一个动作，保证把每一个护目镜都清洗干净，保证每一次浸泡消毒液的浓度都是合格的。

"正是这些消毒用品，为我们的战友们喷消出一件件隐形的盔甲，保护着我们的战友们。因为我始终相信，我们每一秒平凡的坚守，都在这场全民战'疫'中烙上了希望的印记。"

记得在随州最后一次值班时，一位患者阿姨知道董新艳就要离开随州返回武汉，她隔着窗户，对董新艳比了一个"心"，然后又双手合十说着谢谢。

那一刻，董新艳心里有很多不舍。

在临别的那一刻，跟董新艳一起搭班的随州护士赶来送行。她跑到董新艳跟前，略带哭腔地说："不知道你要返回武汉了，我在医院好一顿找……”那个场景，至今还深深地印在董新艳的脑海里。

3月3日上午，杨峰队长与刘冰正在对武汉市第八医院新建血液透析病房的布局流程进行查看指导时，忽然接到要去江岸区政府开会的通知。在这次会议上，医疗队又接到了一项艰巨的任务——接管武汉市长江新城康复驿站的医疗工作。

会后，杨峰、刘冰、陈强坐上车。

司机问：“杨院长，我们回武汉市第八医院？”

杨峰和刘冰异口同声地说：“去长江新城康复驿站。”

到达后，杨峰、刘冰马上对驿站防控流程布局进行查看，列出消毒防护所需物品清单，探讨对通道设施设备、通风、消毒、门禁管控等环节如何进行优化，争取尽快制定适合武汉市长江新城康复驿站的感染防控方案。

这个晚上，对医疗队而言，注定又是一个不眠之夜……

不是亲人胜似亲人

2月28日，是随州市中心医院病区33床一位刘姓女患者的生日。

一大早，护士长倪晓慧就来到33床，拿出了一个包装精致的陕西苹果，祝福老人身体健康、平平安安。

中午，倪晓慧又和医院联系，为老人煮了一碗热腾腾的长寿面。

老人高兴得合不拢嘴，一个劲儿地感谢说："姑娘，你比我家人还细心啊！"

有一位老年患者的家人在外地被隔离治疗，老人身边没人照顾，生活用品也没有着落。倪晓慧得知后，立刻带了一些食物和纸巾等送到老人手上，并劝慰她说："我们的医生护士就是您的亲人，您有什么需要就和我们的护士说！"老人感动得眼泪直流，一时竟不知道说什么好。

在随州市中心医院感染病区，孙成波正忙得焦头烂额，又突然接到电话，说要给病区转来一位85岁的患者，带有尿管，生活不能自理，让孙成波协调安排一下。

老人是地道的湖北人，接诊时气喘、无力，大小便都要孙成波协助在床上解决。

孙成波每次总是不厌其烦地为老人更换尿不湿、洗脸又洗脚。

老人的四个儿子都感染了新冠病毒，所以没有人陪床，日常生活只能靠护士们帮助。而且她还有冠心病，当时病情很重，医生给她下了病危医嘱。所以她平时吃的药很多，早、中、晚加起来有十几种。

老人不识字，护士换班频，为了不耽误治疗，组长们都是交接班时，在她的床头交接，几点吃的饭、该几点吃药，都需要一一记在交班本上。

治疗了大约两周的时间，老人的气喘逐渐好转。孙成波便给老人的护理项目增加了肢体功能锻炼，让她下床活动，晒太阳。

由于年事已高，老人好久没有见到儿子，孙成波便为老人建立了“爱心通话”，让她每天都能和儿子视频。

原来不太爱说话的老奶奶，现在的话多了起来，乐观开朗了许多。每次做治疗、喂水、喂饭、护理完大小便的时候，她都会伸出一个大拇指。

孙成波很感动，觉得工作虽然很累、很危险，但是为了患者很值得。

“有了你们，再难的病也能救治。”

1 月 23 日，58 岁的耿阿姨与家人来随州市探亲。次日，她感到身体不适，开始出现发热、咳嗽等症状。第三天，她在丈夫的陪同下，来到随州市中心医院就医。经过诊查，他们夫妻俩均确诊为新冠肺炎，耿阿姨被确诊为重症新冠肺炎，一度血氧饱和度一度低于 85%，她的症状随时有进一步恶化的可能。

李肖亮大夫初见耿阿姨时，她躺在病床上双眼紧闭，戴着吸氧面罩，心电监护显示血压 140/98mmHg，血氧饱和度 92% ~ 95%。当时，她的身体已经十分虚弱，稍有活动，指脉氧便低于 85%。

多年的重症临床经验告诉李肖亮，该患者随时可能有生命危险。

坐在病床旁，李肖亮拉起耿阿姨的手说：“阿姨您好，我叫李肖亮，我是西安来的医疗队成员，从今天开始，我就是您的主管医生，您的治疗全部放心交给我们，我们团队有心血管及急危重症管理方面的专家，请您放心，我们时刻护佑您的健康，我们一定治好您的病。”

耿阿姨只是轻轻地点了点头。李肖亮明白，她还没有从被病毒感染的阴霾中走出来。

给耿阿姨查完体后，脱掉隔离服，进入黄区，李肖亮拿出她的CT 查看:“天呐，整个大白肺，满肺几乎找不出正常的肺组织。”

查看耿阿姨的病历，原来她有多年的高血压病、冠心病，5 年前还曾因心肌梗死做过冠状动脉支架。那一瞬间，李肖亮竟有点儿害怕，患者的病情远比他想象的更严重。

李肖亮开始担心起来。他倒不是担心自己刚才的举动可能会被感染，而是担心给患者的承诺有点儿言过其实。

李肖亮立即将耿阿姨的病情向援随医疗队队长王海昌、病区主任杨宗义作了汇报。

事不宜迟，王海昌、杨宗义、李肖亮一起为耿阿姨制定了个性化治疗方案：抗病毒、雾化化痰、小剂量激素、中药熏蒸、心理护理……

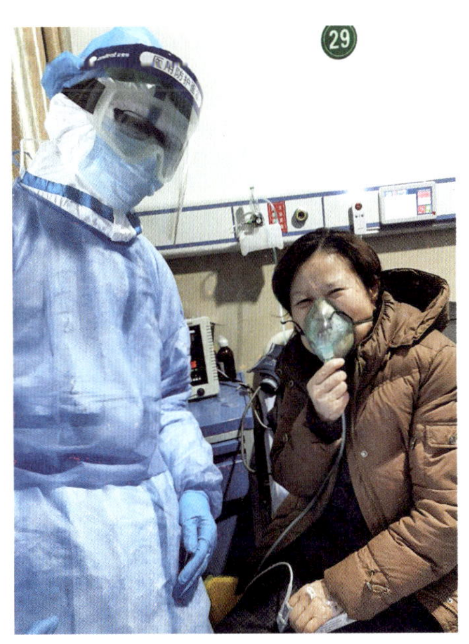

李肖亮医生与患者交流

这一天，李肖亮陪王海昌、杨宗义、袁永兴和护士长范乔一起查看患者。

“你们怎么又给我用激素，我已经用过了，没有用，激素对身体影响很大，会有后遗症的，我有高血压病、心脏病，我感觉药物对我也没用……”说话间，耿阿姨的指脉氧已经降到了 76%，她呼吸急促，面色苍白。

“马上吸痰，把面罩氧流量调到 8L/min，准备呼吸机。”杨宗义说话的声音不由得提高了。

经过一阵急救治疗，耿阿姨的面色渐渐好转，指脉氧也逐渐恢复正常。在场的所有人都松了一口气。

“我是心脏科教授，治疗你的高血压和冠心病是我的强项，你放心，交给我。”王海昌说道。

“给您治疗的是我们院长、主任，他们会结合您的病情进行个性化的治疗，小剂量激素不会对您身体有太大影响，但对您目前的病情帮助很大，请相信我们的专业团队。”李肖亮说道。

面对耿阿姨这样的高龄重症患者，王海昌、薛妍精准施治，杨峰带领专家团队从武汉赶到随州，对该诊疗方案再研究、再部署，杨宗义每日奔波于病患之间，观疗效，解忧愁，送温暖……

专家团队应用西安国际医学的中西医结合个体化治疗，在袁永兴、倪晓慧、范乔等医护人员的共同努力下，她的临床症状日见好转。

耿阿姨说：“你们冒着生命危险来支援我们，我们已经很感动了，你们还这样无微不至地照顾我们，这个恩情我们这辈子都没有办法还啊！”

就这样，在医护人员的精心照料下，耿阿姨可以慢慢下床活动、自己去晒太阳了。

然而，当大家为阶段性的胜利感到欣慰时，新的问题又摆在了医护人员的面前——耿阿姨咽拭子核酸检测持续阳性。但因她已属高龄，且5年前做过心脏支架手术，又有高血压病、冠心病等基础疾病，王海昌教授考虑到氯喹药物的不良反应，结合西安国际医学前期中医药治疗的良好效果，经过综合研判，又为她进行了中西医结合治疗。

经过10余天的个体化治疗，耿阿姨核酸检测两次呈现阴性，复查胸部CT时发现，白肺状况也消失了。

患者康复了，李肖亮悬着的心也终于落了地。

3月12日，是耿阿姨出院的日子，她饱含深情地写了一封感谢信，并与医护人员合影留念。信中说："有了你们，再难的病也能救治！你们虽然不是我的儿女，却比我亲儿女还亲！"

"危重症患者整体好转，轻症患者陆续出院。但我们不能放松，无论是感控还是治疗，都要严阵以待，直到疫情结束那一天！"在病区内，杨宗义常常这样和李肖亮说。

杨宗义在20年的从医生涯中，无数个日夜都在急诊室度过。对他来说，救人就是他的天职。

新冠肺炎疫情暴发后，杨宗义主动请缨，成为西安国际医学支援湖北医疗队的一员。抵达武汉后，他作为武汉市第八医院三病区主任，穿着厚厚的防护服，每次查完房，都累得筋疲力尽。

后来，医疗队接到了支援随州市的命令，杨宗义再次背着行囊抵达随州市中心医院。在这里，救治工作更为辛苦，由于人手紧张，医生必须12小时坚守岗位。"这次抗疫，对于我来说也是很好的锻炼。以前接触传染病较少，这次学到了很多。虽然厚重的防护装备穿戴很不方便，但是也时刻提醒我，要增强自我防护意识。"杨宗义说。

在繁忙的工作之余，杨宗义常常会设身处地地为患者考虑，不断从一个个病例中探寻着更为有效的治疗方法。

2月17日是转战随州市中心医院感染病区工作的第二天。西安国际医学中心医院心脏病医院医生高钊收治了一位病危患者——20床的赖大爷。

赖大爷2月11日入院后，使用无创呼吸机辅助呼吸，氧浓度达到60%，经皮血氧饱和度只有89%，血气分析结果更是不容乐观，PO_2：26mmHg，PCO_2：44.5mmHg。他一开口说话，或有轻微活动，血氧饱和度就会下降至80%以下。他整体精神差、食欲缺乏、呼吸困难、气喘、不能平卧、无力，在一周的治疗中丝毫没有好转的迹象。

高钊经过多方询问，了解到赖大爷系因确诊感染新冠病毒，从广水市第一医院转至随州市中心医院。赖大爷的儿子和妻子也分别确诊了，而且，他们一家三人分别在不同的医院进行隔离治疗，这样的局面导致患者的心理遭受了很大的冲击，一度丧失了治疗的信心。

高钊接诊赖大爷后，将他的病情及时进行了上报。

王海昌、吴昌归、贾战生、薛妍、杨宗义、倪晓慧等人第一时间查看了患者病情及相关检查结果，并成立治疗小组：王海昌为组长，高钊为主管医生，主管护士为西安国际医学中心医院肿瘤一病区总代教韩静以及心外科重症监护室总带教孙成波。

治疗小组针对赖大爷的特殊情况，制定了详细的治疗方案：通过大剂量维生素C冲击疗法，结合中医中药、汤药熏蒸，抗病毒及干细胞移植疗法。

在一次查房时，孙成波提出赖大爷应加强肺部呼吸功能锻炼，这样对提高血氧饱和度有帮助。

每天早、中、晚，高钊和孙成波都会细心指导赖大爷进行呼吸功能锻炼，每次锻炼大约10分钟。

赖大爷很快掌握了要领，一有空闲就自觉地进行锻炼。经过13天的不懈努力，赖大爷血气分析慢慢好转，终于在PO_2：63mmHg，

PCO_2：41mmHg 的状态下成功脱机，改为面罩吸氧 8L/min。

但这依然是个不容乐观的数字，此时赖大爷想说话也只能点头，不能言语表达。

这期间，王海昌根据赖大爷的病情变化，及时调整治疗方案，而且两次为赖大爷向西安大本营申请了干细胞移植疗法。

有一天查房时，赖大爷的经皮血氧饱和度从 95% 升到了 98%。当时，患者的内心无比激动。在场的医护人员更是喜出望外，他们的付出总算有了效果。

在随后的几天里，赖大爷的状态越来越好，他逐渐脱离了呼吸机，而且已经能和高钊交谈几分钟了。不久后，赖大爷能坐起来了，已经可以部分自理日常生活了。

“老伴前两周也已康复出院了”，赖大爷高兴地说：“我有 7 个孙子，我要好好地安度晚年。”

“这辈子从未如此接近死亡，也从未如此害怕过。但是幸好你们来了，给了我希望。每当医务人员关心我，鼓励我时，我心里就没那么害怕了。”赖大爷一边激动地说着，一边不断双手合十向前来查房的倪晓慧、高钊表示感谢。

这些片段，仅仅是西安国际医学支援湖北医疗队的一个工作缩影，也是他们同时间赛跑、与病魔较量的真实写照。

在患者的眼里，医疗队员是“天使”，但在这些“天使”眼中，患者都是他们的“家人”。

爱出者爱返，福往者福来。正是爱与被爱的温暖和力量，支撑着西安国际医学支援湖北医疗队队员们恪尽职守、牢记使命、克服困难、奋勇向前。

第九章

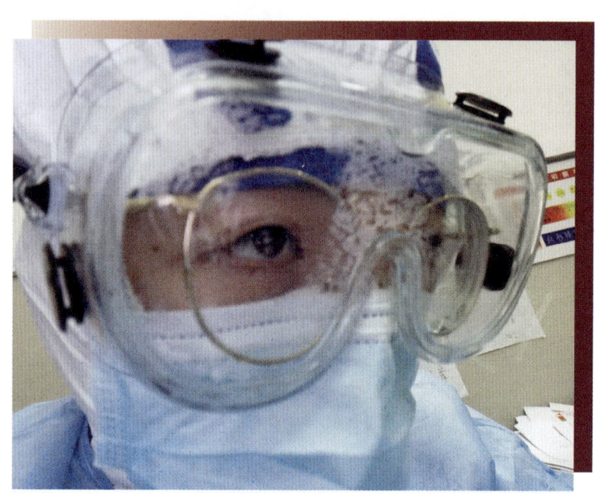

胸佩党徽的“白衣战士”

一个支部一座堡垒，一名党员一面旗帜。

在西安国际医学支援湖北医疗队 330 名医护人员中，有党员 74 名、预备党员 28 名，占比近 31%。另外，在抗疫一线共有 126 人申请入党，占比约 38%。

他们怀揣着对工作的执着、对患者的热忱和对生命的敬重，将打赢疫情防控阻击战作为当前最大的政治任务，在疫情防控关键时刻不怕牺牲、勇于奉献，始终冲锋在前，战斗在一线，用实际行动践行着共产党人的初心和使命。

支部建在医疗队

时间已是2月中旬，清晨6时的江城武汉，万籁俱静，月色朦胧。

此刻，位于武汉市东湖岳家嘴、接待医疗队员的酒店的一个房间里，响起了一阵窸窣的穿衣声。不一会儿，穿戴整齐的西安国际医学支援湖北医疗队临时党支部书记李斌已经在室内打起了八段锦。

李斌有晨练的习惯。多年来，无论多晚睡觉，他每天都坚持早起。驰援武汉以来，他一直跑前跑后，可谓操碎了心。

“我们都是党员，应该时刻用共产党员的标准要求自己。党教育我们，在危难时刻要挺身而出、不怕牺牲，要把人民群众的安危放在第一位。”在2月3日医疗队全体党员参加的临时党支部成立大会上，李斌动情地讲道。

李斌是这样说的，更是这样做的。

抵达武汉的当晚，李斌和党支部副书记、医疗队长杨峰顾不上收拾行李和吃晚饭，就带领专家组成员赶往武汉市第八医院进行对接。然而，这家以肛肠科为主的专科医院在当时防控形势不容乐观，已有部分医护人员被感染……

为此，李斌、杨峰连夜带着党员陈强、刘冰、倪晓慧等摸排情况，拟定救治和感控各项工作制度、应急预案和会诊方案等。

2月4日21时，武汉市第八医院小会议室。李斌和杨峰组织召开了临时党支部会议。

在会上，李斌宣布了西安国际医学党委关于成立临时党支部的批复，明确了委员分工，并鼓励大家一起讨论防控救治期间党支部如何发挥战斗堡垒作用，以及党员如何发挥先锋模范作用，并做好火线入党工作，确保医疗队队员思想稳定，从而保持良好的精神状态，顺利完成救治任务。

李斌说："我们刚与武汉市第八医院对接，各项工作头绪多、任务重，各位领导、老专家、主任们辛苦了。利用晚上的时间我们召开第一次临时党支部会议。根据工作需要，上报西安国际医学党委审核，批准西安国际医学支援湖北医疗队成立临时党支部，我任书记，杨峰任副书记，吴昌归任纪检委员，刘冰任组织委员，陈强任保卫委员，薛妍任宣传委员，倪晓慧任青年委员。请大家按职责分工，做好党支部工作。"

杨峰说："疫情全面暴发后，我们第一时间奔赴前线，我们党支部一班人要以最严谨的态度、最严密的措施、最严格的要求，坚决打赢这场疫情防控阻击战。在最大限度降低交叉感染风险，在确保人员安全的基础上，担当使命，履行职责。"随后，各支委纷纷表态，全力以赴做好支部工作，为打赢这场防控阻击战贡献力量。

李斌总结道："大家的表态很感人，也让人振奋，我们坚信，在以习近平同志为核心的党中央坚强领导下，在院领导的统一指挥下，在全体医疗队队员的拼搏奋战下，我们一定能打赢这场疫情防控攻坚战。"

接下来，李斌组织大家讨论了防控救治期间如何发挥党支部战斗堡垒和党员先锋模范作用，要求医疗队根据病区人员分工，成立党小组，党员与群众帮建，加强感情联络，加强团队精神，推动抗击疫情工作的有力开展。

这次会上，李斌还强调："我们带的这支医疗队由多个专科医院、科室组成，有 50 多名医生，140 名护士及 20 名医技保障人员。总的来说工作积极性较高，他们都是主动要求参加医疗队，但我们也要做好人员的思想工作，掌握队员的身体状况，了解他们的家庭困难，真正解决队员的后顾之忧，使他们安心地投入到救治工作中去。"

"穿戴完毕，跟我走！"第二天，随着李斌的一声振臂高呼，医疗队全部党员进入战位。

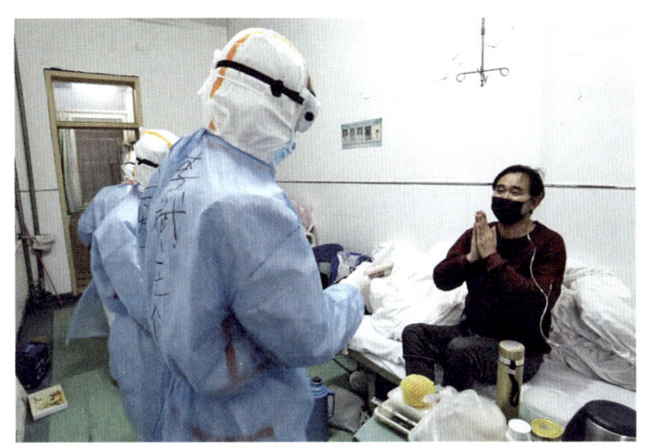

李斌书记查房

专家组组长吴昌归坚守病房、留观点，听汇报、议方案、指导治疗；心脏病学专家王海昌遇到重症患者，总是冲在救治第一线；肿瘤病专家薛妍巾帼不让须眉，哪里有困难哪里就有她的身影……

从事党务工作多年的李斌深知：正人先正己，打铁还须自身硬。只有党员干部带好了头，大家的斗志才能激发出来，整个医疗队才能凝成一股强大的战斗力量。

“目前临时党支部分成了四个医疗党小组，设立‘党员示范岗’‘党员先锋岗’，最近还要推出一批‘党员尖兵’。”想到这里，他又掏出笔和纸写起了工作计划。

每天早班例会，在武汉市第八医院的医生办公室里，来自西安国际医学支援湖北医疗队的专家和骨干们齐聚一堂，安排部署相关工作。除了日常通报当天患者入院、出院、就诊情况以及交接班注意事项外，最后还会由队长杨峰通报重大事项，党支部书记李斌作动员讲话。

“早晨突然接到上级紧急通知，今天我们要抽调 60 人团队，立即前往随州市中心医院增援。由于任务紧迫，我和书记商量后决定就直接点将了。现在，我念一下被‘点将’的名单，大家做好准备，一会儿收拾好就立即出发。”杨峰直奔主题道。

“队长王海昌、专家薛妍、护理部主任倪晓慧、感控部主任刘冰、护士长黄艳……”

伴随着一个个人名的念出，答“到”的声音铿锵有力。

“好！武汉市第八医院都参战过了，支援随州，我们一定能做得更好！”当听到自己名字时，大家斗志昂扬。

“可惜啊，我没被选上。”医务处主任、后勤保障党小组组长陈强摇了摇头。

作为退役军人的他，曾参加过小汤山抗击“非典”、汶川抢险救灾、海外维和等急难险重的任务，具有丰富的应对复杂局面和带队经验。这次疫情发生后，他更是第一时间找到尹强院长，报名参加了救援医疗队。如今，武汉市第八医院的工作已经逐渐理顺，他还想着自己要多为组织作贡献。

预备党员黄艳听到自己入选后，心中既兴奋又纠结：坚决服从组织安排一定把工作做好！遗憾的是可能再没有机会去安慰她所负责的一位老年患者了。

“同志们，当前疫情防控的战斗，已到了最关键、最吃紧的阶段。从今天起，我们将面临的是武汉和随州两地的‘多线作战’了，早上医院领导还打来电话，对大家表示慰问和鼓励，西安老家还将再送些补给过来。大家一定要坚定信心、同心同德，今天抽调去随州的党员干部，主要以退役军人和专家为核心，大家一定要带好头，努力打赢这场攻坚战！”李斌书记慷慨陈词。

“随州支援，大家有没有问题？”杨峰问道。

“没有！我的人生信条是：战‘疫’就是战斗，作为一名‘老将’，就应该冲锋陷阵、勇往直前。”援随医疗队队长王海昌高声应道。

交班会结束时，已经 8 点 30 分了。黄艳坐上驰往随州大巴车的第一件事，便是给原党小组的同事李彤发去了一条信息：“彤彤，我今天被调往随州支援了，18 床的患者请帮忙照料。”

共产党员示范岗

“嘀嘀嘀……”一阵急促的闹铃声，将党员班菲从睡梦中唤醒。他睁开迷蒙的双眼，看了一眼，已经快7点了，距离早班车发动还有40分钟，得抓紧起来了。

由于人手紧张、工作连轴转，经常一天只能睡上三四个钟头，班菲整个身体像灌了铅似的，沉重地不想挪动一丁点儿位置。

他眯着眼穿衣、洗漱、上厕所……虽然身子像钟表上的发条动起来了，但他的脑海还不时浮现出昨天医院穿刺时的情景。

按照惯例，班菲与两名护士负责一班，由于年轻同事经验尚少，他总是第一个进病房，为患者进行生活护理和心理疏导，观察病情，按时监测记录患者生命体征等。下午上班做好三级防护后，他又要给患者进行静脉穿刺。

正要做穿刺时，班菲的护目镜瞬间模糊了，白茫茫的一片雾气。怎么办？尽管有点儿蒙，但凭借着多年的手感，他还是慢慢地顺利穿过。真是个问题！要是以后大家也遇到这种情况，该怎么办呢？必须有解决的对策才行！

爱较劲的班菲，跟这个问题还真就卯上了。

夜班结束后，班菲主动找到护士长，两人沟通交流，尝试着用洗漱液涂抹护目镜内面，再用流动水冲洗，最后用擦手纸将水珠吸附。没想到，佩戴后效果真的很好。

尽管回到酒店时已经凌晨1点了，但一想到问题解决了，班菲的心里就像吃了蜜一样甜。

当他还在沉思中，手机铃声突然响了起来。“班菲，起床了没？”

电话的另一头，传来一个爽朗而熟悉的声音。只见酒店大厅外大巴车旁的孙成波一边打电话，一边跺着脚来回走动。

2月的武汉，春寒料峭，寒气袭人，但有着11年党龄的护师孙成波依然像往常一样，开始给上班同行的队员们逐一打电话，提醒大家不要错过了早班车。

在西安时，孙成波就是一个作风硬朗的“干将”。此次来到武汉，她被分到11病区重症监护第二组，协助倪护士长管理20人的小团队，做好建立流程、理清职责、开展考核等工作。

作为首批进入病区的小组长，孙成波指导年轻护士进行生活区的消毒，建立生活区和相对污染区，坚持一日两次检测上报小组成员体温，每隔两天检查一次队员生活区房间的卫生，一丝不苟地做好消毒消杀工作，每天提前30分钟打电话，叮嘱大家及时下楼乘车……在外人看来，这个做什么事都靠谱儿的人令人感到十分踏实。

那是两周前的2月2日早晨，地点是远在千里之外的西安。在接到院里支援武汉的通知后，许祖科与科室同事踊跃报了名。临行前，他拨通了家里的电话。

“爸妈，我要去武汉抗疫了。”

“哦，”电话那头停顿了良久，才挤出一句：“注意保护好自己，一定平安回来。”

80岁的爷爷也叮咛道：“自己注意防护，保护好自己，才能救更多的人。”

许祖科的眼角突然有些湿润。

而当许祖科将第二天就要去武汉的消息告知相恋4年、原计划3月15日拍婚纱照，五一结婚的女朋友时，对方竟在电话中大哭起来：“不是约好了拍婚纱照么？不去，行不行？”

“宝贝，听话，你也希望你未来的丈夫是一个有责任心、有担当的人吧，等着我回来娶你……”当安慰完女朋友，挂下电话的那一刻，许祖科再也抑制不住情绪，眼泪夺眶而出。

许祖科不停地告诫自己：抗击疫情，刻不容缓！武汉前线还等着呢！自己是党员、又是医生，理应冲锋在前。

许祖科每天都会坚持上下班两次查房，穿着厚厚的防护服，甚至有时候要用上成人纸尿裤。很多患者对许祖科说：“感谢你们大老远跑过来帮助我们，谢谢你，大夫”。这让许祖科想起自己小时候生病的时候，总是希望妈妈多给他照顾安慰。他可以体会到，被疫情笼罩的患者的担心、害怕和无助感。许祖科除了给他们用药物治疗外，更多的是与他们沟通交流，让他们鼓起勇气战胜疾病。

“早啊，小许。”伴着洪钟般的声音，一个浓眉大眼的汉子走了过来。

“尹医生早！您今天又是第一个到的。”

对话中的尹医生，大名叫作尹大宇，是来自西安国际医学康复医院骨科的一名副主任医师，也是老党员、退役军人。他留着整齐的小平头，典型的“国”字脸，厚厚的嘴唇向上扬起，露出憨厚的笑容。

“早上给家里报平安了吗？”孙成波问道。

“嗯，家里老人都还好。”尹大宇回答。

为什么要这么问呢？

原来，此次参加武汉抗疫，尹大宇其实一直瞒着父母，每天早上和老人视频通话的时候，他都说自己正被单位隔离在宾馆里。有好几次，他甚至请来孙成波客串“参演”，帮助自己打圆场。

尹大宇说，不是怕父母不允许他来，而是怕他们担心，老人年纪大了，若是知道了实情，肯定会吃不好、睡不着。

尹大宇的家在部队医院的家属院内，他的爱人也是一名军医。

除夕之夜，尹大宇回到老家陪家人吃了顿年夜饭。然而，祥和的节日气氛很快就被疫情一扫而光。

“老尹，我们明天要随队出发。”正月初一，回家休息没两天的妻子告诉他，部队单位反应迅速，已经组建了医疗队，调配好了物资，一切已准备就绪。

听说爱人要负责隔离病房，基本回不了家，尹大宇没有多说什么，只是默默地帮她收拾行李，心里也开始意识到事态的严重性。

春节长假结束了，在返程的高铁站内，尹大宇与原单位医疗队不期而遇。

“一二一……一二一……立正……稍息！”看到昔日并肩战斗的队友，一起摸爬滚打的兄弟们雄赳赳、气昂昂，正在集结出发前往武汉时，他的内心感慨颇多，却无以言表，最后情不自禁地抬起右手，向战友行了一个标准的军礼。

告别、转身的那一刻，他内心突然有些激动，在默默祝福战友们平安的同时，竟有一丝莫名的愧疚。

“我是党员，也是曾经的军人！如今疫情危急，自己可别当了逃兵呀。”尹大宇心中呐喊道。

回到西安国际医学中心医院，当得知单位也要组建支援湖北医疗队的消息后，他毫不犹豫地报了名，向组织递交了请战书。

西安国际医学中心医院骨科医院的李彤，是一名有着 12 年党龄的护士长，这位来自陕西咸阳的秦都姑娘，十分精明能干，做事富有主见。上大学那会儿，因为品学兼优，又积极向组织靠拢，不到 20 岁的她就入了党。

除夕之夜，当从电视新闻中看到全国多个医院在纷纷组建医疗队驰援武汉时，她也义无反顾地报名奔赴前线。在抵达武汉的头一晚，她“咔嚓”一下，带头剪去了自己心爱的长发。

此刻，没有了长发的束缚，她一层层地穿上防护服，然后扣帽、穿靴，口罩之外再戴上护目镜。为了延长护理时间，她给自己还穿了成人纸尿裤。

不一会儿，经过全副武装的她，活脱脱被包裹得像个“大粽子”。由于十分憋闷，防护服里贴身的内衣开始变得黏黏糊糊的，身上的汗水也不停地从胸口往下流。尽管感觉很不舒服，但她还是认真地完成好了防护设备的穿戴。

“首先要防护好自己，才能更好地照顾患者！”李彤慢慢调节好呼吸，默默地告诉自己。

临床护理工作本就烦琐，隔离区的一线工作更是困难重重。作为一名具有丰富护理经验的“老护士”，李彤毅然承担起最艰辛的护理工作，每天为患者输液治疗。

扎针，原本是正常情况下的简单动作，但是穿上厚厚的防护服后却变得异常艰难。这套笨重的“大家伙”，不仅将病毒、细菌与人体分隔，同时也阻隔了部分空气中人赖以生存的氧气，长时间穿戴会导致人缺体氧，从而引起头晕、腿软。护目镜也会渐渐地起雾气，一层一层的，凝成水珠开始滴落。

李彤深吸了一口气，定了定神，缓缓地开始挪动手指，摸着那微不可触的血管，想象着多年扎过的血管，快速地扎了下去。

成功了！

那些天，她一直努力克服着多重困难，尽管忙得满身大汗，但始终保证着穿刺“零失误”的记录，赢得了患者的一致好评。

“我有经验我先上！”

作为西安国际医学中心医院的一名医生、党员，以及曾经的军人，医教部副主任医师陈强主动请战。

他参加过2003年北京小汤山抗击“非典”、2008年汶川地震抢险救灾等重大任务。

作为西安国际医学支援湖北医疗队医疗管理组组长，陈强负责的事务庞杂而繁重，他所带领的医疗管理组是整个医疗队的“双向阀门”：统筹人员、管理物资、分流患者，梳理医疗工作流程、信息系统使用、病例书写规范，统计归档医疗数据，负责患者出院转院，了解患者的特殊医疗需求，收集整理病案并解决问题。

3月6日，陈强早早来到武汉市第八医院。医疗队今天要转战武汉市长江新城康复驿站，开启新的征程。做完武汉市第八医院的收尾工作，他立即前往指挥部对接协调医疗工作，进入隔离区

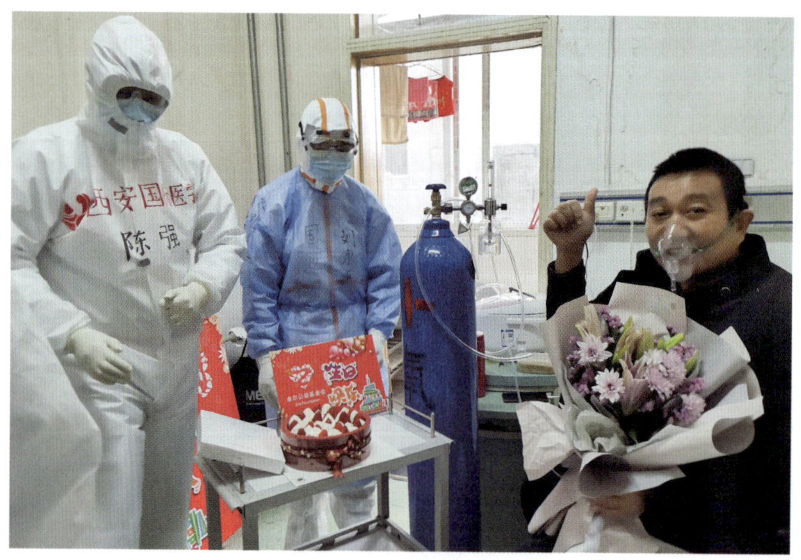

忙里忙外的副主任医师陈强

了解留观人员情况。

每天至少十六七个小时的高强度工作、凌晨1点前电话铃声都停不下来，这些都是陈强工作的常态。“历次任务都是这样，我已经习惯了。”陈强说。自从疫情发生后，1月23日他就返回医院坚守岗位，除夕当晚还在医院巡查发热门诊，未能与从新疆远道而来的父母见上一面。至今，他已连续抗疫49天了。

“亏欠家人很多，不过他们都理解，也支持我。等到疫情结束，我会回去好好陪陪他们。”和笔者说完这些，这个身高一米八六、铁骨铮铮的新疆汉子，又继续工作去了。

“咱不能给党丢脸”

有过15年军队医院工作经历的老党员、重症医学科护士长张荣荣辗转来到18病床。

远远地就听到护士李彤和患者刘大爷的对话……

“您怎么不吸氧呢？”李彤关切地说，双手准备去给老人戴氧气管。

“大夫，我这个病，是不是‘搞’（治）不好‘打’（了）？”由于住院住得过久，心情郁闷，老人“哇”的一声哭了出来。

“搞？哦，湖北方言的‘搞’就是‘治’的意思”，反应过来的李彤立即不停地安慰着：“不会的，您一定会好起来的！”

张荣荣立即接话：“莫（不）哭，老爹（大爷）哟，只要‘恁那’（您）按时‘齐’（吃）‘活’（喝），配合治疗，再过几天就能‘初客’（出去）了。”

刘大爷没戴氧气管，满脸愁容，李彤正不知怎样安慰、鼓励他，这时连吃饭睡觉都在学湖北方言的张荣荣过来给李彤解了围。

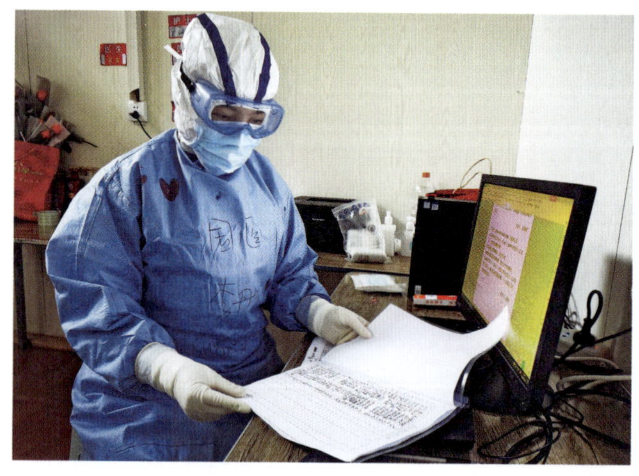

护士李彤在长江新城康复驿站登记患者需求，核对发放药品清单

“老爹，我们这‘挫日’（昨天）有两‘过’（个）出院，‘机日’（今天）又有三‘过’（个）出院。‘恁那’（您）要再‘娄把力’（努力）哦！”张荣荣继续说着湖北方言开导老人。

不一会儿，刘大爷止住了眼泪，抬头直瞅着这个说“乡党话”的大夫，眼神里闪烁出希望的火花。

“所以，‘恁那’（您）每天要配合我们治疗，多‘齐’（吃）多‘活’（喝）、多锻炼，心情好，慢慢就好咯！”

看到患者眉头舒展，逐渐有了精神，张荣荣也会心地笑了起来。临走前，她再次叮嘱道：“老爹，‘有么事’（有事）就按这个（呼叫器）开关哟。”

善医者，先医其心。

作为当前比较稀缺的重症医学科护理骨干，张荣荣深知患者最需要的就是心理抚慰，因此每次接班后，她都会先去查房，到病房问候每一位患者。

“阿姨，今天有没有不舒服？”

“大叔，今大有没有比昨大好点儿？”

无论是在西安，还是支援武汉的日子，她每天上班的绝大多数时间，就是陪伴、守护着患者。

张荣荣清楚地记得，2019 年的最后一夜，也是西安国际医学中心医院全面开诊后的第一个新年，在看到科室的危重症患者多，值班护士又多是外地人的情况后，心细如发的她毅然放弃回家团聚的机会，主动坚守在岗位上。

当天晚上 7 点 56 分，护理部下发紧急通知：医院将派医疗队前往武汉参加救援。看到急需重症医学科护理人员，她就踊跃报了名。

“荣荣，别去了，天天待在重症监护室，又苦又累，还容易被传染。”身边的亲友好心劝道。

这位执拗的西安姑娘立即蹙起眉毛，连连回应：“都没人去了，患者谁管？都不去了，怎么才能把疫情控制住？我是党员，就该上！”

辗转来到武汉后，张荣荣和范乔护士长负责起35名护士的培训和生活照料任务。之后开始进入院区，在与武汉市第八医院科室交接工作的当天，张荣荣就带着护士贺焕一起对科室的环境进行改造，抬柜子、打扫卫生……体重只有90多斤的她穿着厚厚的防护服，抬完东西后几乎喘不上气，歇一会儿又继续干活。她的耳朵甚至因为长期戴口罩而被磨得流血了，但她一直忍着疼痛继续工作。很长时间，她耳郭的皮肤还没有好。

接管科室后，张荣荣每天都是坚守岗位八九个小时。每次交接班，她都会让护士们先走，自己留下来交班。她心想着：年轻护士妹妹们可以多休息一会儿，自己也可以多陪一会儿患者。

在重症病房里，由于经常发生患者心脏骤停、抢救、转运等情况，张荣荣遇见过太多的突发情况，一天的心情像“过山车”似的跌宕起伏。

一次，张荣荣陪同一名重症患者去做CT，当走到CT室门口时，患者突然失去了意识。凭借着经验，她发现患者的呼吸是规律的，便立即搀扶着对方前往病房抢救。10分钟后，当看到患者意识逐渐恢复时，她才长长地松了口气。

每天她最希望看到的情景，是亲自送治愈者走出医院大门。

时间到了下午3点。虽然已经过了立春，但连日雨雪交加后的武汉，气温似乎仍停留在隆冬时节。午后的阳光斜斜地洒落下来，武汉市第八医院门前的那株桃树上，花还没有开，也没有叶子。

“谢谢你们的救命恩情，这些日子，多亏了你们用心用情照顾，你们是我们最贴心的亲人啊！”医院大门口，刚刚治愈的退休教师李大爷，深深地向张荣荣和她的同事们鞠了一躬。

十多天前，65岁的李大爷被确诊感染新冠肺炎，随后被送往

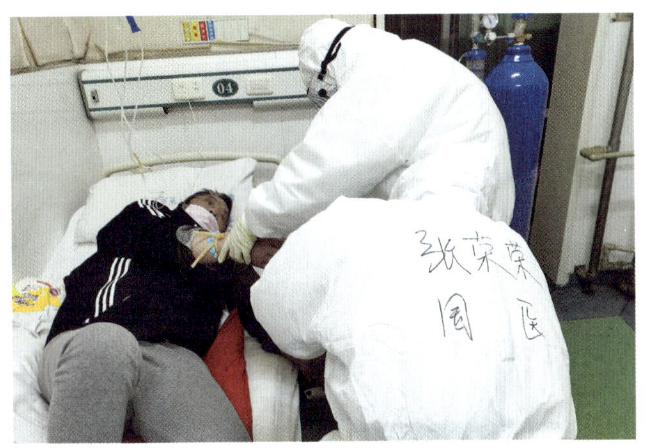

护士长张荣荣在武汉市第八医院病房内照顾患者

武汉市第八医院进行救治。经过张荣荣和大家的精心治疗和护理，今天他终于痊愈出院了。

道一声感谢，道一声再见，当李大爷转身离去的那一刻，张荣荣和伙伴们激动地掉下了眼泪。

老人远去的背影才消失，一辆闪着红灯的“120”救护车由远及近，飞快地驶入武汉市第八医院内。

从车里抬出一名患者，有人大声喊道：“快，送重症监护室！”

这时，早已在旁边等候的党员畅欣迅速配合把患者送上轮滑车。

眼前这个留着短发的女生，尽管身材纤弱娇小，说话柔声细气，但动作麻利，浑身充满着力量。1991 年出生的畅欣，是西安国际医学中心医院心脏病医院心脏外科护士。

“护士长，让我去！我是党员，我能行的。”

今年春节，刚完婚的畅欣顾不上休婚假，就毅然报名参加救援，踏上了去武汉的征程。2 月 6 日进入武汉市第八医院后，她便开始临床工作，主要负责患者的日常生活护理与治疗。

初到武汉时，医疗队密集培训，由于人数多，练习用的防护用品有限，畅欣便把白天练习的机会留给别人，而自己则等到晚上十一二点后才去练习。

尽管工作模式换了，医疗电子系统不同了，但畅欣接手工作不久后就熟悉了所有工作。如今，因为工作的需要，她从原来的二病区护理单元调换到了三病区。同样的环境，不同的患者，她能把每一个人的详细治疗情况，从护理级别到饮食状况，一一牢记在心。

“你的技术很棒，打针不疼，你们陕西的护士说话好温柔。”一个和蔼可亲的阿姨多次为畅欣竖起大拇指。

“小畅真好！”一位爷爷经常念叨。

“我看不到你的样子，但知道你叫畅欣，是我们的小畅，谢谢你。”

工作忙碌之余，畅欣时常想起丈夫临别时的一番话：“都是党员，我完全理解你前行的决心，加油，媳妇！等你回来，我们再休婚假，我欠你一个婚假。”新婚丈夫体恤的话语令她倍感欣慰并时刻激励着她一路前行。

党员就是一面旗

时光消逝，东方渐露鱼肚白。

离 7 点发车还有 5 分钟，前往武汉市第八医院的班车上，医疗队队员们分散就座，早班人员已基本到齐。

“早餐来咯！”只见预备党员、护士长黄艳带着同事双手各拎着一袋盒饭，一前一后上了班车。

黄艳今年 36 岁，粗眉大眼，一头短发，和男同事站一块，活像个假小子。性格开朗的她，平时爱好运动，常跟大伙儿打成一片，被戏称为“哥们”。在这里，她主要负责感控工作。

从 2 月 3 日随队来到武汉酒店驻地以来，黄艳和史璐护士长就带着 14 名护士，积极克服酒店员工集体放假的不利因素，想方设法做好 212 人团队的后勤保障工作，从接送餐、热饭、倒垃圾、消杀到分发物资，努力满足每个人的需求。

疫情期间安全第一，酒店消杀是工作重点，黄艳发动姐妹们进行“头脑风暴”，将每一个环节都考虑得十分细致，高标准完成了酒店内部的安全防控目标，受到了团队领导和同事们的一致好评。

黄艳开玩笑说：“我是一块砖，哪里需要哪里搬。”尽管还没有转正，但她始终以党员的标准严格要求自己。这不，当后勤工作理顺后，她又主动提出了上临床参与倒班的请求，以缓解医疗队临床护士人手不足的状况。

熟悉的人都知道，黄艳可谓一名老资历的“护士”了。她曾在空军军医大学西京医院特护组和放疗科护士岗位工作 12 年，担任过西京医院第一批二级机动护士库成员、第一批临床护理培训教员等，2015 年进入西京医院护士长后备人才库。

在病区，戴着护目镜、手套为患者留置针穿刺，是一件比较困难的事情。“你们先估一下，不行了让我先上。”黄艳给 90 后的护士们交代说。

她心想着：大家来武汉，除了要把患者治好，团队也要平安地回去。特殊时期，年轻妹妹们的心理压力大，所以自己得多承担一些，能帮助的尽力多做一点儿。

一次，黄艳看到为团队理发的志愿者周诗尧在群里说：“我岳母住在八院，心态不是很好，哪位能帮忙照看一下？”

心细的她立即联系了队里负责心身科的鲁医生，请求他帮忙。热心的鲁医生多次打电话为患者进行心理疏导，甚至来到病房近距离开导患者。再加上护士的暖心安慰，患者的情况日渐好转。

“现在我岳母能主动配合治疗了，信心满满，真是多亏了西安国际医学的专家们！”周诗尧说道。

入夜，长江之畔的武汉，灯火星星点点。

晚上 9 点 30 分，夜幕下的江城早已没有了往日的喧闹，一片寂静。

此刻，武汉市第八医院内正灯火通明，来自西安国际医学中心医院内分泌科的医师、党员王晶刚刚接上夜班，开始了忙碌的工作。

“走，咱们先去看看 8 床患者。”眉清目秀的她说道，然后便带着护士张萌朝着病房走去。

此前，交班医生姜鹏告诉她，8 床是个 72 岁的老奶奶，发热、咳嗽已经有半个多月，右胳膊和双腿活动不灵，前两天情绪有点儿烦躁。她的情况可能属于“新冠病毒肺炎合并脑梗死”，需要尽快明确病情，给予治疗。

“先测患者的生命体征，呼吸、脉搏、血压基本平稳正常，未吸氧状态下血氧饱和度 96%，应该可以出去检查一下。”王晶心里判断道。

王晶向患者的儿女交代完病情后，迅速备好了氧气袋，又电话约好 CT 室，准备推着病床带患者去做 CT。

“医生，听口音，你不是本地人吧？新来的吗？”患者的女儿问。

“嗯，我叫王晶，是从西安过来支援的。”“90后”姑娘王晶微笑地回应，解释道，“如果遇到解决不了的问题，我会请示上级的，请您放心。”

王晶给8床患者做完检查，CT结果一出来，就立即将结果报告给廖建军主任。

“监测生命体征，注意出血倾向，如果病情有变化，就及时报告。”廖建军指示说。

由于患者处于瘫痪状态，疫情期间家属不能陪床，负责医疗和生活护理的重担就落到了王晶和李燕、李晶两位护士的肩上。

武汉市第八医院人手短缺，在每班每层楼只能安排一名医生和两名护士。整个夜班，王晶安顿好患者后，又带着同事查房、打针、输液，询问病情，安慰患者……顾不得喘上一口气。

到下班时，王晶她们身上的衣服已不知湿透了多少回，每个人的防护镜都蒙上了厚厚的雾气，说话也气喘吁吁的。

对于她们来说，每天都是一场超负荷的挑战。夜班尽管很辛苦，但她们没有一人叫苦喊累。王晶对护士张萌说：“疫情面前，医生就是‘战士’。而现在身处前线‘战斗’，作为一名党员，就要带个好头。”

当王晶、张萌完成交接班，坐车返回宾馆，洗漱好躺下时，时间已经是凌晨4点了。

酒店的窗外，一片漆黑，只有远处定点医院稀疏的亮光。

护士张萌躺在床上，她的脑海中不时浮现出白天抢救、转运、护理的画面：“来武汉十多天了，每天真的很辛苦，可是像身边的黄艳、张荣荣、畅欣等姐姐们，她们从来没有退缩过，舍小家顾大家，默默无闻地奉献着，她们常说自己是党员，就该为老百姓筑起一道爱的屏障。我又该怎样才能成为像她们一样的人呢？是什么力量让她们内心如此强大呢？”

“在今天的医疗三组交流群里，杨峰队长的那句话特别鼓舞人心：患者在哪儿，岗位就在哪儿。病毒不可怕，大家是团队作战，党员同志勇于担当，我们一定能战胜困难，夺取明天的胜利！”

“我也要争取入党，明天就递申请书！”张萌与其他入党积极分子一样心潮澎湃。

她们正是在党员先锋模范作用的感召下，接受“火线”历练洗礼，积极向党组织靠拢。

此间，西安国际医学医疗队中就有 112 名队员提交了入党申请书，加上 56 名党员，形成“1+1”的坚强红色堡垒。是他们，让一面面党旗在战“疫”一线高高飘扬！

“心中有信仰，脚下有力量。”

他们有着共同的姿态——坚守。

他们有着共同的信念——奉献。

全体党员们用实际行动为党旗增辉，为党徽添彩！

战场上入党

第十章

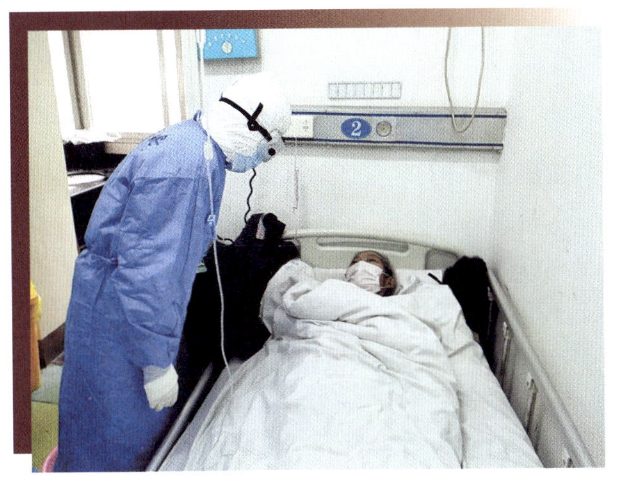

韩新鹏主任查房并与患者交流

“你们来了，我们更安心了”

在这场看不见硝烟的战争中，坚守在一线的医护人员成为守护重症患者的主力军。他们用心、用情、用爱坚守在自己的岗位上，尽自己最大努力抗击疫情，拯救生命。

没有深入到抗疫一线，就根本无法体会患者内心的孤独与无助，无法体会患者对于健康的渴望。西安国际医学人不仅用精湛的医术进行科学诊疗，还帮助患者在内心建造起坚强的堡垒。他们是有温度的抗疫医疗团队！他们真正做到了“佑护无法衡量的价值”。

刘奶奶的故事

“快，准备心外按压！”

“快推抢救车，准备除颤仪，开始除颤！”

“肾上腺素 1 毫克静推！”

3 月 4 日凌晨，在华中科技大学同济医学院附属武汉协和医院（西院）ICU 病房中，陕西省第二批支援湖北医疗队正在上演着一场“生死之战”。

这支医疗队里有西安国际医学高新医院护理团队 6 人，她们是刘娟、胡婷、李方方、田甜、申冬青、常欣妮。

穿着防护服，戴着两层口罩，连续做了 3 个循环的心外按压，刘娟明显感觉到自己呼吸不畅，汗流浃背。

“刘娟，我来！”胡婷连忙替换刘娟继续按压，周围的同事也纷纷赶来帮忙。

西安国际医学高新医院重症医学科护士长刘娟焦急地站在 47 床刘奶奶床前，望着眼睛紧闭的老人，心里一直默默念叨着：“刘奶奶坚持住，一定要坚持住啊！”

凌晨接班后，刘奶奶的情况本来还算稳定，刘娟和胡婷还给她做了一遍基础护理。可是凌晨 5 点多的时候，心电监护仪突然发出报警声，刘奶奶的心率有下降趋势。刚通知医生后，刘奶奶的心跳又忽然停止了，于是就有了开头那一幕。

“心跳有了，停一下，过来了。”胡婷松了一口气。

“太好了，胡婷，太好了。”看到刘奶奶闯过了鬼门关，刘娟高兴得眼泪一下子就流出来了。

刘奶奶身上有着独特的亲和力，她对待每个人都很慈祥、亲切，每次做完治疗后，她都会和医护人员说：“谢谢你们，你们都对我太好了。”

其实刘奶奶不知道的是，她的爱心也同样温暖着医护人员，她的每一句感谢对她们来说都是莫大的鼓励。

刘娟和同事们刚来华中科技大学同济医学院附属武汉协和医院（西院）重症医学科工作的时候，一班4个小时，下班后拿掉满是蒸气的护目镜，脱掉防护服，贴身衣物早已浸湿。刘奶奶每次看到她们，都会关切地问长问短，所以刘娟和她的5名同事每次见到刘奶奶，都感觉到异常的亲切。

西安国际医学的护士们在工作之余，都喜欢跟刘奶奶进行互动交流。她们之间彼此倾吐心声，互相鼓劲加油。

李方方说：“我在这里深深地感受到湖北医护人员和武汉人民的不易。我们只有与病毒战斗、与时间赛跑，持之以恒，疫情才能早早结束。”

田甜说：“刘奶奶，目前我所在的科室已经没有了危重症插管患者，大家的病情都趋于稳定，患者和我们的心情都好了许多。我期待去武大看看樱花，然后高高兴兴地回家。”

申冬青说：“刘奶奶，我第一个愿望是迎来脱去口罩自由呼吸的日子！第二个愿望是希望我家孩子今年能顺利进入我们学区内的学校上学。”

常欣妮说：“刘奶奶，等疫情结束后，我最想好好陪陪我家宝贝和家人，今年的年夜饭没能和家人在一起，希望回去后可以补上。期待春暖花开，平安回家。”

胡婷说：“刘奶奶，疫情结束后，我想回趟老家，带着宝宝回去陪陪爸爸妈妈，在这场疫情中，他们受到的惊吓可真不少。现在疫情尚未结束，接下来我会继续专心工作，和同来武汉的战友们一起齐心协力，圆满完成任务。”

刘奶奶听完护士们的话语，微笑着点点头说：“姑娘们，加油！”

在病房里，戴呼吸机时有些患者会比较痛苦，一般需要给一些镇静药物。刘奶奶非常配合，而且她从来不要镇静药，不管再

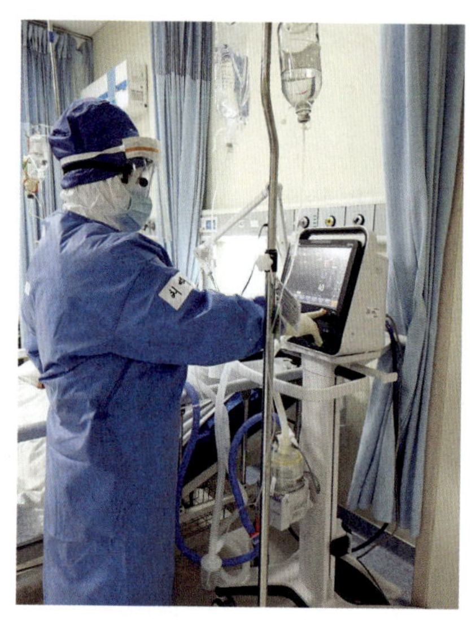

3月29日，上夜班的护士长刘娟准备给患者吸痰，正在调节呼吸机参数

难受，她都能坚持下来，可见她是一个意志非常坚强的患者。特别是每次给她吸痰的时候，她的两只手都会紧紧地抓住床边护栏，直到吸完痰为止。

经过呼吸机辅助呼吸等一系列的对症治疗，戴在刘奶奶身上的呼吸机终于取掉了，医护人员都露出了欣慰的笑容。

又是一个阳光明媚的日子，刘娟探望刘奶奶时说："您在床上已经能坐起来了。今天，我们要锻炼着坐到床的侧面。"

刘奶奶高兴地说："哎呀，等我明天能站起来的时候，我一定要抱抱你。"

过了几天，刘奶奶终于能下床了，刘娟她们别提有多高兴了。

其实，刘奶奶只是西安国际医学医务人员负责救治的众多重症患者中的一名，在与众多患者朝夕相处的日子里，他们把对患者的情和爱留在了荆楚大地上。

“谢谢你们救了我一家四口”

“主任，9 床的老人突然气短明显，指脉氧掉到了 76%。”2 月 10 日晚上 11 点多，来自武汉市第八医院的一通电话打断了西安国际医学中心医院胸科医院呼吸内科主任韩新鹏的休息。

韩新鹏立刻飞奔至医院，迅速换上防护服。

“马上吸痰。”

“提高氧浓度。”

“建立静脉通路。”

韩新鹏一边观察，一边指示道。

西安国际医学中心医院呼吸内科护士陈嘉乐立刻去其他病区，协调并搬来了比自己还要高的氧气设备。

西安国际医学中心医院呼吸内科医师王香茹马上准备呼吸机，并迅速接好呼吸机管路，给患者戴上面罩。

西安国际医学中心医院呼吸内科护士李昭迅速建立好静脉通路，然后紧紧地抓着老人的手，默默地在心里说：挺住，一定要挺住！

在韩新鹏的指示下，患者的指脉氧终于逐步开始恢复。这样的突发性抢救，韩新鹏他们已经习以为常了。许多患者经过他们的抢救，最终转危为安。

“我妈妈几度生命垂危，多亏了你们不遗余力的救治，刚来的时候，老妈的血氧饱和度不到 70%，经过你们的精心治疗与悉心照顾，现在老人已经挺过来了。我替我们全家人感谢你们，也替武汉谢谢你们！”老人的孩子说。

老人有很多次机会可以转往条件更好的医院救治，出于对韩新鹏主任团队的信任，她坚决拒绝转院。这份信任，最终换来了希望，换来了胜利。

“谢谢你救了我们一家四个人，这么重的恩情，该怎么报答呀！”

一对即将出院的夫妻，手捧着鲜花，向韩新鹏及医护人员深深地鞠了一躬，眼里含着泪水。

“没事没事，都是应该做的，回去了好好锻炼，营养要跟上。”韩新鹏嘱咐着。

2月19日，武汉市第八医院一病区又上演了一幕让人泪目的场景。

在这一批即将出院的患者中，这对夫妻的母亲及姐姐一家四口，都因为感染新冠病毒住进了武汉市第八医院一病区，经过韩新鹏及科室医护人员的精心治疗和护理，四个人的病情均有好转。今天其中两人的各项检查均符合出院标准，即将出院。他们表示，这次能遇到韩新鹏团队很幸运，隔离期满后将捐献血浆，去帮助更多的人。

2月3日，韩新鹏随队驰援武汉市第八医院。疫情就是命令，时间就是生命。到达武汉后，开始对人员进行防护培训，培训结束后，他又连夜熟悉情况。第二天一大早，他就带着自己的团队进入病区，逐一查看患者，掌握病情，与该院医护人员沟通制定

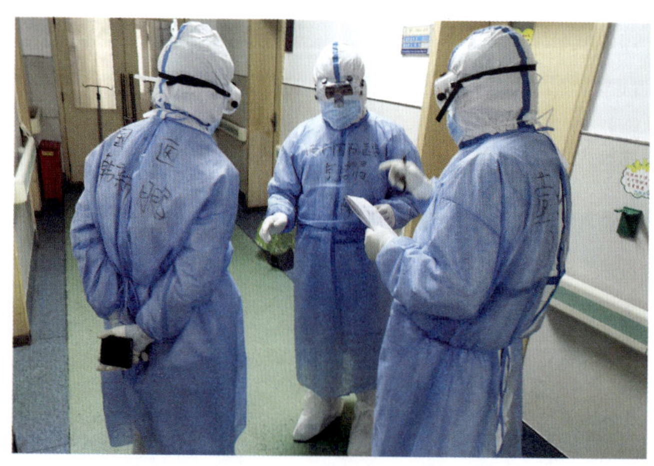

韩新鹏主任在吴昌归院长的指导下开展诊疗工作

救治方案。2 月 6 日，韩新鹏带领团队进入重症病区。

“主任，您过来看下 2 床，血氧饱和度又往下掉了。”西安国际医学中心医院胸腔外科护士易炜娜通过呼叫器呼叫。

“快，给老人吸下痰！”

“不怕啊，吸个痰你就舒服了。”易炜娜握着 2 床患者的手安慰着。

经过吸痰，老人的血氧饱和度逐渐恢复正常。在重症病房里，老年人基础疾病较多，病情变化迅速，这样的场景每天都在上演。

“主任，您再看一下这个片子。”西安国际医学中心医院呼吸内科副主任医师樊建勇说。

“主任，您再看一下这个二次脑出血患者的检验结果。”西安国际医学中心医院心身医学科主治医师鲁宏斌说。

“不行，这个患者得补蛋白，利尿剂适当给。”韩新鹏看着检验单说。

在重症病区患者集中入驻的那段日子，接诊压力大，在 4 小时的工作时间里，韩新鹏紧急接诊、处理了 10 多位患者，保证了接诊患者生命体征平稳。

“看到你恢复得这么好，今天奖励你一个苹果，吃吧，别客气！”韩新鹏省下自己的饭后水果，送给了一位大娘。

摸着手里红彤彤的苹果，大娘脸上露出了含蓄的笑容：“我把命托付给你们真放心，谢谢你们！”

63 岁的白姓患者入院时体温高达 39.6 摄氏度，并伴有咳嗽、咳痰等症状，有时一天就腹泻 12 次，情绪极度焦虑和恐惧。

在首次查房的过程中，韩新鹏就发现这位老年患者情绪异常、见人就哭。凭借多年的临床经验，韩新鹏意识到，这位患者肯定背负着巨大的心理负担。

韩新鹏便详细地询问了患者的病情和遇到的困难。原来，该患者的老伴在不久前刚因感染新冠病毒去世，而她没能见到老伴最后一面，她也担心自己会和老伴是同样的结局。

在了解到这些情况后，韩新鹏从专业的角度耐心地向患者进行解释，并鼓励患者不能放弃。他为此专门制定了“一对一”的个性化治疗方案。

韩新鹏一有时间就主动去和这位患者拉家常，打消她的消极情绪。经过精心治疗和护理，这位患者一天比一天好了起来，终于治愈出院。

一位32岁的小伙子和妻子都感染了新冠病毒，妻子就住在丈夫的隔壁病房。在韩新鹏团队的精心治疗下，他们俩的病情都逐渐趋于平稳，这时准备安排转院，但他们执意不肯，要在这里继续留下来治疗，并说:“我们在韩主任这里，心里踏实。”

58岁的重症患者肖师傅更是成了韩新鹏的“铁杆粉丝”。入院时，胸部影像学显示他的双肺弥漫渗出影、面罩吸氧9L/min，生活不能自理，医院先后安排他5次转院，都被他婉拒了。他一再表示:“我信任韩主任，就不转院了。”此后，在韩新鹏的精心治疗下，肖师傅病情不断好转，不久之后就康复出院了。

韩新鹏每天至少要工作七八个小时，最多的时候甚至一天连续工作十几个小时。为避免上厕所，他只好少喝水或不喝水，把成人尿不湿穿在防护服里。严实的防护服，专业的口罩、面屏……韩新鹏就是在这样的环境中高强度地工作着。

每天交完班，韩新鹏的脸上都会被护目镜、防护口罩压出深深的勒痕，防护服里的衣服也常常被汗水浸透，窒息、眩晕，有时他觉得真的快撑不住了，但人命关天，绝不能让鲜活的生命从他的手中被夺走。就这样，韩新鹏一直咬牙坚持着，看到患者的病情一天天好转了，他的脸上也露出了欣慰的笑容。

“这些天太感谢了，以后你们来武汉，我们就是你们的亲人。”每当听到这样的话语，韩新鹏和他的同事们就会觉得，再苦再累都是值得的。

在病区已经工作 18 天了，持续的高强度工作使韩新鹏极度疲惫。但当新一轮红日从东方升起，走进病区查房的他，依然精神抖擞地对待每一位患者。

“看着患者的各项指标逐渐恢复正常，笑容越来越多，我就觉得不辱使命。”这个被称为“拼命三郎”的硬汉说。

经过韩新鹏医护团队的不懈努力，武汉市第八医院内一病区共成功救治新冠肺炎确诊患者 110 人，其中危重症患者 38 人；康复出院者 104 人。

韩新鹏曾在空军军医大学西京医院工作多年，在呼吸系统疾病的诊断与治疗，特别是危重病的救治方面很有建树。在同事的眼里，他经验丰富，医术精湛，是一个值得信赖的好同事；在患者心中，他温柔细心，对待患者如同亲人，被患者亲切地称为生命的“守护神”。

第十一章

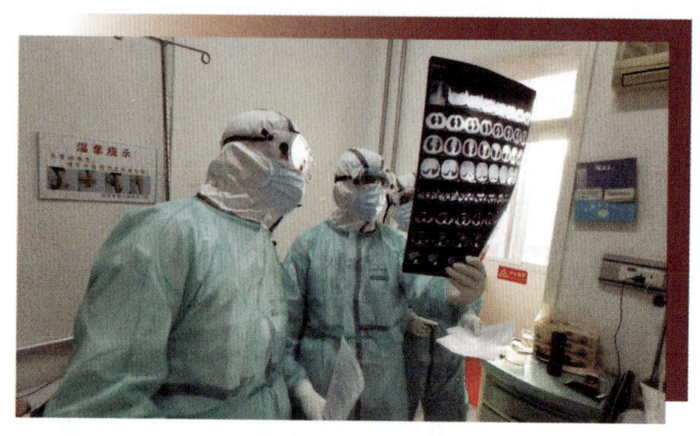

主任医师刘永平查房

真心英雄：默默奉献者

古有扁鹊、华佗，亦有孙思邈、李时珍……几千年来，这些伟大的医学家们在历史长河中灿若星河，他们用高尚的人品和精湛的医术救治了无数黎民百姓。

今有钟南山、张伯礼、李兰娟、王辰等国之栋梁，他们日夜奋战在抗击疫情一线，同样用爱和医术挽救了一个个鲜活的生命。

造就奇迹的不仅仅是那些伟大的人物，还有千万个在平凡岗位上默默坚守的人们，是他们共同推动了历史的进步和时代的跨越。

本次武汉发生新冠肺炎疫情以来，全国 42 000 余名医护人员在党和政府的统一领导下，舍小家为大家，驰援湖北，全身心地投入到这场武汉保卫战、湖北保卫战中。西安国际医学支援湖北医疗队更是主动作为，第一时间赶到了疫情最为严重、形势最为紧张的武汉市，在武汉市第八医院开展救治工作。

在这次抗疫救治工作中，西安国际医学支援湖北医疗队的刘永平作为病区主任，和西安国际医学中心医院外科一、二病区医护人员完成了卓有成效的救治工作，为武汉市第八医院实现患者“清零”作出了重要贡献。

共同坚守就是希望

2月2日一大早，当西安国际医学中心医院发起组建赴武汉参加抗击疫情医疗队的报名工作时，西安国际医学中心医院康复医学重症医学科主任医师刘永平顾不上和家人商量，第一时间就递交了请战书。

刘永平曾参加过抗击“非典”的战斗，又长期从事危重症疾病的诊治工作，在处理急危重症疾病方面具有丰富的临床经验。

而刘永平自己却患有慢性胃炎，需要规律饮食。但他当时已经顾不上那么多了，一心只想着在武汉还有无数的患者需要紧急救治。

这天晚上，刘永平像往常一样下班回到家。

他一边收拾行李，一边把要去武汉的消息告诉了他的妻子和孩子。

妻子和孩子当时就流下了眼泪。

妻子说：“你放心去吧，家里有我，我会照顾好老人和孩子。你对患者比对自己家人还亲。现在武汉急需大量医生，我和孩子也改变不了你去抗击疫情的决心。”

刘永平是2月5日进入武汉市第八医院病区的。虽然已经做好了迎接困难的准备，但一踏入病区，刘永平还是很快意识到，疫情比他来之前想象得更严重。

作为病区负责人、救治组组长，刘永平负责两个病区，共有43名医护人员，其中医生12名，护理人员31名。

刘永平立刻带领李彤护士长、康菲护士长、马炜护士长、史璐护士长、蔺卫龙主治医师等人展开了工作。

因医护人员紧缺，刘永平自己也主动加入了临床一线工作，除了正常的值班外，他每天还去病房查房，常常一干就是十几个小时，厚重的防护服无数次被汗水浸透。

为了保证武汉市第八医院每一位入院患者都能得到科学、及时的治疗，2月5日这天，西安国际医学中心医院吴昌归教授、心脏病学专家王海昌、传染病专家贾战生、感控部主任刘冰、肿瘤专家薛妍与两家应急医院负责人一起，对医护人员配备、治疗方案、专家组成员会议制度等进行了全面优化，并决定为每位患者制定个体化治疗方案。

也是在这一天，全部住院患者开始采用中西医结合治疗。

一大早，正给患者会诊的刘永平接到了来自西安国际医学的电话："贺西京院长领衔研制的预防新冠肺炎方剂昨天在西安高新区的制药公司投入生产，经过14个小时的连续作业，第一批200千克预防中药制剂在今天早上7点已送达武汉市第八医院，现在就可以给患者口服或熏吸了。"听到这个消息，他大喜过望。

"感觉怎么样？体温降下来没有？"刘永平查房时问患者。

"前段时间一直发热，昨天才降下来一点儿。"患者回答道。

看完患者的片子，刘永平迅速调整方案，决定采用中西医结合治疗。

"这些中药是我们医疗队专程带给大家的，可以口服和熏蒸。我们会随时观察结合治疗的效果，根据治疗效果再作调整。"说完这些，刘大夫又继续去查看其他患者。

病区有三名患者需要做CT检查，刘永平开好单子，亲自全程陪送陪检，过床、搬运患者、指导患者配合。反复三趟下来，他早已汗流浃背、呼吸不畅，护目镜也完全看不清楚了。

武汉市第八医院外二科护士长何敏看到刘永平的防护服都湿透了，就提醒他先休息一会儿，他却说没什么，心里想着患者早诊断、早用药就能早解除痛苦。

同事要给刘永平在路上拍几张照片，留点儿资料，他却说，那些都是虚的，尽力把患者救治过来才是最实在的。

把检查完的患者安顿好后，听说4楼还有两个患者需要做

CT，他转身又上了4楼。

在4楼查房时，有一位患者情况比较严重，浑身乏力，呼吸困难。刘永平会诊后，立即安排身边的医护人员给患者服用了中药制剂。连续服用中药制剂12天后，患者发热、干咳、气短、纳差、腹泻和血氧饱和度低等症状都明显缓解了。

还有一名患者本来已生命垂危，后来经过高流量吸氧及对症药物治疗，生命体征逐渐变得平稳。后来经过进一步检查，患者的双肺也恢复了正常。

来武汉市第八医院前，发病已经一个多月的4楼42床患者曾在其他医院就诊过，但病情始终没有好转。刘永平团队第一次去病房会诊时，她断断续续地向刘永平述说病情：说话气上不来，胸痛得吃不下饭，总感觉自己随时都可能不行了。她哀求道："医生，救救我吧！"

"请放心，我们是西安国际医学的医疗团队，团队里有感染科、呼吸科、重症科、心血管科的专家教授，还有一些成员有参加过抗击非洲埃博拉病毒和'非典'疫情的丰富经验。请相信我们，我们一定会治好您的疾病。"

和刘永平熟悉了以后，42床患者告诉他，现在最想喝碗稀饭。结果第二天，刘永平就给她送去了稀饭和水果，还有陕西运来的擀面皮和饮料，令患者感动不已。

2楼5床患者的父母、丈夫也分别确诊，在另一家医院救治。她心情很差，吃不下饭，气短明显，咳嗽胸痛。得知情况后，刘永平耐心地跟她进行交流，告诉她："我们采用的中西医治疗方案疗效很好，请相信医生。"刘永平让她按时休息，多听一些舒缓的歌曲来调节心情，增加对战胜疾病的信心。经过18天的精心治疗以后，这位患者终于痊愈出院了。

刘永平每天穿梭在病房之间，和护理人员一起查房、询问患者情况、制定诊疗方案等。这些在以前的医院里是太平常的场景，

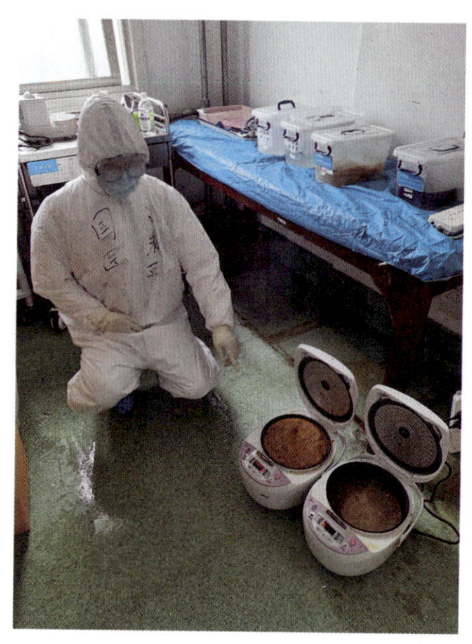

主任医师刘永平在熬制中药

然而在疫情期间却非同一般。穿戴全套防护装备的他每工作一两个小时就需要停下来喘口气，然后再重新投入工作。

有一次，刘永平连续奋战了三个多小时没有休息，等到终于可以坐在病房外的凳子上休息一会儿时，他闭上眼睛就睡着了……

这一幕，正好被旁边的同事拍下了照片。

长时间不规律的生活导致刘永平的胃病复发，工作时只见他常常用手顶住腹部，以便减轻疼痛。因为长时间的超负荷工作，他的眼睛也熬红了。

患者们看到后流着泪说："刘主任，您也需要休息，要按时吃饭、按时吃药，您不能倒下，我们需要您。"

"您是我们的大英雄，我们会永远记住您的名字。"

"等疫情结束了，我们要请您到家里做客，欣赏武汉的美景。"

一句句感谢的言语，表达出患者的感激之情。

病房里咳嗽声少了，患者脸上的笑容多了，刘永平和医护人员悬着的心也安定了不少。每天虽是满负荷工作，但大家浑身上下还都是劲儿。

每天早上，刘永平总是准点到达病房，带领救治组成员查房、制定治疗方案，并关心地询问每一位患者的身体和饮食情况。当了解到有些年轻患者盒饭不够吃时，刘永平主动于酒店后勤进行协调，带领同组工作人员多次将他们的饭菜、水果、鸡蛋等直接送到患者的床边。这些暖心的举动，得到患者们的一致称赞。

刘永平还协同汪娅莉医生组建了武汉—西安医患群，群里有近40名患者，谁有任何问题都可以随时在群里反应和咨询，刘永平都会在第一时间给予答复解决。

虽然工作很劳累，但刘永平每天都会和往常一样给家里报平安。身心疲惫的他却从来没有告诉过爱人和孩子他的老胃病又犯了，总是说他身体很好，唠叨的全是患者的病情。妻子反复叮嘱他要按时吃饭，注意休息，可一旦进入工作区，这些都被他抛在了脑后。

刘永平工作中的一举一动，大家都看在眼里。他的言传身教，也深深影响着身边的每一位医护人员。

2月12日早晨刚一接班，西安国际医学中心医院核医学科护士张愿花像往常一样进入病区，为患者测体温、血氧饱和度、血压及其他生命体征，一圈还没测完，她就感觉自己有点儿呼吸困难、头痛、恶心。

张愿花稍微休息了一会儿，就站起来去拿工作记录本，打算继续工作。可是她眼前忽然一阵眩晕，紧接着胃里翻江倒海、身上直冒冷汗，头晕加上护目镜的雾气，她简直要窒息了。

凭借着意志力，张愿花硬是把呕吐物咽了下去——她真舍不得弄脏了这身防护服，口罩也还没有到更换的时间。

护士长看出了张愿花的异样，马上安排同事扶她出去休息。

张愿花不想给同事添麻烦，自己硬撑着走出病房，可还没到缓冲区，眼前一黑，就什么都不知道了。

醒来的时候，督导员坐在张愿花旁边，平时大大咧咧的姑娘温柔地安抚着张愿花，在她的帮助下，张愿花脱下了防护服，感觉自己第一次做了“逃兵”。

这一刻，张愿花特别讨厌自己的身体，“怎么这么脆弱，怎么这么不堪一击，怎么在这个时候还给同事添麻烦。第一批支援湖北医疗队已经奋战了这么多天，大家都还在坚持，怎么我才这么几天就倒下了，太丢脸了！”

在清洁区，张愿花一见到护士长史璐，眼泪就开始在眼眶里打转，她咬着嘴唇挤出了三个字“对不起”。史璐笑了，她温柔地对张愿花说：“没什么对不起的，你能来武汉就是英雄，先休息一下，还有很多患者等着你去护理呢。”

张愿花用力地点了点头。

2月14日晚7点，武汉市第八医院的一个小杂物间内。

刘永平正穿着厚厚的防护装备蹲在地上，用两口电饭锅熬制中药。

武汉市第八医院由于条件有限，缺少桌椅和相关设施，只能将电饭锅放在地上熬中药。

“这次来支援武汉抗疫，我们还带来了自己研制的中药。”刘永平说，经过临床验证，中西药结合治疗新冠肺炎患者比纯西药治疗效果会更好些。

熬中药的时候不能离人，时不时得加水、调火力，加上医院里患者多、用药量大，刘永平常常一熬就是一两个小时，腿都蹲麻了。尤其是穿着防护服、戴着口罩和护目镜，行动起来更是不方便。

“多熬点儿药就能给更多患者治病，想到这儿，我就觉得全身都有劲儿。”熬制完中药，刘永平来到4楼病房区，看到有一个患者正在做西安国际医学研发的热雾化熏吸，他就上前询问患者使用后的感受。

这时另一个患者问刘永平：“刘主任，你今天都忙了十几个小时了，怎么还没有去休息？”

刘永平这才想起来，从今天早上上班到现在晚上7点多，自己确实已经连轴转了十几个小时了。

2月15日一大早，外面下着雨夹雪，阵阵寒风钻进衣服，很多人冻得直打哆嗦。

8点50分，刘永平和同事们一起坐专用大巴来到武汉市第八医院。

今早出发的医护人员有27人，其中22人是第二批和第三批到的，还有刘志宏、王磊鑫、王琦、丁宁、马骏5人是昨晚刚到的。为了尽快投入工作，刘志宏一行昨晚连夜进行了防控培训。

今天，科里有重症患者2人，轻症患者17人；出院1人，转出2人，新入4人；中西医结合治疗6人。如此大的工作强度，幸好有新来的同事刘志宏他们帮忙，要不然根本无法完成这么多任务。

2月15日晚下班后，35岁的西安国际医学中心医院主管护师于哲哲正想念着11岁的儿子和4岁半的女儿。仿佛心有灵犀一般，她的丈夫李进就发来了一段长长的信息。

长乐第一小学五年级四班李宇航：

我的妈妈是一位白衣天使，更是一名中国共产党党员。2月3日，妈妈报名奔赴武汉驰援。当时我哭着祈求妈妈不要去，因为从网络上了解到这个病毒的可怕，我也担心妈妈的生命安全。可是妈妈对我说："孩子，妈妈是一名医务工作者，更是一名党员，这时我更需要承担起责任。没有大家何来小家？国家安全了我们才能安全。妈妈一定会做好防护，早日完成任务，平安归来！"我明白了，妈妈既然选择了成为一名医务工作者，她就要为自己的职业有所担当，而我作为一名学生，也要尽到自己的责任，在努力好好学习的同时，帮助爷爷奶奶照顾好妹妹，那一刻，我觉得自己长大了。

李进告诉妻子，儿子是2月12日写下这篇文章让发给妈妈的。

于哲哲的眼泪"唰"地流了下来，她一边看一边擦眼泪。于哲哲觉得，儿子在经历了这次疫情后，也得到了快速成长。

来到武汉抗疫一线的这段日子里，刘永平和他的团队认真、敬业、忘我的工作，大家都看到眼里，记在心里。

2楼5床患者给刘永平发来信息说："昨晚听说我的各项检查指标符合出院条件，可以出院了。西安国际医学支援湖北医疗队来后，给我采取了中西医结合治疗方式，进行中药调理、熏吸、口服西药抗病毒进行治疗调理，让我恢复了健康。特别是您克服交通管制等诸多不便，每天早晚两次到院查房，关注我的病情变化。在我的病情逐渐好转后，您还每天给我带鸡蛋来补充营养，保持体力，与病毒抗争。我很庆幸能遇到您，感恩西安国际医学的付出！"

4楼42床患者也在朋友圈里发出感叹："一场疫情让我们发现，勇敢的人，不是不落泪的人，而是哪怕被生活摧残了千百遍，也愿意含着泪继续奔跑的人。送给奔赴在武汉疫情一线刘永平医生带领的医疗团队，你们是武汉人心中真正的英雄，也是中国人心中真正的英雄。"

2月19日下午，刘永平接到通知，从西安国际医学空运来一批中药共计27箱，需要去机场接货。他立即在支援湖北医疗队工作群里招呼了一声：接运维部通知，我们有一批27箱的中药下午到机场，需要搬运，有空的同志请帮忙一起去搬运。

工作群里一时间响应声此起彼伏。

脊柱外科的王磊在群里发出感叹："刘主任很辛苦，昨晚夜班，早上又来病区了，下午还要去机场搬东西。"

刘永平这次是西安国际医学康复医院的队长，负责带领全队进行防控知识培训，还负责每天对两层楼的患者进行两次查房，对每一位患者提出具体的诊疗方案，并做好患者的心理安抚工作。

下午5点20分，刘永平简单吃了几口饭，顾不上休息，就和医教部主任陈强、耳鼻喉科护士长毛金莲、儿外科主治医师蔺卫龙、产科副主任张奎伟、脊柱外科主治医师王磊鑫、工程师杨鹏、药学部史金平等人一起从驻地出发，去机场接西安后方空运来的中药制剂。

2月24日，晚班交接后，刘永平回到了酒店。他独自站在窗边，放眼望去，这个本该繁华喧嚣的城市里，街道上几乎看不到一辆车，万籁俱寂。

20个日日夜夜的艰苦奋战，在刘永平的眼前像过电影般闪现：截至今天，自己负责的两层楼共有新入院患者 76 人，目前已出院 50 人，整个医院共有 165 名患者康复出院。他想起西安国际医学秉承“珍惜每一次服务、一次做好”的服务理念，想起出征时领导的殷殷嘱托，想起医院里还有 26 名患者眼巴巴地在等着治疗……

酒店走廊里匆匆的脚步声，让刘永平回过了神。他看了一下手表，已是晚上 10 点 30 分了，必须赶快睡了，凌晨 0 点 20 分还要上早班。

刘永平团队忘我的工作精神，也深深地感动着患者。一天上午，他按照惯例开始新一天的查房工作。当查到 5 床患者时，这位患者掏出一个印有中国银行字样的塑料袋，非要刘主任收下。袋子里装着一张写有患者姓名、车牌号和车型的纸条，一把车钥匙以及 500 元现金。患者是想让刘永平在武汉交通不便的情况下，开自己的车上下班，500 元现金用于停车费和加油费，以表达对西安医者的感谢！

“你的心意我心领了，但是财物我不能收。”在刘永平看来，作为一名医务工作者，最欣慰的事莫过于患者能够康复出院，自己的辛勤工作能够得到认可。

3 月 6 日，刘永平团队撤离武汉市第八医院，前往武汉市长江新城康复驿站，继续开启下一站的征程。

为了防止疫情反弹，不让任何一位患者复阳，国家为已经治愈的患者提供了必要的生活物资，让患者在康复驿站进行为期 14 天的康复隔离观察和医学观察。

在康复驿站，医护人员为患者提供每日两次的体温、血氧饱和度、血压监测，对糖尿病患者提供血糖监测。同时，还为他们提供医疗紧急处置及心理辅导。

武汉市长江新城康复驿站有 10 个舱，西安国际医学支援湖北医疗队负责管理其中的 6 个舱，每个舱有 191 张床。这里的地方非常宽敞，每隔一张床收治一位患者。床旁边有桌子、椅子，可供患者吃饭、工作；舱内有无线网络，患者可以上网；有电视、空调，还有大量的图书可供患者免费阅读；有微波炉，可以为患者提供热饭；有独立的卫生间和沐浴间，24 小时提供热水；患者白天也可以在室外活动。

虽然有如此良好的条件和资源，但还是不能满足所有患者的要求。因为这里的老人占近四分之一，多有基础病，再加上方舱内人多嘈杂，一些患者经常出现情绪躁动，需要医务人员不断安抚，做好患者的心理疏导工作。

同时，医护人员需要指导患者进行心肺康复训练，部分患者出现了不同程度的肺纤维化，因此早期的康复锻炼显得尤为重要。

晚上 7 点 30 分，忙碌一天的医护人员坐上了返回驻地的车上。坐在旁边的同事打开手机对刘永平说："刘主任，我们消化病院董增辉写了一首诗，您看看。"

刘永平拿过手机，读了起来……

抗疫三字经

己亥末，庚子春，春节到，合家欢。
荆楚地，起瘟疫，经检测，新冠肺。
疫情重，传播快，波及广，有惶恐。
众志城，举国防，总书记，亲指挥。
居家中，少聚集，勤洗手，戴口罩。
道无车，万巷空，隔离防，作贡献。
医护人，勇担当，钟南山，迎难上。

国医人，冲前线，救患者，献大爱。
火神山，雷神山，方舱院，立大功。
党先锋，排头兵，警无畏，民不惧。
聚心力，共抗疫，天不负，有心人。
疫情退，樱花开，春已到，胜利归！

刘永平读罢说：“文采不错，我这还有我们中心医院儿外科蔺卫龙写的……”

武汉，今夜我想对你说

这是我来到你身边的第 23 个夜晚
每分每秒我们一起鼓励一起并肩作战
仰望你的天空云卷云舒繁星点点
黄鹤楼边含着泪花和你促膝长谈
这不是悲伤不是软弱也不是绝望
而是胜利是坚强是对你未来的期望

武汉，离开家的那一刻我也有牵挂
老父亲闪烁着泪花望着儿即将远行的背影
老母亲哽咽着她所有想说未能说出的叮咛
儿子将一根钉子偷偷塞到我远行的背囊里
告诉我把病毒快速扎死后回来送他去幼儿园
妻子把每一份担心和爱用心地叠在衣服里

武汉，我并非一人远行千里陪伴你
出征仪式上领导温暖而又坚毅的目光

送别路上伙伴们温馨而又柔情的祝福
小姑娘腼腆的笑容和她手里的护手霜
老周大包小包送我到机场的大巴车上
还有我兜里那个好看又辟邪的香囊

武汉，今夜我想对你说
逆行中我们都是天地间最热的火最亮的光
公交车司机准点守候我们去医院的战场
驻地的住宿树立着你对医者的榜样
变着花样的饭菜是你给这群生命的褒奖
四万名白衣战士驰骋在生命的大街小巷
冰冷的数字渐变成百姓的治愈和希望

武汉，国是千万个家编织起来的网
一方有难八方支援就是中国力量
我们有着五千年苦难中压不垮的脊梁
风雨之后依旧会升起火红的太阳
逝者安息英雄走好我们化悲痛为力量
虽无岁月静好但我们努力会让山河无恙

武汉，今夜我想对你说
你不孤独，你是中国崛起的长江明珠
我们牵手一起去到希望的田野上
放飞梦想放飞理想一起把歌唱
逆行者之歌是今夜武汉最美的交响
歌唱悲壮歌唱英雄歌唱生命的顽强

在抗疫前线，西安国际医学每一位医护人员都像对待亲人一样真心地对待患者。很多患者已属高龄，同时还患有其他基础疾病，有的患者甚至偏瘫卧床，且身边没有家属照顾，治疗护理工作量很大，但医护人员从未抱怨过。治疗上结合患者个体差异，采取中西医结合疗法，严谨求实；护理上给患者喂水、喂饭，协助患者如厕、泡脚、擦洗、剪指甲，毫无怨言。

有的患者对新冠病毒不了解，常常会感到担心、恐惧，心理压力极大，医护人员会轻声细语地向患者耐心解释，有的医护人员还会用画画的方式给患者进行医学护理和安全常识培训，及时做好患者的心理疏导工作。

面对西安国际医学支援湖北医疗队的精湛医术和大爱情怀，患者们也用不同方式表达自己感恩之情：他们积极配合，用治愈的身体给所有医护人员增添了必胜信心，他们用手机书写着各自发自肺腑的感言；他们用一曲曲歌声表达着对西安国际医学人的赞美！

国际医学就是后盾

新冠肺炎疫情发生以来，西安国际医学筑起疫情防控的坚强堡垒，上下一盘棋，全员战备，凝心聚力，前线后方拧成一股绳，争分夺秒与新冠病毒展开搏杀！

自 2019 年 12 月 31 日至 2020 年 1 月 3 日，短短 4 天时间，西安国际医学紧急行动起来，采购 5 万只 N95 口罩、2 000 件 / 套防护服、8 吨消毒用品、100 只电子测温枪。

同时，紧急启动防控防疫预案：一是在西安国际医学旗下三家医院人行道设立消毒区域；二是在车辆进入通道设立自助洗消装置对车体、车轮进行清洗、消毒；三是在每个病区门口设置洗手池并严格按“七步法”洗手，进入院区所有人员必须佩戴口罩。

1 月 23 日，贺西京教授领衔的中西医结合团队研发的中药预防汤剂方子一出来，西安国际医学旗下一个公司立即组织人员开始原料采购，当天晚上 9 时，就开始清洗、浸泡中草药，并于当夜开始熬制。为了保证膏剂加工质量，张剑带领制剂人员反复摸索工艺流程，经过三个昼夜的连续试验打通了工艺环节，终于把四种膏剂制作成功。

1 月 24 日中午 12 时，第一批 600 多人 / 份（3 600 多袋）中药汤剂加工包装到位。散发着中药特有香味和余温的预防汤药，被发放到了西安国际医学中心医院、西安国际医学高新医院的医护人员及值班的员工手里。

从 1 月 25 日开始，中药制剂室就每天承担起为西安国际医学中心医院近千名医护人员和 200 名预约患者加工预防汤药的重任。

1 月 27 日下午 4 时，西安国际医学接到西安高新区管理委员会下发的为高新区加工 2 000 人 / 份预防汤药的紧急任务。张剑即刻联系兄弟单位请求进行加工，这家公司的领导说：“我们放年假，只有看门的人，锅炉工、操作工都在外地，要回来也要到明天了。”

怎么办？特殊时刻必须采取特殊措施。

“经过联系，我们自带天然气锅炉工以及制剂操作人员，拉着近300千克原药材，晚上7时奔赴高陵工业园，当时在路上我还想，现在拉过去的是药材，明天拉回的必须是汤药，这是一个单通道。人生地不熟，行吗？到了公司后，通过电话、视频等多种方式与厂家车间人员熟悉环境、设备，接通水电，清洗设备、器具，仅天然气锅炉点火就用了近30分钟，经过3个多小时的紧张准备，水、电、气接通，药材开始入罐浸泡，这时心里的石头才卸了一大半。”张剑介绍说。

“当时，等到药材入罐浸泡，才想起来大家还没有吃晚饭，漆黑的夜晚，跑遍了整个高陵园区，由于春节放假，只找到一家开门的小餐馆，我们买了几份饺子和方便面匆匆解决了晚餐。”张剑回忆道，“在非常时期我们只有一个信念：为了抗疫什么困难都必须克服，就是要把不可能变为可能！终于在次日凌晨两点半完成了加工任务，保障了高新区管委会应急预防汤药的供应。后来，我们又先后分4次加工汤药20 000多人 / 份，分发给100多家单位，为西安高新区疫情防控工作作出了积极贡献，受到西安高新区领导的肯定和新闻媒体的赞扬。”

2月2日，根据陕西省防控疫情指挥部安排，西安国际医学中心医院组织212名医护人员准备赴武汉开展支援救治任务，整体接管武汉市第八医院。西安国际医学领导班子会议决定第二天随队带上400千克的中药膏剂用于武汉市第八医院新冠肺炎患者治疗。

“一线需要，就是命令！”张剑紧急召集中药制剂室主任韩兴联，以及员工田波、吕斌、建龙飞、高珂、高玲等，传达了上层下达的两天内紧急生产400千克中药膏剂的任务。

当韩兴联得知要在不到36小时内生产400千克的中药膏剂时，马上表态："医护人员冒着生命危险冲向前线，中药就是医护工作者手中的'利器'，将为驱除病魔、保卫湖北发挥重要作用，我们保证完成任务。"

"湖北是医疗救治的前线，我们中药制剂室也同样是前线，辛苦和困难算得了什么？"大家群情激昂，忘我奉献，公司上下展开了一场与时间赛跑的特殊战斗。

当时，韩兴联78岁的老母亲还在住院，而他却顾不上去看一眼，始终奋战在制剂生产前线。

西安国际医学专家冯一凡先生不顾年迈，经常到制剂现场进行技术指导，解决技术难题。

中药制剂室技术员建龙飞的孩子还不满4个月，正是需要照顾的时候，而他为了保证煎药机、膏方机的正常运转，第一时间回到岗位，全身心地投入生产。

24岁的中药制剂室技术员高珂新婚不久，闻讯也赶回来熬药、包装……

中药制剂室技术员段景慧巾帼不让须眉，重活累活抢先干，保障了提取、浓缩等环节的高效运转。

经过20多个小时的连续作业，终于在2月3日上午9点提前完成了中药膏剂的全部生产任务。2月3日10点整，当9箱中药制剂整齐摆放在出征仪式主席台的时候，张剑和所有加工中药制剂的员工才终于舒了一口气。

60天，熬制中药液23万袋、中药膏剂10万包，制作代用茶10万包、漱口水5万多支、益生菌原液3万多支、抗菌洗手液7 000千克……他们用实际行动为西安国际医学抗击疫情筑起了一道坚不可摧的防线。

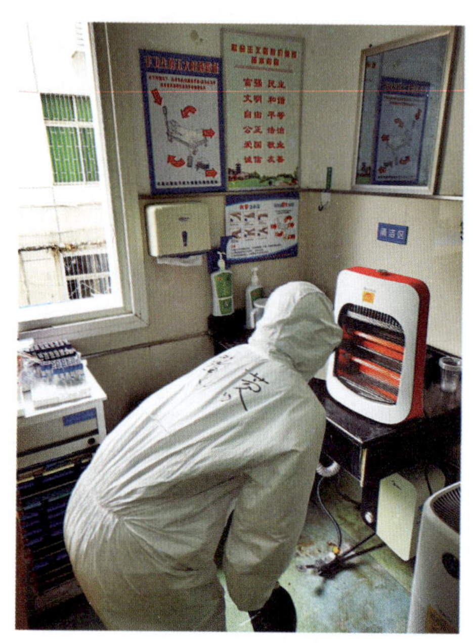

2月14日，武汉下大雪，西安国际医学特意从西安给医护人员送来了电暖器，护士鲍蓉在武汉市第八医院办公室感受到了来自家乡的关怀

想抗疫前线之所想，急抗疫前线之所急。为了全力保障湖北抗疫物资之所需，西安国际医学先后派出大小车辆往返陕西省和湖北省15趟次，行驶里程达31 520千米，共运送医疗和生活等物资近12万件/套。

你在前方抗疫，我在后方保障。

西安国际医学指派专人与支援湖北医疗队家属一一对接，详细了解前方队员亲属们的实际困难，搭建与队员家属的联系平台，第一时间了解并解决家属们的困难。3月18日，王志峰、肿瘤医院院长南克俊等一行6人，驱车400多千米，远赴甘肃省通渭县人民医院，看望医院支援湖北医疗队党支部书记李斌同志85岁、有着60年党龄、身患重病的母亲，并为老人送上了慰问品及慰问金。

一手抓防控，一手抓救治，两手齐抓，共克时艰。特殊时期，西安国际医学中心医院收治了多位急重症患者：心脏病医院为一位76岁身患尿毒症并发急性主动脉夹层、大面积心肌梗死合并重度心力衰竭的患者实施手术；胸科医院全力抢救了一位外国籍患者，并使其顺利康复出院；消化病医院治疗了消化道出血、急性胰腺炎、中毒、急性阑尾炎、急性胆囊炎、炎症性肠病等急症患者，共计200多例……

所有科室闻令而动，所有人员唯令是从，每个科室都是战场，每名医护人员都是战士。

从2月29日开始，西安国际医学中心医院44名医务工作者前往西安高新区的8个指定区域，“手把手”地为650家企业进行复工防疫指导。

守望相助，心手相连。西安国际医学人在没有硝烟的战场上，从党员到普通医护工作者，从经验丰富的老教授们到年轻的“90后”“95后”甚至“00后”，都是抗击疫情的生力军。他们挺身而出、迎难而上；他们攻坚克难，众志成城；他们的家国情怀已深入心中，并得到延续和升华。

第十二章

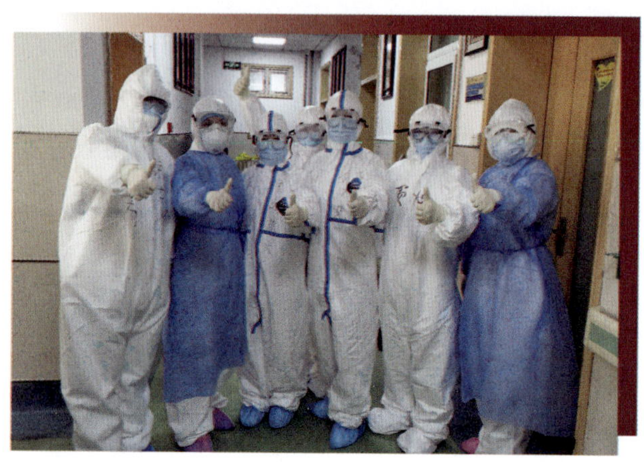

总护士长倪晓慧，护士长张荣荣、向丹，护士贺焕和武汉市第八医院护理部副主任翁霞慧、病区护士长皮芳于交接病区时合影

护理团队：最美逆行者

“疫”线有我，冲锋在前。连日来，西安国际医学支援湖北医疗队的护理团队并肩战斗，以不惧危险、不怕艰辛、不顾疲劳的精神状态，全力投入到抢救生命、守卫健康和疫情防控战斗中，赢得了患者的广泛赞誉，用实际行动展现出西安国际医学人临危不惧、甘于奉献的家国情怀。

医护队员们精准诊疗、精细护理，像对待家人一样关爱患者，从来不叫苦、不叫累，其中涌现出了“洗脚女神”“画疗女神”“健身女神”等……

医务工作者们每天在高感染风险环境里开展工作，身穿防护服七八个小时甚至更久，期间无法进食和如厕，对每个人身心都是极大的挑战。

14 名护士长发扬一不怕苦、二不怕死的战斗精神，处变不惊、临危不惧、遇险不退，全力以赴守护健康。她们的行为激励、感召着所有人。

在湖北50多个日日夜夜里，他们义无反顾的背影、英姿飒爽的仪容、无怨无悔的付出，成了这个春天荆楚大地最靓丽的风景线。

铿锵玫瑰：用爱唤醒患者

2月23日晚，西安国际医学中心医院护士车敏鑫正在武汉市第八医院查房。

换班的护士刚刚交代说，今天21床收治了一位从养老院送来的80多岁的老奶奶，需要特别注意。

“奶奶，您体温有点儿高啊，起来喝点水吧。可以坐起来吗？”车敏鑫拿着体温计温柔地对老奶奶说。

“护士，你这样跟她说不行的，她耳背得厉害，你要说什么我跟她喊，我们一个社区的。”同病室的一个患者热心地过来帮忙。

“啊，要干什么？”老奶奶慢慢转过身。

“你起来，护士叫你喝水，说你的体温有点儿高。”

“我不吃饭。”

“不是叫你吃饭，是让你喝水、喝水！”

“不吃饭，咬不动。”

这样边对话边比划的场景，让车敏鑫的心里产生了很多疑问：这个老奶奶该怎么管？以后治疗的时候要怎么沟通？怎么问她的病情？

但是很快，她就开始给自己打气：只要努力，一定可以的！

之后，她多次主动询问老奶奶是否需要帮助，或者需要什么生活用品。但因老奶奶方言口音较重，且听觉不好，又不识字，语言交流上困难重重。不过，车敏鑫并没有放弃，她依然耐心地跟老奶奶用肢体动作比划着、交流着，总算大致明白了解老奶奶的意思，给她拿来了水杯、脸盆等生活用品。

一次，车敏鑫边给老奶奶喂水，边比划着叮嘱老人发热期间要多喝水。

“小护士，老奶奶从下午到现在一直没吃饭，医院送的米饭她也咬不动。”和老人一同入院的患者告诉车敏鑫。

车敏鑫一听就急了，立即联系楼上的两个病区，给老奶奶送

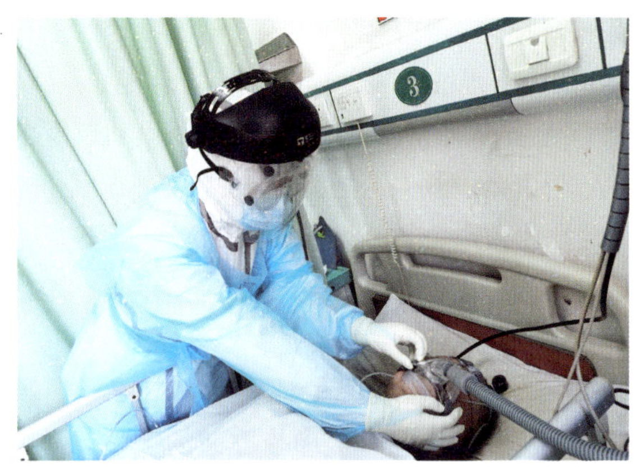

2 月 17 日，护士车敏鑫为病区一位血氧饱和度低的患者佩戴呼吸机

来了一份粥和一袋豆浆。

所有患者都已经休息了，车敏鑫还在护士站忙碌着。想到老奶奶听觉不好，平时交流困难，她突发奇想，发挥自己的绘画特长，用铅笔在处方本上画了几幅草图发给护士长向丹。

车敏鑫说："护士长，有个新来的奶奶听觉很不好，说话也听不太懂，我想和奶奶多沟通，多了解她的病情，我画了几幅画，您帮我看看还需要加哪些情节，我再画进去。"

下班回到酒店，洗漱完毕后已经接近晚上 11 点了，车敏鑫拿着从护士长那里借来的彩笔，开始设置场景、构图、上色。凌晨 1 点多的时候，车敏鑫就把临床查房和日常生活交流中经常用到的几组情景全都画在了纸上。

"气短吗？"

"嗓子疼吗？"

"大便几次？"

"发热了，多喝水才能好。"

"要多吃饭。"

“难受，按这里，找护士。”

看着画好的一张张情景画，车敏鑫满意地笑了。

第二天一早，车敏鑫就带着情景画到病房里和老奶奶进行沟通，并教会了老人使用床头呼叫器，指导老人在发热期间多喝水等。

有人问她为什么这么耐心地照顾老奶奶，她笑着说：“这个奶奶和我奶奶年纪差不多大，我是奶奶带大的孩子，跟奶奶亲，所以也想多帮一帮老奶奶。”

“三分治疗七分护理，现代护理已经不仅仅是简单的打针发药，还要更加重视患者心理、生理等方面的需求。在这个特殊的时期，在厚重的防护服下，在雾蒙蒙的眼罩下，我们看到了新一代护理人的责任与担当。”护士长向丹对车敏鑫的做法非常赞同。

2 月 27 日，经过一层层考核，西安国际医学中心医院造血干

护士车敏鑫与患者绘画沟通

细胞移植中心护士李晶上岗了。

李晶至今难忘第一次穿防护服的感受：层层口罩包裹得严严实实，呼吸很困难，护目镜上全是雾气，看不清东西，根本无法进行护理操作，一个班上下来，真的很累，很累……但一想到躺在病床上的患者，李晶就有了继续坚持下去的决心。要是她倒下了，患者们怎么办？

每次呼吸困难的时候，李晶就到窗口通风的地方休息一会儿，再继续投入工作。

一天晚上，从急诊转来一位老奶奶，由于病情较重，奶奶的身体很虚弱，李晶便给她做吸氧、心电监护。

奶奶不喜欢说话，但看上去很难受，情绪上也比较抵触。为她做完护理，填好相关表单后，李晶到了下班的时间。在回酒店的路上，李晶心里还是放不下这位老奶奶。

带着牵挂，李晶第二天一上班就去看望老奶奶。为她输完液后，又询问她有没有其他的需求。但老奶奶还是不搭理她。

李晶想帮老奶奶调整情绪，让她开口多说话，可就是无计可施。

老奶奶生活不能自理，李晶在为她做基础护理翻身叩背时，发现她小便了。

李晶赶紧叫来一位同事帮忙，给老奶奶翻动身体换尿不湿的时候，她和同事累得气喘吁吁，却听见老奶奶“嘿嘿嘿”地笑了。

旁边一位患者阿姨还一边给她们打着节奏一边喊道：“哎哟，太折腾人了，哎哟，哎哟累死了……”

听到老奶奶的笑声，李晶的心情也跟着好了起来。整个下午，她的心情都非常愉悦。下班等班车的时候，李晶还高兴地跳起了舞，她觉得今天的工作很有意义。

第三天，听交班的护士说老奶奶一天都没吃饭了。李晶很担心，马上到病房问老奶奶怎么了，但老奶奶又不理李晶了。灵机一动，李晶用做游戏的方式跟奶奶交流起来。

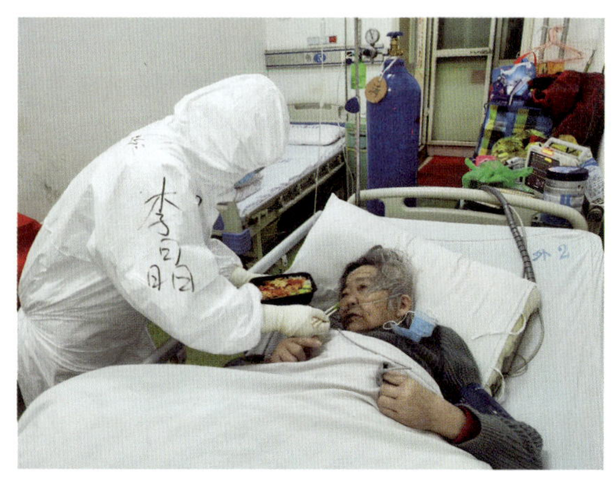

护士李晶给患者喂饭

李晶握住老奶奶的手说：“奶奶你跟我掰手腕，你看你能掰动我不。”

奶奶虽然嘴上没吱声，但她的手却在用劲儿掰着李晶。

李晶说：“你看你不吃饭，手腕都掰不过我。”

奶奶又嘿嘿地笑了，李晶赶紧把米饭和菜喂给老奶奶，没想到她却把头扭到了一边。

李晶正在郁闷时，奶奶却突然开口说：“我爱喝牛奶。”于是李晶又急忙给她冲了一杯牛奶。能让老奶奶开口吃东西，李晶心里高兴了起来。

之后，李晶和老奶奶的关系更亲密了。

每次上班，李晶都会先到老奶奶的病房“报到”，跟她说会儿话。

“一二三四，跳起来，转圈……”西安国际医学中心医院肿瘤一病区护理总带教韩静穿着厚重的防护服，正带领着一群患者跳健身操。

在随州市中心医院感染科一病区 3 楼的走廊里，每天下午 4 点都会出现这样的一幕。

“带着患者一起做健身操，能增强他们的免疫功能，早日康复。”穿着防护服跳广场舞很困难，稍微活动一下就会气短，尤其韩静在完成护理工作后跳一会儿就开始大口喘气，“但是看到患者们一天天好起来，再难也能坚持下来了。”

有位阿姨问韩静：“护士，你每天这样带我们跳舞、跳操，我们穿着自己的衣服，戴着一次性口罩都憋得难受，你穿着防护服不难受吗？”

韩静笑着说：“还行，跳着跳着就习惯了，每天带着你们跳，看着你们开心地活动，那一刻，我已经忘了穿着防护服的种种不适。”其实，在第一次穿上防护服的那一刻，韩静就憋得难受，喘不过气来。那一天，她有好多次都想摘掉口罩，摘掉护目镜，想快点下班，好快点褪去这个密封不透气的外衣。但现在，只为看到患者们的笑容，看到患者们一点儿点儿地好转，她竟然已经习惯了穿着防护服跳舞的日子。

接下来的几天里，韩静每天下午工作完，都会组织大家一起去跳舞。

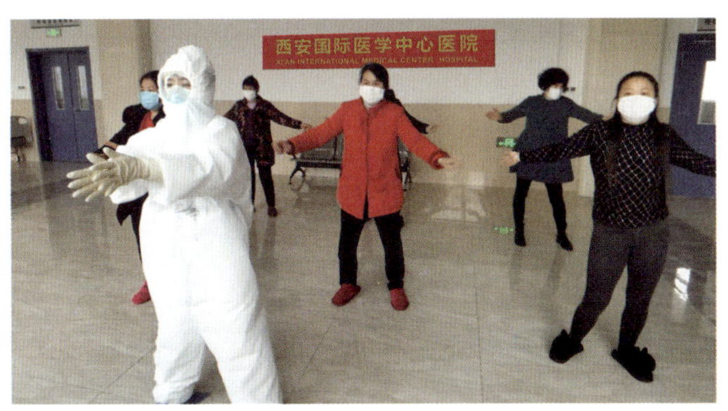

护士韩静带患者在随州市中心医院病房里跳起健身操

突然有一天，她发现有位阿姨没有来，就赶紧跑过去找她：“阿姨，今天怎么不去跳舞了？累了吗？”

阿姨告诉韩静：“今天早晨痰里面有血丝，最近一直都没有，不知怎么回事，今天又有了。”说到这里，阿姨开始哽咽着说道：“我呀，刚开始进来的症状就是痰中带血，难道我的病情又加重了吗？和我一起进来的都已经出院了，我还在这里，而且今天……”说着说着，她的情绪越来越激动。

韩静连忙安慰道：“就是因为这个呀，我们先找医生查明原因再说嘛，您不要自己吓自己，已经治疗好多天了，您的各项指标也已经趋于正常，不要因为一个小小的症状，就让您不开心。阿姨您还有其他地方不舒服吗？”

“没有了。”

“那没事了就回来继续跳舞吧，大家还等您呢！”

在韩静的劝说下，这位阿姨又和大家一起坚持去跳舞了。

又过了几天，韩静在上夜班，当时已经是凌晨3点多钟，天气很冷，韩静抱着热水袋坐在走廊里，听见开门的声音，她抬头一看正是那位阿姨，就关心地问道：“阿姨，现在才3点，您这起来的也太早了吧！”

“我就没睡，在等你呢，阿姨昨天的结果都出来了，一切正常，明天就可以出院了。”

“真的吗？我太开心了！那您东西都收拾好了吗？您明天的车联系好了吗？”

“不用管我，一切都安排好着呢。阿姨就是心里有点儿难受，好想看到你摘下口罩的样子，虽然这不太现实，但我已经记住了你这双眼睛。你一定要记得，在随州市中心医院感染科，有这么一群患者，是在你的带领下，他们才变得更乐观，才能康复得更快，谢谢你。”

韩静的眼睛湿润了，但她知道这个时候还不能哭。和患者一起在病房里抗击病魔，欢声笑语过，轻声细语过，这段经历会成为她此生最难忘的经历。

在这场看不见硝烟的战争中，坚守在一线的护理人员是守护着重症患者的主力军，她们合作无间，精准诊疗、精细护理，像对待家人一样关爱病区的患者，用心、用情坚守在自己的岗位上。

梁婷说："虽然工作很累，我的防护服常常湿了又干，干了又湿，有的时候累得都快虚脱了，但看到患者的病情在好转，顿时觉得自己再苦再累也是值得的。"

张佩说："我现在在儿子心中是勇敢的、敢打病毒怪兽的'超人妈妈'，每每看到隔离病房里年龄和我差不多的患者时，我就会想，她的家里一定也有一个可爱的宝贝在等着她平安回家，我一定要保护好自己，护理好患者，让我们都能早日回家！"

马亚妮说："多吃点儿，一定会康复的。"

贺焕说："水烫不烫？我给您慢慢洗。"

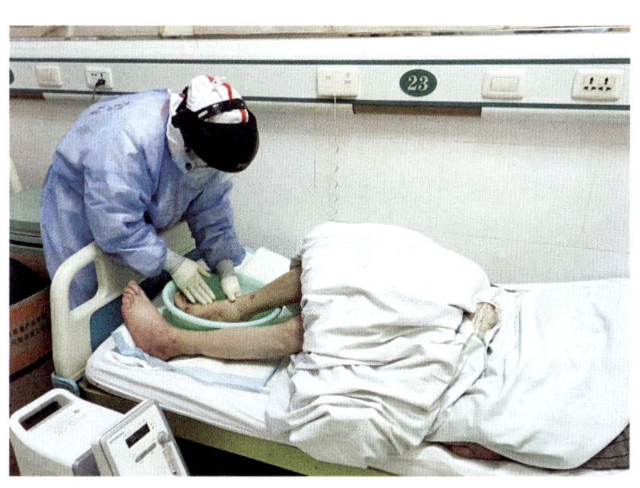

夜里，护士贺焕在武汉市第八医院病房内为患者洗脚

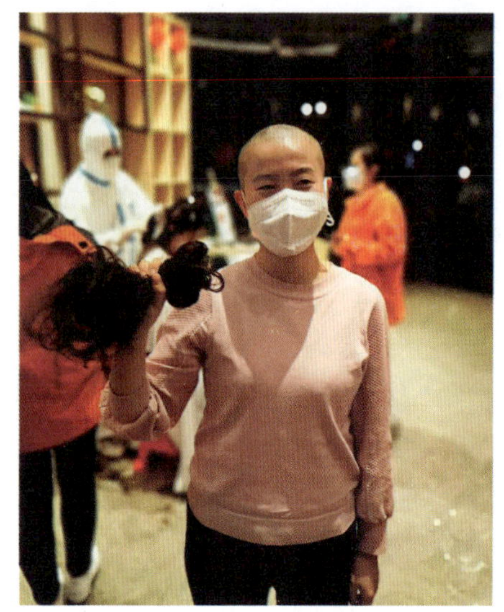

护士鲍蓉在抗疫前线理去秀发

郭佳萌说："您躺好，我用吸管给您喂水。"

肖顺凤说："祝您早日康复。"

在这群护理人员中，也涌现出一大批"90后"。

2月5日，为了降低感染概率、更好地投入工作，年轻的女医护人员们非常坚定地要求把自己的头发剪短。

但由于疫情防控，街上的理发店都关门了。后来经过多方协调，住在附近的周诗尧得知了情况，第一时间请来两位武汉当地的理发师志愿者，为医疗队100多位女队员修剪头发。

两位理发师用了十多个小时，一直剪到半夜12点，才终于给最后一名队员修剪完头发。

桌子上摆着一缕缕剪下的长发，绑着头发的丝带上写着每一位姑娘的名字。

"作为支援湖北医疗队的护理人员，我很荣幸能够加入这场特殊战斗，我将尽我所能，和病毒斗争到底，召必应，战必胜！"

西安国际医学中心医院“95 后”护士郭佳萌说。

武汉市委秘书长和江岸区委书记、区长等领导同志前来视察时，看到姑娘们一个个都剪了头发，感动地说：“等疫情过去，一定为你们请功，你们都将成为武汉的荣誉市民！”

“男”丁格尔：用爱释放温情

“滴滴滴……”张波的手机连续响起收到新消息的提醒，那是他的父亲在千里之外的西安发来的语音消息：“张波，我们天天都在电视上关注武汉抗击疫情的进展，虽然很担心，但更多的是自豪。亲戚朋友都为你感到骄傲！希望你冲在前，闯在前，一定要把这场战疫打好，做到万无一失……”

隔着屏幕，听到父亲的殷殷叮咛，在武汉一线奋战了近一个月的七尺男儿不禁湿了眼眶。

张波是西安国际医学中心医院护理部护士长，也是陕西省第二批支援武汉医疗队队员。

大年三十的晚上，张波家里张罗了一桌年夜饭，一家人其乐融融地享受着难得的团聚时光。刚吃过饭，张波就收到了单位要组建医疗队赴武汉支援的通知，他第一时间报了名。

过年那几天，张波一直在医院接受培训，学习国家卫生健康委关于新冠肺炎的各种文件及防护的相关要求，并练习穿脱防护服的操作方法。

2月1日，张波的姐姐得知他次日即将奔赴前线的消息，哭着打来电话，话语中充满了担心和不安。张波不停地安慰姐姐说，防护措施都很到位，而且同事中很多人经历过“非典”，有经验……姐姐这才放心，并叮嘱张波好好吃饭，一定要健康平安地回来。

出发前，张波匆匆向父亲辞行。儿子已经长大了，要去保护别人了。父亲的心中有太多不舍，但更多的是欣慰。

作为这批队伍中唯一的“男”丁格尔，张波承担了护理、感控监督、梳理流程制度和应急预案等工作。

抵达武汉的第二天，张波就带领队伍进入最危险的病区。病区当天收治了36位重症患者，虽然早有准备，但现实比张波想象的要复杂得多。

N95 口罩和外科口罩、帽子、防护服、手套、长靴套、隔离衣、眼罩……层层防护设备之下，张波的视觉、听觉、触觉都受到了影响。

视线受限于起雾的护目镜，宽大厚实的手掌戴了好几层手套，动脉采血、静脉采血、留置针穿刺、输液以及生命体征测量等熟悉的基本治疗，此刻都变得异常艰难。但在张波的努力下，他很快适应了这种特殊条件下的工作。

从鼻导管、面罩的选择，到无创和有创呼吸机的操作，张波都是护理人员的主心骨，也是医生的好搭档。呼吸机是救治新冠肺炎危重症患者的重要手段，虽然张波为护理人员仔细地讲解了呼吸机的工作原理和基本参数的调节，但驾驭呼吸机的经验还需要一点一滴地积累。

一天凌晨，当班的张波在做例行治疗时，病房里安静得只能听到患者急促的呼吸声和防护服下张波的心跳声。他发现一位患

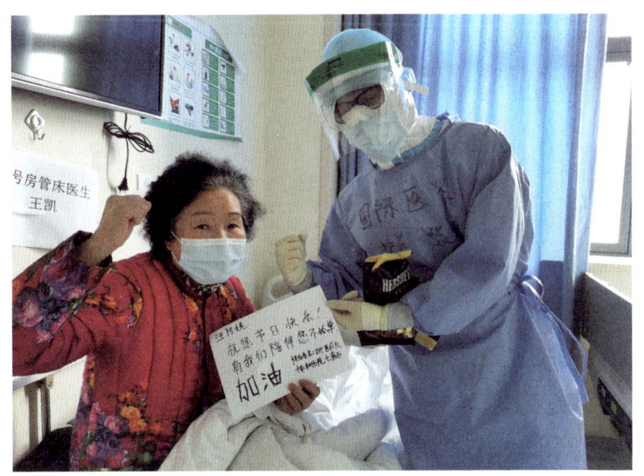

护理部护士长张波在查房中了解到汪阿姨陷入失去老伴的悲痛中，趁着三月八日国际妇女节，为汪阿姨准备了鼓励卡和巧克力

者的呼吸频率较快，就立即与主管医生沟通，迅速调整了呼吸机参数。过了一会儿，患者的呼吸频率渐渐平静下来，又安稳地进入了梦乡。

张波厚积薄发，多年的呼吸治疗经验在关键时刻派上了用场。

“护士长，这边呼吸机总是报警，能否帮忙查看一下？”

张波闻讯而来。他一边用手势和语言安抚患者，一边结合患者的呼吸频率和血氧含量，重新设置呼吸机的报警线。床上的患者虽然没有说话，但一滴泪珠从他的眼角悄然滑落下来……

“穿防护服时，我的心率会达到120次以上，护目镜也总会起雾，经常什么都看不见，长时间戴N95口罩让鼻梁和耳朵的勒印久久不能恢复，高强度的工作总是会湿透了里面的衣服……”

西院收治的都是危重症患者，每个班次都是从接班到下班一直在忙碌，中间一点儿休息的时间也没有。也正是这样无休止的忙碌，让张波忘记了层层防护设备给他带来的不适感，全身心地投入到工作之中。他让患者感受到“家人”般的温暖，也通过努力让患者尽快恢复健康。

还有许多像张波这样的医护工作者，他们的无私奉献温暖着一座城市。同时，他们也被这座城市和这座城市的人民深深地感动着。

经过几十天的奋战，张波已经把武汉当成了他的第二故乡。在武汉的每一天，他都能感到武汉的脉搏和温度。

自2月3日医疗队抵达武汉以后，许多热心企业和热心市民，包括武汉市政府都在不断为大家的后勤保障奔波，这座城市的温度并不因疫情而降低。

有三位姑娘每天都会赶在医务人员下班前，将生活物资一一送到医院门口。武汉市政府给医务人员协调了通勤公交车，而每次在大家落座后，司机都会起立朝医务人员深深鞠躬表示感谢，还不忘嘱咐医务人员：“公交车的接送有固定时间。晚上挺冷的，如果你们错过了班车，一定要给我打电话，我会来接你们的。”

医务人员、后勤保障、公交司机、安保人员、警察、志愿者……每一个人都在为抗击疫情而努力，这给了张波无限的动力。

西安国际医学征集第三批支援武汉医护人员的消息一出，西安国际医学康复医院产科医生张奎伟立即与家人电话商量，然后很快报了名。

2月12日凌晨，张奎伟接到医院通知，他光荣地成为第三批支援武汉中的一员，须天亮后立即出发赶往武汉。他立即收拾行李，向家人交代了几句，便踏上了征程。

起初，张奎伟很不适应在病区的工作环境，特别是穿防护服。

对于身高183厘米、体重100千克的张奎伟而言，穿上防护服就像穿上了一身塑身衣，感觉一坐下，防护服就会崩开似的。刚穿上防护服，他就开始汗流浃背，戴上防护口罩、护目镜，一会儿就会起雾，眼前一片模糊……

上班期间，张奎伟尽量一直站着，必须要坐的时候，他就坐在凳子边上；护目镜起雾了，他就去“小太阳”旁边烤烤；难受时，他就调整一下自己的呼吸节奏，努力减少不适症状。在渐渐地摸索出一些窍门后，张奎伟很快适应了这种特殊的工作模式。

“除夕夜，医院通知需要派医护人员去武汉的时候，我就报名了，因为特别想去支援武汉，怕自己的信息淹没在科室群里，我还特地给护士长私发了信息。直到2月19日，我终于出发了！”

1998年出生的西安国际医学高新医院护士门领航说，“2003年‘非典’时，我才5岁，什么都不懂，不知不觉中，我已经长大了，以前别人护我平安，现在换我守护别人了。虽然我是这支医疗队里年龄最小的，但我是一个有担当的男子汉，我可以用我专业的技能和温暖的心，让患者感受到我们的真诚和温暖，帮助他们一起渡过难关。”

2月16日，是临床医生刘志宏单独上的第一个夜班，也是他进入一线病房和武汉市第八医院同仁共同奋斗的第一天。

特殊时期来不及熟悉工作环境，刘志宏和同事依次穿过清洁区—半污染区—污染区。他第一次穿防护服工作，感觉有点儿不适应，甚至有点儿紧张。刚交接完班，他就感觉有点儿呼吸困难。由于近视，再加上戴护目镜，鼻梁被压得很不舒服。

“大夫，快给我看看，我心慌、乏力，很不舒服。”这时，一个患者的声音传了过来。

看到那充满渴望的眼神，听到那急切的声音，刘志宏感觉身上厚重的防护衣也没那么重了。

“不要紧张，要对自己有信心，我们一直都在，你会好起来的。”刘志宏安抚道。

话音刚落，又有一个患者说：“大夫，我心慌、很想呕吐。”

声声呼喊，此起彼落。

就这样，在病房工作了两个多小时后，刘志宏已经明显感觉体力不支，呼吸困难。由于防护衣密不透风，汗水浸湿了衣服，近视镜片也已经汗渍斑斑，模糊不清。刘志宏做了几个深呼吸，又开始投入新的工作。就这样，不知不觉4个小时的值班就结束了。

刘志宏与接班大夫交接完毕后，严格按照规范，依次通过污染区—半污染区—清洁区，然后脱去层层防护服，走出清洁区。在脱下防护服的一刹那间，他才感觉如释重负。

他的面部、耳朵、鼻子都被口罩勒出了深深的印痕。

“你们真的太辛苦了！”经过4个小时忙碌和艰辛的工作，刘志宏由衷地敬佩那些已经在一线奋战那么久的战友。

仨护士长：用爱温暖病区

西安国际医学支援湖北医疗队总护士长倪晓慧是医疗队的“大管家”，她用专业知识为医护人员和患者筑起了一道“防护墙”。

穿防护服、隔离衣，戴护目镜、鞋套，洗手……自身防护大大小小几十道程序，倪晓慧如履薄冰，每天都“死死”盯着每一个医护人员，生怕哪一个程序做得不规范造成感染。

哪怕在生活区，她都瞪大了眼睛。

“讲一遍不够，我就讲 100 遍！护目镜必须戴好！”“洗手后，必须戴手套！”……这些话，倪晓慧经常挂在嘴边。

“不管在什么地方工作，我们都要将咱西安国际医学护理人严谨务实的精神发扬光大！”

在手术室内，总能看到这样的场景：“护士长，这小孩针扎不上，你快来给看看。”

作为西安国际医学商洛医院手术室护士长的彭艳艳，总能在

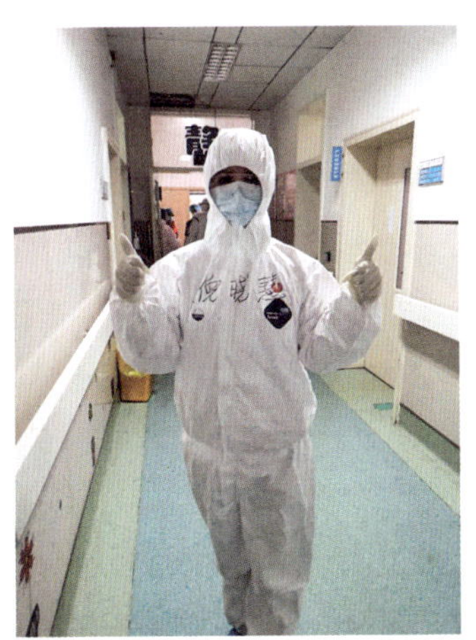

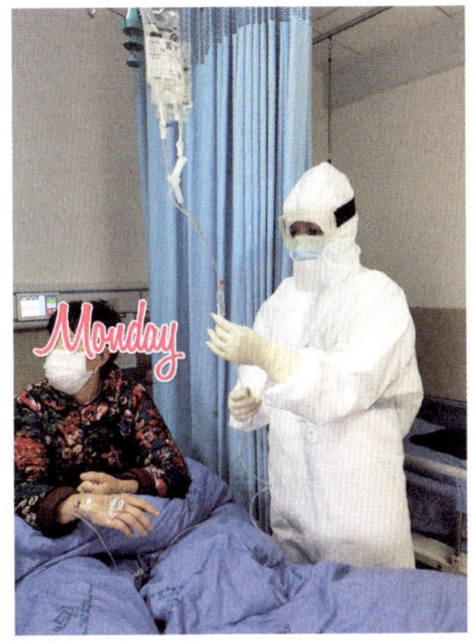

护士长倪晓慧在抗疫一线

危急时刻上演“一针见血”的扎针技术，再难扎的患者血管她都能够处理好。

彭艳艳常挂在嘴边的一句话就是：“做好自己的本职工作，不给任何人挑刺的机会，手术室这个地方就是考验你专业技能、职业素养和抗压能力的地方。”就是在这样的环境下，西安国际医学培养了一批勇敢坚强、遇事沉着冷静的手术室护理团队。

因为平时做事干练洒脱，彭艳艳经常被人称为“铿锵玫瑰”。在疫情面前，她总是毫不退缩，迎难而上。作为母亲，她甚至抛下了正在读高三的儿子，毅然决然地来到了武汉这个战场。

2 月 19 日，彭艳艳带领西安国际医学商洛医院手术室护士梁婷和内一科护士张佩，随陕西省第四批支援湖北医疗队来到武汉华中科技大学附属同济医院中法新城院区 C 栋 12 楼病房。这里主要收治危重症患者。

“突然感觉好想家，好紧张啊！”正当彭艳艳那组成员下了车准备进医院的时候，一名护士紧张地说道。

“不紧张，我们拍拍照，做做操，由梁婷给咱带队，咱自己给自己加油！”彭艳艳拿出手机，对准大家，那一刻所有的护士整齐地站在医院门前那块空地上，跟着梁婷一起做起了广播体操，并齐声喊道：加油，加油……

彭艳艳所在的组有 8 个人，每次进病房前，她都会一遍又一遍地检查大家的穿戴，并且给每个人一个大大的拥抱。虽然是一个普通的拥抱，但给大家带来了满满的动力。

刚戴上护目镜，就已经起雾遮挡视线了，而最让人难受的是 N95 口罩的金属条，压得鼻子难受，需要张口呼吸。但是大家一忙起来，早就忘记了这些。

在去医院上夜班的路上，看到街边孤寂的路灯，彭艳艳在自己的备忘录里写下了这段话：“防护服裹住了你们曼妙的身姿，护目镜挡住了你们清澈的明眸，口罩在你们脸上压出了连美颜相机都无法遮挡的痕迹，那一瞬间，我泪目了，我的战友们都是好样的！但是这样的经历，我从未后悔。夜再黑也有照亮前行的人，我会和你们一起并肩，一起携手，待春暖花开时。”

这一天，病区 39 床又来了新的患者，彭艳艳在给这位患者输液的时候，发现她情绪低落，烦躁不安，常发脾气。彭艳艳试图坐下来跟她聊天，跟她说：“你看，咱俩差不多大，你有什么事跟我说说。”经过简短的聊天，彭艳艳很快便获得了患者的信任。

原来，因为这场疫情，这位患者失去了自己的母亲，来不及跟她的母亲说再见，成了永远的抱憾。

彭艳艳立即召集队员进行商量，看能不能想出什么办法让她好受一些。经过商议，她们安排同队的梁婷把防护服的背面留出来给患者，让患者用“寄相思”的方式写出自己想说的话。她们走到患者面前，告诉患者：“我们把后背给你，你写下想对妈妈说的话，她在天堂一定能看到！”患者拿起笔，在梁婷的后背上写下：“妈妈，我好想你，请你再爱我一次。”

就这样，“寄相思”的模式很快传遍了病区，许多患者也因此感动得流下眼泪，欣慰地说：“谢谢你们”“我一定要坚强，一定要好起来”……

42 床患者第二天即将出院，也高兴地跑来说，他也想写下对医护人员的感谢，于是，防护服的后背便出现了“最可爱的人”“希望疫情快点儿结束，祝你们可以早日回家”等感谢和祝福的话语。

在组员眼中，彭艳艳就像一个邻家大姐。

张佩说：“彭老师看似瘦弱，却肩能抗重担，身能担重责。在她的带领下，我们的工作总是很出色。她能把每一件事都想得面面俱到，做事也有条不紊，再棘手的事都能迎刃而解。”西安国际医学商洛医院手术室的同事们这样说道：“彭老师是我们的偶像，也是我们的榜样，在她的团队工作，我们倍感荣幸，她是 10 年前玉树救援的战士，也是10年后的今天我们心中的英雄。”

领导们更是借用“彭大将军”这个称号，来诠释她的英勇果敢。

彭艳艳说：“在灾难面前，作为医护工作者，最大的‘能量’就是情不自禁地奋不顾身和共情，尽己所能给予患者温暖。看到病房里那些重症患者，再苦再累也要坚守，只为了内心的那一份职业信念和那一双双渴盼的眼神。”

精湛的护理操作水平是治疗患者疾病的基础。新冠肺炎患者住院周期长，生活照顾和心理疏导尤为重要。史璐护士长经常帮助生活不能自理的患者接水、喂饭，协助他们大小便、剃须、理发、剪指甲等。

平时，史璐更是以身作则，在百忙之中抽出时间给78岁瘫痪在床的一名患者洗脚，并鼓励护士多和患者谈心，耐心倾听患者的需要，帮助患者增强战胜疾病的信心。空闲的时候，她还给患者推荐优秀的电视剧、电影，安排有舞蹈基础的护士领着身体状况较好的患者跳舞，缓解和释放心理压力。

西安国际医学高新医院重症医学科护士长刘娟一直特别喜欢中国女篮里教练在球员更衣室里说的一段话：“当需要一个人站出来时，那叫勇敢；当一个团队挺身而出时，那叫担当；当一个国家身处逆境、呼唤一种精神时，那就是使命，就是信念，就是一往无前！”

在抗击疫情的战斗中，每一名支援湖北医护人员都是勇敢的逆行者。刘娟的工作虽然辛苦，但她却感觉很充实：“有我们在，武汉终会春暖花开。”

3 月 18 日，刘娟在朋友圈里写道："疫情不退，我们不退！我们一起打赢这场战疫！" 并附上了她与内蒙古支援湖北医疗队医护人员的合照。

在这条漫长的抗疫路上，不仅是体力和耐力的消耗，更是毅力与信念的考验。护士长带领护士们细心护理患者，为患者的健康保驾护航。

很多老年患者生活不能自理，家属又不在身边，护士们为他们取药配药、扎针拔针、病区消杀，忙得团团转。长时间的超负荷工作，使得在防护服包裹下本就不灵活的肢体更加举步维艰。汗水早已湿透了内衣，三层口罩捂得她们喘不过气，护目镜在她们的脸上留下了深深的勒痕。

她们总是在完成日常护理工作的同时，自觉承担起照顾老年患者日常起居的重任，给他们端水喂饭、擦洗身体、换尿不湿，扶他们大小便，等等。几乎每一位患者入院都需持续吸氧，但由于病区没有中心供氧系统，护士们只能用自己的双手，一步一步地挪动沉重的氧气罐。她们瘦小的身影挪动着笨重的氧气罐，经常一搬就是十几个。她们浑身被热气包裹着，累得喘不过气来也要继续搬，实在让人看着心疼。

"尽管你们全副武装，我无法看清你们可爱的脸，但从你们满是雾气的护目镜里，我看到了微笑与大爱……"

"你们穿着厚厚的防护服，几个小时不喝水、不上洗手间，饿了也不吃饭，耐心为每一位患者进行治疗，细心照顾，让每位患者早日康复。"

"是你们一次又一次的坚持和努力，让我有了重新开始的希望；是你们的善解人意，给了我战胜病魔的勇气。我快恢复健康了，谢谢你们的大爱无疆。"

……

在西安国际医学支援湖北医疗队离开湖北时，武汉市第八医院、随州市中心医院的医护人员及患者的一封封感谢信如雪片般纷至沓来，用最质朴的文字传递着最炽热的感动。

护士，是一个与爱相连的称谓。护理工作看似平淡，却极不平凡。似乎没有惊天动地的壮举，没有可歌可泣的故事，或许只是医疗过程中的“配角”，但她们辛勤的汗水总能给患者带来希望之光、生命之光。

她们是父母的女儿，是丈夫的妻子，是孩子的母亲，更是一名医务工作者。在疫情面前，她们更是一群勇敢的逆行者，她们用自己的行动践行着南丁格尔的誓言。

凯旋篇

长江边的拥抱
依依惜别
许多话，哽咽在晶莹的泪花里

忘不了
那些个，冰冷的夜晚
静寂的黎明
简单的午餐
与患者的对话
都留在了武汉
留在了抗疫的战史里

凯旋的日子
长江奔腾
龟蛇欢笑
挥挥手，和武汉再见
长安城下
已是桃红柳绿，春光无限

第十三章

西安国际医学高新医院妇科护师主管鹿敏与该院急诊科主任王小燕拥抱告别

有一种感动叫惜别

患者说:“你们来了,我们有救了!”

湖北医护人员说:“看到你们,我们的心里有底了。”

武汉广大市民说:“虽然不是国家队,却有国家队的风采!”

西安国际医学支援湖北医疗队从西安到武汉,前后转战过武汉市第八医院、随州市中心医院、华中科技大学同济医学院附属武汉协和医院西院、武汉光谷方舱医院、华中科技大学同济医学院附属同济医院、武汉市第三医院光谷院区、武汉市长江新城康复驿站7个战场。

在湖北抗击疫情的日子里,西安国际医学支援湖北医疗队全体成员像上足了发条的时钟,一刻也不停歇,哪里需要就出现在哪里,以必胜的信念、高超的医术、仁爱的胸怀,赢得了社会各界的认可与称赞。

一路走来,西安国际医学支援湖北医疗队的医护人员不但与患者结下了深厚的情谊,和所在医院的同仁建立了兄弟姐妹般的友谊,还留下了一段永远刻骨铭心的记忆。

难忘的两次“清零”

3月6日13时，武汉市第八医院最后两名患者在医护人员的陪同下走出了隔离病区。随后，西安国际医学支援湖北医疗队转战武汉市长江新城康复驿站，又开始了新的征程。

从2月3日进驻到3月6日该院确诊病例全部清零，标志着武汉市第八医院已经完成了它的历史使命，开始恢复正常原有的专科医疗工作。

为了实现“清零”，全体医务人员呕心沥血、夜以继日，最后的成果可谓弥足珍贵、来之不易。

这是春天到来的脚步，这是黎明前的曙光，怎能不让大家感慨万千呢?

2月3日，西安国际医学迅速派遣由212名医护人员组成的西安国际医学支援湖北医疗队驰援武汉，全面接管武汉市第八医院后，负责2个重症区和4个普通病区患者的救治工作。

2月15日，当接到驰援随州的命令后，在武汉市第八医院院奋战12天的西安国际医学支援湖北医疗队60名医护人员，又冒着风雪急奔随州市中心医院接管感染病区，成为陕西省支援湖北医疗队唯一一支走出武汉的专业队伍。

在这里，他们建立了全方位、全链条、全环节防控机制的同时，加强感染知识学习和实操训练，要求人人过关，合格上岗，确保防控工作万无一失，确保所有患者都能得到及时救助。

在这里，吴昌归、王海昌、贺西京领衔的团队防控靠前、救治靠前、科学施策、精准诊疗、中西医结合，不断优化治疗方案，特别是形成了后方科研+前方实践的攻关模式。

在这里，他们把武汉患者当亲人:“听到患者在病房里和家人视频时，我们会小声地说话和工作。”“听到病区里传来咳嗽声时，我们会一路小跑，回应患者和家属的呼叫和求助。”

一时间，西安国际医学支援湖北医疗队的辛勤付出和大爱情怀，得到了社会各界和中央、地方媒体的高度关注和赞扬。

一名网友说：“自疫情暴发，一直都在关注这个医院的公众号。几十天的努力，治疗成果累累，不辱使命。昨天晚上 6 点 30 分央视某新闻频道播放的西安国际医学在武汉市第八医院对基本都是 60 岁以上老年新冠肺炎患者的救治实况，看后深切感受到医者仁心在国际医学医生身上的完美体现。”

一位陕西的网友也说：“西安国际医学，你们走出了三秦人最美的姿态，为你们加油，为你们点赞！”

武汉市第八医院副院长许优表示：“在西安国际医学支援湖北医疗队的支持下，八院的专业治疗水平和治疗效率大大提高，为打赢疫情防控阻击战提供了能量、增添了信心。”

距离武汉市第八医院“清零”半个月后，西安国际医学支援湖北医疗队转战的武汉市长江新城康复驿站，再次迎来“清零”。

长江新城康复驿站出舱人员感谢医疗队

3月21日，是西安国际医学支援湖北医疗队奋战在湖北的第48天。这一天，最后一批74名康复人员顺利出舱，标志着武汉市长江新城康复驿站6个舱全部“清零”！这也标志着西安国际医学支援湖北医疗队的收尾战划上一个圆满句号。

在管理武汉市长江新城康复驿站期间，6个舱累计收治586人，累计康复461人，转出或代管125人。

这天一大早，西安国际医学支援湖北医疗队队长杨峰、专家组全体成员及队员代表守候在武汉市长江新城康复驿站门前，在康复人员回家前的最后一站，同所有人欢庆胜利！

“今天是大家康复出舱的好日子！希望你们所有人都能早日回归正常的生活。经历过了生死考验，希望你们都拥有第二次崭新的人生！”杨峰代表医疗队为出舱的康复人员送上最真切的祝福。

有人笑了，有人哭了，有人相拥，有人惜别，所有的情绪都在这一刻尽情释放，所有感动的泪水都流淌在胜利的这一天！

3月21日，长江新城康复驿站出舱人员合影

鲜花送给最可爱的人

一束束绚丽的鲜花，捧在60名支援湖北医疗队队员的胸前；

一句句感谢的话语，表达了258万随州人民的感激之情！

3月13日上午，随州市委、市政府在随州市中心医院门诊部广场举行仪式，热烈欢送西安国际医学支援湖北医疗队队员。

兰花在随州人的心中，有着质朴、淡雅的品质，是美好、吉祥的象征，因而被选为市花。和兰花的品质相辉映的，是西安国际医学支援湖北医疗队。他们把真心、细心、爱心和健康带给了随州人民，随州的老百姓亲切地称他们是“比兰花还美的人”。

阳春三月，万物复苏；随州大地，疫情渐消。

正当兰花含苞待放的时节，市委书记陈瑞峰代表随州市委、市政府，代表258万随州人民，向医疗队全体队员表示最衷心的感谢和最崇高的敬意！

“危难之时见真情，在随州疫情防控最吃紧的关键阶段，西安国际医学支援湖北医疗队义无反顾地坚定逆行，同随州人民风雨同舟，日夜鏖战在疫情防控第一线，托起了无数生命的希望，传递着人性光辉和社会大爱，充分展现了‘敬佑生命、救死扶伤、甘于奉献、大爱无疆’的医者仁心。你们是最美的天使，是真正的英雄，是新时代最可爱的人！你们为保障随州人民生命安全和身体健康作出了重要贡献。”陈瑞峰在欢送仪式上说，“我们坚信，有以习近平同志为核心的党中央的坚强领导，有中国特色社会主义制度优势，有西安国际医学的大力支持，有全市人民众志成城、同舟共济，一定能够不断巩固成果、扩大战果，夺取疫情防控人民战争、总体战、阻击战的全胜完胜，一定会迎来一个繁花似锦的春天！诚挚邀请大家常回随州，随州永远是你们的家，随州人民永远把你们当恩人、当亲人！”

送行仪式由随州市市委副书记、市长克克主持，市委常委、常务副市长林常伦宣读了表彰文件，市委常委、市委秘书长刘宏业，副市长郑晓峰，市政府党组成员刘光海，西安国际医学支援湖北医疗队队长杨峰，援随医疗队队长王海昌等参加了仪式。与会领导为“抗击新冠肺炎疫情先进个人”队员代表颁发了荣誉证书。

“随州加油，湖北加油，中国加油！”

王海昌代表援随医疗队感谢随州市委市政府的大力支持与关爱，感谢随州市中心医院和来自各方的支持帮助与关心关爱，感谢患者的理解和配合，感谢医疗队队员们的不畏艰险、勇于奉献、勇于担当。最后，他动情地说：“我们和随州的友谊长存！”

在送行现场，薛妍教授接受媒体采访时说：“在王海昌队长的带领下，我们全力以赴救治患者。尤其是许多‘90后’队员们，他们非常棒，不怕苦不怕累。我们今天要离开随州了，我也希望患者今后的生活越来越好，疫情结束后，我们再相见！”

在依依不舍的告别声中，在随州市党政领导的目送中，在随州市中心医院医务人员的挥手中，全体队员们手捧鲜花，坐上了驶向武汉的大巴车，继续转战下一个战场。

也许是巧合，或者是天意。

2月15日，医疗队员到来时，天降大雪，随州一派冬天的肃杀，让人不寒而栗。

3月13日，医疗队员离别时，阳光灿烂，随州一派春日的祥和，让人充满希望。

我们相信：有党中央的坚强领导，有全国人民的积极参与，有白衣战士的英勇善战，这场没有硝烟的人民战争一定会取得全胜，就像四季交替运行的自然规律那样：“没有一个冬天不可逾越，没有一个春天不会来临。”

第十四章

3 月 24 日，西安咸阳国际机场，西安国际医学援鄂医疗队凯旋

有一种荣耀叫凯旋

没有生而英勇，只有选择无畏。他们，明知危险却挺身而出；他们，眼中含泪仍坚守不退。

聚是一团火，散是满天星！经过一个多月的顽强拼搏，3 月 24 日，西安国际医学支援湖北医疗队的 330 位队员凯旋。

还是在西安国际医学中心医院万人广场，“热烈欢迎国际医学 330 位抗疫英雄凯旋”的大幅会标与手持鲜花和国旗的医疗队队员交相辉映。在春天阳光的照耀下，一张张笑脸与出征时的凝重相比，更生动、更迷人、更灿烂。

为了欢迎抗疫英雄载誉归来，陕西省副省长赵刚来了；国务院应对新冠肺炎疫情联防联控机制综合组第十二工作指导组组长、国家卫生健康委人才中心主任、党委书记张俊华来了；省政府副秘书长兰建文，省卫生健康委党组书记刘勤社，省卫生健康委主任刘宝琴，省卫生健康委副主任赵岚、刘岭，西安市委常委、高新区党工委书记、航天基地党工委书记钟洪江，西安国际医学刘建申、史今、刘瑞轩等领导也都来了……

史今董事长为抗疫英雄颁发奖牌

开给春天的“处方”

“从来没有从天而降的盖世英雄，只有奋不顾身的平凡人物。”这是西安国际医学中心医院心脏内科副主任医师陈效安休息时随手写在处方单上的一句话。

2月2日，陈效安随西安国际医学支援湖北医疗队驰援武汉、逆向而行，在最危险又最重要的地方奋战了50多天。

陈效安在后来的“战地随笔”中写道：“这是一段刻骨铭心的日子。疫情、别离、担忧、焦虑、安静。病毒肆虐，武汉急召。在接到医院召集医务人员驰援武汉的通知时，我们没有丝毫犹豫，立刻请战，勇敢前往抗疫一线，从请战到出发仅12小时，但我们的笑容一如往常，我们坚信，我们会没事的，因为我们履行天使之责，救死扶伤，佑护生命健康。”

“至此，我已习惯抗疫一线的生活。虽然面临危险、工作繁重，但我们的神经不能崩太紧，要保持良好的心态，这是抗疫一

微光成炬照亮归途

抗疫英雄凯旋，在医院广场接受表彰

线医护人员必须做到的！”

“今日，春风把思念吹向你我，忙里偷闲写下心中丝缕的想念和期盼：感觉来了好久，细算仅有十天；最念那一壶小酒，一碗扯面；最盼望长江尽头那一抹红霞，驱走新冠；还武汉一方净土，还有干净的蓝天；国际医学的勇士啊，必当奋勇当先；待到樱花烂漫时，凯旋，安返。”

其实，同陈效安一样，在这场突如其来的疫情面前，在援助武汉的这些日子里，国际医学支援湖北省的 330 名医疗队员有谁不想早日胜利平安回家呢？

让我们一起走进他们中间，一起聆听白衣天使们的心声。

李方方说：“我是来自西安国际医学高新医院呼吸科护士，在华中科技大学同济医学院附属协和医院西院 9 楼病区的一个多月的工作生活，让我深深感受到医务人员以及武汉人民的辛苦和不易。”

王飞说：“我工作于华中科技大学附属同济医院中法新城院区，参与治疗 C 楼 12 层的患者，这里危重症患者相对较多。当看到整体患者在我们手上好了起来，我觉得所有的辛苦都值得了。疫情结束那天，我最想的事就是办一张健身卡，有时间就去锻炼身体，增强免疫功能，未来更好地工作、生活！”

杨昆说：“疫情过后，我首先想立即飞到父母身边，听他们诉说攒了许久的委屈与唠叨。其次，我希望可以好好和孩子相处，控制住自己的坏脾气，珍惜现在的一切，和孩子一起成长！最后，我还想抱抱我的爱人、朋友。”

赵蕾蕾说：“从来到武汉的那一天开始，我深感自己肩负的使命重大！我相信，有我们的守护，武汉一定能渡过难关，抗疫一定能取得胜利。现在我和我的同事们每天都小心翼翼地过着两点一线的生活，白班、夜班不停地紧张轮换着，每当我看到新闻上确诊患者越来越少，治愈出院的患者越来越多的时候。那一刻，我为自己是一名护士，为自己能在抗疫一线为祖国作贡献而深感自豪！”

刘祎说：“2 月 15 日晚抵达武汉，汽车行驶在空寂的街道上，远处的霓虹闪烁着‘武汉加油、中国加油’，让人不禁潸然泪下。从 2 月 17 日进驻武汉光谷方舱医院至今，随着 239 位患者治愈出院，光谷方舱医院也于 3 月 6 日正式休舱。目前，陕西省第三批支援湖北医疗队原地休整、待命，准备迎接下一场硬仗。如今，抗疫已经取得了阶段性胜利，我知道胜利在望。希望樱花烂漫时，疫情结束后，我能早点儿回家陪儿子一起备战中考，希望儿子能考入理想的高中。”

谢谢你，为武汉拼过命

这一天终于到来了，比他们预想的还要快。

随着湖北新冠肺炎疫情形势不断好转，从 3 月 17 日开始，支援湖北医疗队开始有序撤回。

这一天黎明时分，这座城市的人们还没有完全从睡梦中苏醒，支援湖北医疗队已经按照计划分批返程。

早上 6 点 20 分左右，陕西国家紧急医学救援队的 43 名医护人员从武汉青山区武钢体育中心方舱医院对面的酒店出发返回陕西。这一天，是他们来到武汉的第 43 天。战役 43 天，他们荣获了“全国卫生健康系统新冠肺炎疫情防控工作先进集体”！

在各地支援湖北医疗队即将安全返回之际，武汉市文化和旅游局推出了 32 张《谢谢你，为武汉拼过命！》的感恩海报，海报上的文字无不让人动容。

“这是一座于不期然之中成为英雄的城市。武昌起义的枪声已经过去了一百零九年，东湖之水清兮，照见一座江城。”

“这是一座得到了全世界感谢，却更想对世界说一声感谢的城市。江汉关的钟声响起召唤，是你们万里赴戎机，救我于风波。”

“我们在唐诗里相见又惜别，烟花三月，故人西辞黄鹤楼。我们在一千年以后相见又惜别，晴川历历，芳草萋萋，来不及与子偕行。”

“樱花有意，曲水流觞。夏螯红，秋蟹肥，冬藕糯，春薹美。”

“大恩不言，来日方长。我们将再会，相约武汉，不见不散。”

……

其中，在感谢陕西省医疗队的海报中这样写道：“秦风送佳音，楚地开胜壤。”

秦楚相连，休戚与共。这次陕西省共派出 1 460 名医护人员援助湖北省。其中，西安国际医学旗下西安国际医学高新医院、西安国际医学中心医院、西安国际医学康复医院、西安国际医学商洛医院4家医院从2月2日开始，先后分6批共派出330名医护人员，先后在湖北省的7家医院挥汗水、洒热血，付出了千辛万苦，为抗击疫情作出了重要贡献。

如今，这些逆行的英雄们就要踏上归程，怎能不让湖北人难舍难分呢?

一条由湖北省广播电视总台电视经济频道制作的短视频，让这种感情更加炽热，看后不禁让人“泪奔”。

视频字幕这样写道：3月17日清晨，长江云一条滚动直播新闻不仅把湖北人从睡梦中惊醒，而且越看心头越是不舍，那些为湖北拼过命的支援湖北医疗队，我们的救命恩人，已在有序分批撤离，意味着疫情形势好转，应该高兴才对。话虽如此，但在湖北人心里，有道过不去的坎，在我们危难时刻，他们匆匆而来，他们“嘀嗒嘀嗒”了我们，我们还没有“哗啦哗啦”他们，他们就匆匆而去……

有的支援湖北医疗队，甚至连送别的机会都没有给我们留下。当大家眼睁睁看着陕西紧急救援车队消失在二七长江大桥的晨曦里，留言区里洒满了湖北人动情的泪水。我虽然不认识你，但我真的舍不得你，经过这一遭，按我们湖北人的话说，我们就是过命的交情了。请答应我们，明年来武汉看樱花，或者到恩施看大峡谷，好吗?就算湖北人求你们了。

我有一个个人倡议，请热心且万能的志愿者组织登记我们、联络你们，让湖北人以家为单位，以家的方式来接待你们，如果有幸选到我，必须喝藕汤、吃虾、爬黄鹤楼、游东湖、坐知音号、看长江夜景……我都不知道一张纸写不写得下这张幸福的清单。

不，一年的时间太久，我就在武汉，我在湖北随时等你们再来!

如今，武汉市疫情还没有结束，许多人还在做最后的拼搏，但他们同时心怀感恩之情，对支援湖北医疗队成员发出了诚挚的邀请。

武汉市还为每个支援湖北省的医务人员赠送了一枚“心手相连、共同战疫”的金色纪念章，背后有他们每个人的名字，还有一本荣誉证书，一张全家终生免费游湖北的旅游卡。

历史将永远铭记“最美逆行者”的不朽功绩。

3 月 24 日，就在陕西省第四批、第五批支援湖北医疗队 177 名队员和西安国际医学支援湖北医疗队 220 名队员离别时，武汉人民拉起了长长的横幅感谢他们。武汉市政府、江岸区委区政府共同为西安国际医学支援湖北医疗队举行了简短而隆重的欢送仪式，以表达感激与崇敬之情，欢送即将凯旋的陕西白衣战士们。

“医疗队员从古都西安千里驰援江城武汉，用血肉之躯筑起护佑生命的钢铁长城，用医者仁心托起生命之舟，为抗击疫情作出了巨大贡献。”武汉市副市长陈邂馨代表武汉市政府，对西安国际医学支援湖北医疗队说：“1 400 万武汉市民不会忘记，是你们在生死考验面前义无反顾、英勇奋战；是你们用精湛的医术救回了一条条鲜活的生命；是你们用实际行动诠释了新时代最可爱的人。”

人民不会忘记

万家团圆的日子，你逆风而去。

樱花盛开的季节，你微笑凯旋。

你勒红的面庞，我们历历在目。

你剪短的长发，我们记忆犹新。

今天你归来，“娘家人”送上久违的拥抱。

今天你归来，“娘家人”致以最高的礼遇。

3 月 23 日，得知西安国际医学支援湖北医疗队即将返回西安，西安高新区党工委宣传部随即组织开展了“欢迎英雄回家”主题宣传活动，在区内重点区域户外楼体、LED 大屏、机场灯箱及跨线桥上，都放上了“欢迎英雄回家”的大幅标语与宣传海报。这一晚的大西安，为英雄点亮，为英雄高歌。

3 月 24 日，是连日来陕西支援湖北医疗队中安全返回人数最多的一天。从机场到市区，从护送到迎接，省、市各方面都做了周密的安排和部署。

在咸阳国际机场，医疗队乘坐的飞机刚落地，就迎来了最高级别的欢迎仪式——“过水门”。

在机场停机坪，接机人员手捧鲜花，等待心中的英雄凯旋。“热烈欢迎支援湖北医疗队凯旋”“致敬最美逆行者”“欢迎英雄回家”等条幅，表达了家乡人民对英雄们的深深敬意。

在登上大巴前，咸阳机场工作人员为每一位医疗队队员准备了暖心的“三秦套餐”，让他们回西安第一口就能品尝凉皮、肉夹馍等家乡的味道。

让人尤为动情的是，几天前，西安国际医学高新医院护士陈艳艳在网上@西安交警，希望返回西安的时候可以坐一下交警铁骑。

西安交警得知后，隔空与陈艳艳约定：“你的愿望我们看到了，安排！向英雄致敬，等你平安归来。”

当天下午，陈艳艳随医疗队返回西安。在西安咸阳国际机场，西安交警真的出现在了她的面前，跟她说：“我来完成你的心愿了，接你回家！”

西安交警特意为陈艳艳准备了一套写有她名字的骑行服。后来，民警画了一幅她乘坐警用摩托车的漫画送给她作为纪念。

现场换上骑行服后，陈艳艳坐在警用摩托车上敬了一个礼，开心地说：“太美了！”

一路上，警车开道、铁骑护航，所到之处，家乡人民纷纷用各种形式欢迎英雄归来。

面对这种场面，许多队员激动地哭了：“我们没有觉得自己是英雄，就是做了自己应该做的事情。”

让西安国际医学全体支援湖北医疗队队员印象最深刻的，还是国际医学万人广场的欢迎仪式。

在这里，西安国际医学中心医院曾经迎来盛大的开业仪式，他们与很多国内外知名专家和同仁共同见证了这一历史时刻。

在这里，西安国际医学人一批批义无反顾地走向抗击疫情的最前线，立下了“黄沙百战穿金甲，不破楼兰终不还”的誓言。

今天，他们又站在这里，接受最高规格、最隆重热烈的欢迎仪式。

“全体队员实现了‘零感染’的目标，全体队员平安回到西安。”西安国际医学中心医院副院长、支援湖北医疗队队长杨峰汇报说。

西安国际医学中心医院胸科医院院长、医疗队专家组组长吴昌归在发言中说：“我们与英雄的武汉人民站在一起的时候，我们也荣幸地成为英雄的一部分，能够为祖国而战，为人民而战，我们无上荣光！”

作为省卫生健康委指派的医疗队，西安国际医学始终将国家的情怀和社会责任放在第一位。

国务院应对新冠肺炎疫情联防联控机制综合组第 12 工作指导组组长、国家卫生健康委人才中心主任、党委书记张俊华表示：对大家圆满完成任务，甘于奉献、大爱无疆，完成临床一线的救治任务表示崇高的敬意；对大家平安归来感到欣慰；对大家为了国家，为了武汉，舍小家为大家，忘我地工作表示衷心感谢！

时任陕西省副省长的赵刚感慨地说：“欢迎英雄凯旋，并向你们及家人致以崇高的敬意和真挚的问候！你们受命于国家，受命于人民，踏上逆行之路。抗疫逆行感动有你、保卫健康感谢有你、医路同行感谢有你！在湖北保卫战的伟大战役中，有陕西的贡献，有你们的功劳！因为你们的负重前行，才有我们的岁月静好。”

时任陕西省省委书记的胡和平在欢迎西安国际医学高新医院院长马庆久带队的陕西省第四批志愿湖北医疗队归来仪式上说：“我们还记得一个多月之前，疫情防控的形势异常的严峻和复杂，你们挺身而出，冲锋在前，成为最美逆行者，你们是真正的勇士！”

在举国抗疫的关键时刻，西安国际医学 330 名医疗队员不惧风雨、不畏艰险、同心聚力、共战疫情，谱写了新时代英雄抗疫的壮丽诗篇！

他们是西安国际医学的杰出代表，他们是新时代的楷模，他们是中国人民心中的英雄。

党和国家不会忘记！人民不会忘记！历史不会忘记！

第十五章

4月8日，西安国际医学支援湖北医疗队在西安国际医学中心医院万人广场合影

有一种担当叫家国情怀

这一刻，他们果断全员上阵

这一刻，我们都等了太久了！

4月8日，湖北省新型冠状病毒感染肺炎疫情防控指挥部发布通告：从当天零时起，武汉市解除离汉离鄂通道管控措施，有序恢复对外交通，离汉人员凭湖北健康码“绿码”安全有序流动。

这一天，西安国际医学330名支援湖北医疗队队员也结束了隔离观察，和亲人们紧紧相拥。此刻，西安国际医学中心医院万人广场欢声雷动。夫妻团聚、母女拥抱、恋人亲吻……激动的场面无以言状。

为了这一刻，我们别无选择，勇敢逆行。湖北省武汉市，这座经历过辛亥炮火、特大洪水、雨雪冰冻灾害等无数考验的城市，又一次赢得了“光荣战役”。战“疫”中，无数勇士冲锋陷阵，刘智明、李文亮、彭银华、夏思思等烈士更是献出了宝贵的生命。逆行者的背影，让我们看到了英雄之城的荡气回肠，感受到了中华儿女的团结奋进。

为了这一刻，我们抗击疫情。自 2 月 2 日开始，西安国际医学旗下西安国际医学高新医院、西安国际医学中心医院、西安国际医学康复医院、西安国际医学商洛医院，先后分 6 批共选派 330 名医护人员紧急驰援湖北，在武汉市第八医院、随州市中心医院等 7 所抗疫一线医院积极开展医疗救治工作。

如今，我们终于可以共同分享胜利的喜悦！

九省通衢之地，天堑再变通途。时隔 76 天之后的解除离汉离鄂通道管控时刻，令人感慨万千。复苏的脉动，亲切的烟火气，是如此清晰可感。

历史名城西安，同样欢欣鼓舞。时隔 65 天之后，西安国际医学支援湖北医疗队队员与家人团聚的场面，是这样动人心弦。

秦楚相依、情同手足。岂曰无衣，与子同袍。

一场突如其来的疫情，将湖北、西安两地人民和医护人员紧紧地连在了一起。在这场没有硝烟的战役中，西安国际医学支援湖北医疗队不负重托，其自主研发的中西医结合治疗方法，运用中西医结合的方案和自制中药制剂精准施治，取得了很好的治疗效果，被列入陕西省 2020 年度中医药防治新冠肺炎科研应急专项。

60 多个鏖战病毒的日日夜夜，60 多个思念牵挂的日日夜夜，60 多个祈愿平安的日日夜夜，60 多个永远铭记的日日夜夜……330 名西安国际医学医护人员和来自全国各地千千万万的白衣战士一起奋战在湖北，为打赢疫情阻击战贡献着医学方案，奉献着医者仁心。

健康所系，生命相托。在此期间，西安国际医学医疗队主要负责的武汉市第八医院和随州市中心医院 3 个重症和危重症病区，6 个普通病区，累计救治患者 471 人，负责的武汉市长江新城康复驿站 6 个舱累计救治 586 人，实现患者零死亡、零复阳、零轻症转重症。

如今，他们已平安归来。掌声、笑声、问候声此起彼伏，家人、同事的欢呼声划破长空。

“在这场战疫大考中，你们冲锋在前线，向党和人民交出一份满意的答卷。你们用生命佑护无法衡量的价值，用大爱谱写国际医学精神，用专业技能展示国际医学力量。你们是国际医学的英雄，是中国人民的英雄！”这是史今代表 6 300 多名西安国际医学家人欢迎勇士平安回家时，在致辞中所给予的高度评价。

在这欢庆的时刻，西安国际医学刘建申、史今、刘瑞轩等领导为 330 名医疗队员颁发了“援助湖北抗疫英雄”奖章。

在这沉甸甸的奖章背后，有父母的牵挂，有丈夫和妻子的思念，有孩子的诉说，有恋人的心愿……

在这温暖动人的相聚时刻，请跟随电视台记者的镜头，与他们一起分享这难得的喜悦和感动。

镜头一：送给你小心心

“送给你小心心，送你花一朵，你在我生命中，太多的感动。”医护人员和孩子们一起表演手语舞《听我说，谢谢你》。孩子比划“感动”的手语令人“泪目”。

“妈妈，我爱你！你和叔叔阿姨们一起回来，我特别高兴。”温暖的言语中，充满了孩子对妈妈的爱。

医疗队队员子女朗诵了书信《给妈妈的心里话》，孩子们将这份特别的“礼物”，献给战“疫”的妈妈们。稚嫩的童音回荡在万人广场，台下的妈妈们潸然泪下。

抗击疫情离别的日子里，孩子们有千言万语想要告诉爸爸妈妈：我学会背唐诗了，我长高了，我可以帮奶奶扫地了，我想你了……

镜头二：亲爱的，嫁给我吧！

“感谢有你！今天是我回家的日子，感恩相遇、相知、相恋。我想结束我们的爱情长跑。嫁给我，你愿意吗？”在万人广场上，消化介入诊疗中心护师赵宝宝向相恋了 4 年的女朋友求婚。

女朋友王瑶害羞地低下了头，从他手中接过鲜花。寒冬之时，她送他前往武汉，没想到这一别就是 65 天，赵宝宝将这日日夜夜的思念化作了抗击疫情的动力。如今，他平安凯旋。他们的爱情经历了生与死的考验，更显弥足珍贵。

“岁月漫长，唯你值得我等待。”赵宝宝深情的告白，打动了他心爱的姑娘。“我愿意！”这对分别已久的恋人在大家的祝福声

支援武汉医疗队队员，西安国际医学中心医院消化介入诊疗中心的护士赵宝宝向相恋 4 年的女友王瑶现场求婚

中，再次紧紧地拥抱在一起。

此时悠扬动人的旋律渐渐响起，大家为这对幸福的恋人送上了最热烈的掌声与最真挚的祝福。

镜头三：妈妈，我爱你！

“欢迎妈妈回家！”“致敬一线英雄！”“为你打 CALL！”人群中，孩子们手持欢迎牌，大声呼喊着。

“你看，这是妈妈啊，你把花送给妈妈。”老奶奶告诉孙子。但这个两岁左右的小孩因为已经两个多月没有见到母亲了，似乎有些生疏了，只是胆怯地站在一旁。此时，年轻的妈妈早已经是泪流满面，她张开双臂，将儿子紧紧揽入怀中。

“我们是天的使者，以救死扶伤为天职，我们只是做了应该做的事。党和人民给了我们这么多荣誉，我们将珍惜每一次服务，做好每一次，佑护百姓的健康。”面对鲜花和奖牌，一位队员表示将不负众望，再接再厉。

小朋友在迎接支援湖北的妈妈回家

这一刻，他们勇于国际担当

3月23日下午。

西安国际医学中心医院5G远程会议室。

西安国际医学康复医院院长贺西京、老年病科主任刘安、胸科医院副院长朱运奎、中心急诊重症医学科主任张琦等10多位主任医师在办公室视频大屏幕前，与“一带一路”倡议国家罗马尼亚多家医院重症加强护理病房主任、各科室专家进行视频连线，分享抗击疫情的经验，特别是他们在抗击新冠肺炎工作中摸索出的中西医结合治疗特色诊疗方法，等得到国外同仁的称赞和认同。

“希望我们在治疗过程中取得的经验，能够帮助国外的医疗机构救助更多患者，少走弯路。”贺西京主持了这场国际“云端对话”，他毫无保留地将两个多月来积累的在新冠肺炎预防、感控、诊断和治疗等方面的经验分享给了国外同仁。

此前，疫情较为严重的伊朗有关医疗机构也联系到西安国际医学，双方开展了疫情防控远程技术支持与交流。贺西京表示，“西安国际医学十分愿意提供力所能及的帮助，医学无国界，当下全球都在面临新冠病毒的严重威胁。开展国际技术交流与支援，分享我们的经验能帮助更多的患者，这是国际人道主义精神的体现，也是国际疫情联防联控的重要一环。”

山川异域，风月同天，守望相助，共克时艰。

早在疫情暴发之初、武汉封城之际，举国共同抗击疫情的艰难时刻，中国就获得了来自世界上许多国家和人民的大力支持和帮助。

竭力阻止疫情在全球泛滥，携手维护世界公共治安，已成为当前世界各国人民的共识。

我国目前已经取得了抗击疫情的阶段性成果，新冠肺炎疫情已基本得到控制，但在海外却呈加速扩散态势。全球新冠肺炎疫情加剧，多国疫情持续出现反弹，全球每日新增确诊病例数不断攀升。

面对疫情在海外的加速扩散，西安国际医学人刚从武汉抗疫归来，还没有来得及脱下战袍，又走向了新的抗疫战场。

此后，这样的云端交流与分享接连再现。

4 月 1 日 9 时，西安国际医学中心医院的专家们针对中国留学生的防疫问题进行了视频连线。来自美国哈佛大学、麻省理工学院等学校的中国留学生代表就大家普遍关心的问题进行咨询。西安国际医学康复医院院长贺西京、重症医学科主任张琦、胸科医院副院长朱运奎、老年病科主任刘安、感控办主任廖碧春在线上进行了一一解答。

4 月 7 日，医界同仁借科技之力、网络之媒、公益之心汇聚云端，成功举办“中国经验・世界分享——2020 IMECC・新冠全球医界高峰论坛”。大会第一发言人——西安国际医学康复医院院长贺西京毫无保留地将国际医学支援湖北医疗队两个多月在抗疫一线积累的大量包括预防、感控、诊断和治疗等经验分享给大家。

4 月 8 日，由陕西省康复医学会主办的陕西省中药口服加熏吸联合超大剂量维生素 C 治疗新冠肺炎临床应用经验座谈会在西安国际医学中心医院召开。为了系统总结、完善和提高西安国际医学在抗击新冠肺炎工作中摸索出的中西医结合治疗的特色诊疗方法，会议听取了西安国际医学支援湖北医疗队创新性采用中药内服加熏吸联合超大剂量维生素 C 中西医结合的方法对新冠肺炎患者进行治疗的汇报。与会专家分别从专业角度对该治疗方案进行了分析和讨论，并给予了充分肯定，同时对该方案下一步的深入研究和开发提出了建设性的建议。

……

大灾大疫，是对一个国家的大考。

世界卫生组织总干事谭德塞称赞在疫情面前中国政府采取的

及时有效的举措，令人钦佩！他表达，第一，中国政府展现出了坚定的政治决断力；第二，中国国家领导人展示出了卓越的领导力；第三，中国科学家展现了非凡的能力。他对中国深表感谢，因为中方抗疫不仅是在保护中国人民，也是在保护世界人民。

疫情是无国界的，它是全人类共同的敌人。世界各国命运休戚与共，任何国家都难以独善其身，全球联手刻不容缓！诚如联合国秘书长安东尼奥·古特雷斯所说：“国家应团结起来，人民应团结起来。”

德不孤，必有邻！诚哉斯言！

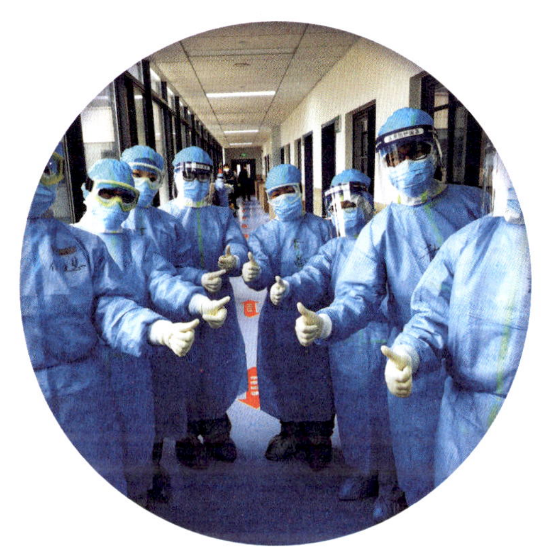

尾声

2020年，你我不平凡

英雄挥剑去，万马战犹酣。

敢于逆行“亮剑”者，是需要勇气和气魄的。我们怎能忘记，病毒来袭，西安国际医学330名英雄义无反顾；大疫当前，西安国际医学330名英雄逆行而上。是你们，果敢地亮出自己手中的利剑；是你们，擎起了陕西省支援湖北医疗队的战旗！

在“湖北保卫战”中，330名英雄浴血奋战在抗疫最前线，330是一座山，330是一道岭！致敬330，你们是最美逆行者；致敬330，你们是新时代楷模！时间的长河永远冲不淡我们对逆行抗疫英雄的敬仰。山记得你，海记得你，人民永远记得你！

赤子丹心昭日月，英雄肝胆映山河！

终于，经过全国42 000多名支援湖北省勇士的不懈奋斗和举国上下的众志成城，中国新冠肺炎疫情形势出现了“稳中向好”的积极变化，抗疫勇士们向历史和世界交出了一份抗疫大考的合格答卷。

但是，我们必须清醒地认识到：抗疫斗争胶着对垒，抗疫大考仍在进行，许多难题还在等待着我们去解答。

弗里德里希·恩格斯曾说：“没有哪一次巨大的历史灾难，不是以历史的进步为补偿的。”这次抗疫大考，给我们留下了诸多的思考和启示：探究此次灾难的由来去向；敬畏大自然与个体生命；科学应对突发公共危机事件……

春暖花开日，英雄归来时。没有任何一场风雪，能够阻挡春天的脚步。每一个时代，都有每一个时代的“英雄”。让我们永远铭记新时代“用生命守护生命”的白衣使者！

“该叫它‘功德碑’，把他们的名字刻上去。他们这次为抗疫、为我们民族立了大功，是我们国际医学永远的骄傲和荣誉！”站在西安国际医学中心医院竖立的“英雄墙”前，著名作家高建群如是说。

西安国际医学支援湖北医疗队的330名勇士受命于危难之际，

冲锋陷阵，果敢“亮剑”，同时间赛跑，与病魔较量，成为护佑百姓生命和健康的“国家力量”之一。

在此次陕西省支援湖北省抗疫史上，陕西省医务工作者创造了以下的“数字奇迹”。

22批次

在这次支援湖北省抗疫伟大斗争中，陕西省前后派遣支援湖北医务工作者共22批次、1 460人。其中，仅西安国际医学就派遣了6批330人，成为全省出征人数最多的支援湖北省医疗机构。

65%

在陕西省支援湖北医疗队中，西安国际医学330人，西安交通大学附属医院302人，空军军医大学265人、陕西省人民医院57人。这4家医院贡献了全省支援湖北医疗队伍65%的医护力量。

74.4%

在陕西省支援湖北医疗队中，每4名医护人员中就有3名是女性。在所有抗疫英雄中，女性医护人员共计898人（空军军医大学不在其列），占比74.4%；男性304人，占比25.3%。

鲁迅先生曾说过：“我们自古以来，就有埋头苦干的人，有拼命硬干的人，有为民请命的人……这就是中国的脊梁。”在这次没有硝烟的抗疫战场上，面对生死，我们看到了无数拔剑出鞘、果敢担当的逆行勇士。是他们，用生命去换取他人的生命，诠释着“爱的奉献”；是他们，用牺牲去呼唤武汉的光明，诠释着“大医精诚”。

他们，是真正的民族英雄！

他们，是不屈的中国脊梁！

西安国际医学支援湖北抗疫英雄谱

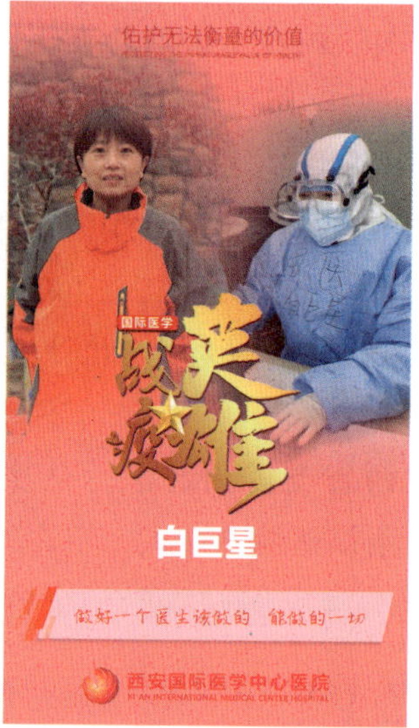

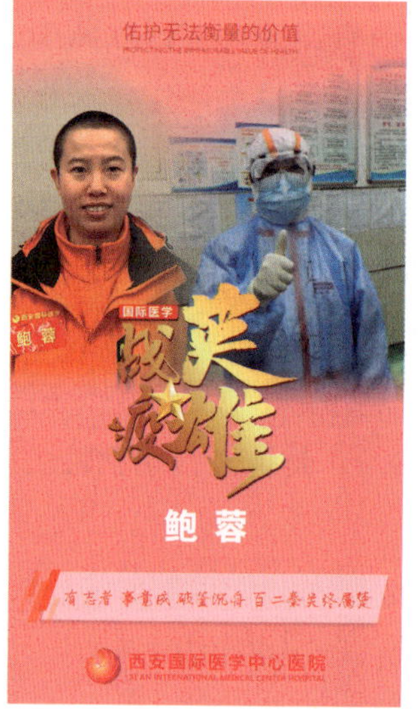

佑护无法衡量的价值
国际医学
战疫英雄
曹航青
武汉 我们陪你 不胜不归
西安国际医学中心医院
XI'AN INTERNATIONAL MEDICAL CENTER HOSPITAL

佑护无法衡量的价值
国际医学
战疫英雄
曾显明
我们一定胜利 我们一定凯旋
西安国际医学中心医院
XI'AN INTERNATIONAL MEDICAL CENTER HOSPITAL

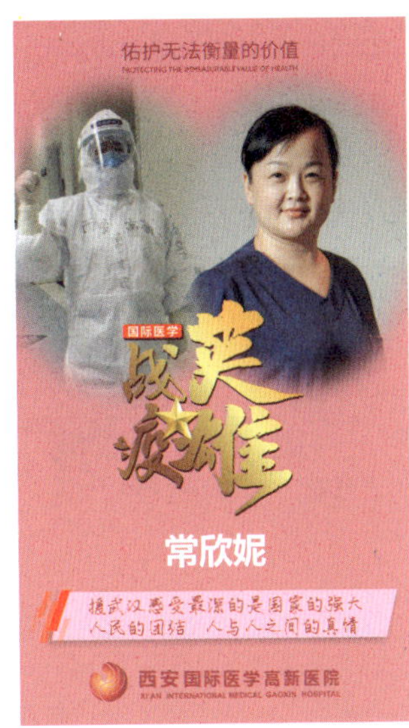
佑护无法衡量的价值
国际医学
战疫英雄
常欣妮
援武汉感受最深的是国家的强大
人民的团结 人与人之间的真情
西安国际医学高新医院
XI'AN INTERNATIONAL MEDICAL GAOXIN HOSPITAL

佑护无法衡量的价值
国际医学
战疫英雄
畅 欣
不负韶华 不辱使命
抗击疫情 我们义无反顾
西安国际医学中心医院
XI'AN INTERNATIONAL MEDICAL CENTER HOSPITAL

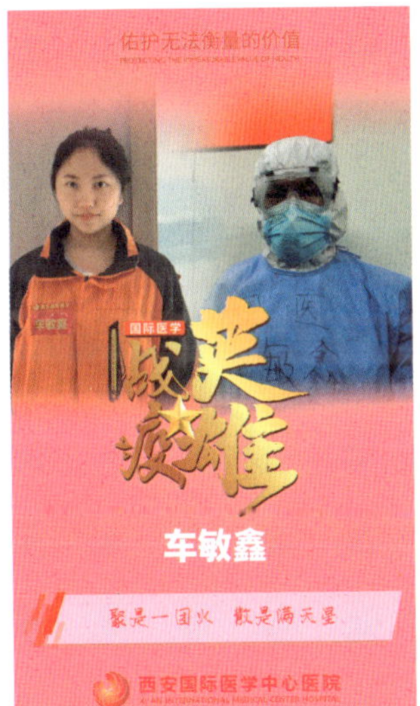
佑护无法衡量的价值
国际医学
战疫英雄
车敏鑫
聚是一团火 散是满天星
西安国际医学中心医院
XI'AN INTERNATIONAL MEDICAL CENTER HOSPITAL

佑护无法衡量的价值
护士
国际医学
战疫英雄
陈 慧
医者无畏 长大后我就成了你
西安国际医学中心医院
XI'AN INTERNATIONAL MEDICAL CENTER HOSPITAL

佑护无法衡量的价值
国 医
陈 嘉 乐
国际医学
战疫英雄
陈嘉乐
穿上白大褂救死扶伤是医护人员的天职
西安国际医学中心医院
XI'AN INTERNATIONAL MEDICAL CENTER HOSPITAL

佑护无法衡量的价值
国际医学
战疫英雄
陈萌萌
寒冬已过去 暖春终到来 一切 会好的
西安国际医学中心医院
XI'AN INTERNATIONAL MEDICAL CENTER HOSPITAL

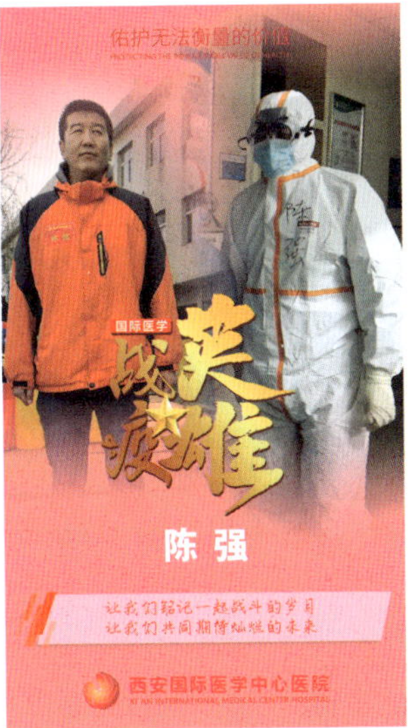
佑护无法衡量的价值
国际医学
战疫英雄
陈 强
让我们铭记一起战斗的岁月
让我们共同期待灿烂的未来
西安国际医学中心医院
XI'AN INTERNATIONAL MEDICAL CENTER HOSPITAL

佑护无法衡量的价值
国际医学
战疫英雄
陈姗姗
无怨无悔 勇往直前 抗疫必胜
西安国际医学中心医院

佑护无法衡量的价值
国际医学
战疫英雄
陈效安
众志成城 抗击疫情 铮铮铁骨 舍我其谁
西安国际医学中心医院

佑护无法衡量的价值
国际医学
战疫英雄
陈燕妮
“战”疫情 我们必须义无反顾
西安国际医学中心医院

佑护无法衡量的价值
国际医学
战疫英雄
陈艳艳
自愿变成大白 换武汉明日曙光
西安国际医学高新医院
XI'AN INTERNATIONAL MEDICAL GAOXIN HOSPITAL

佑护无法衡量的价值
国际医学
战疫英雄
陈振伟
尽职尽责 不辱使命
西安国际医学高新医院
XI'AN INTERNATIONAL MEDICAL GAOXIN HOSPITAL

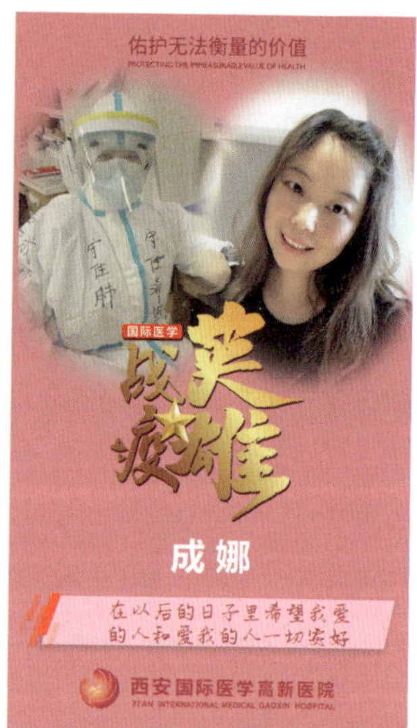
佑护无法衡量的价值
国际医学
战疫英雄
成 娜
在以后的日子里希望我爱
的人和爱我的人一切安好
西安国际医学高新医院
XI'AN INTERNATIONAL MEDICAL GAOXIN HOSPITAL

佑护无法衡量的价值
国际医学
战疫英雄
程静静
每一次的勇敢 都是新的挑战
西安国际医学中心医院

佑护无法衡量的价值
国际医学
战疫英雄
程雪妮
寒冬终将过去 春暖花会再开
胜利的曙光就在前方 武汉 加油
西安国际医学中心医院

佑护无法衡量的价值
国际医学
战疫英雄
党 淼
有我守护 您不孤单
西安国际医学高新医院
XI'AN INTERNATIONAL MEDICAL GAOXIN HOSPITAL

佑护无法衡量的价值
PROTECTING THE IMMEASURABLE VALUE OF HEALTH
国际医学
战疫英雄
邓向丹
只愿 灾难早点过去 每一座城市能早点恢复往日的生机 每一个人都可以安然无恙 拥抱精彩的生活
西安国际医学中心医院
XI'AN INTERNATIONAL MEDICAL CENTER HOSPITAL

佑护无法衡量的价值
PROTECTING THE IMMEASURABLE VALUE OF HEALTH
国际医学
战疫英雄
丁宁
着甲卫国 青春无悔
西安国际医学高新医院
XI'AN INTERNATIONAL MEDICAL GAOXIN HOSPITAL

佑护无法衡量的价值
国际医学
战疫英雄
董建新
一切终会消失
唯有希望和美好常留心中
西安国际医学中心医院
XI'AN INTERNATIONAL MEDICAL CENTER HOSPITAL

佑护无法衡量的价值
国际医学
战疫英雄
董咪咪
没有理由退缩 没有理由懈怠
西安国际医学中心医院
XI'AN INTERNATIONAL MEDICAL CENTER HOSPITAL

佑护无法衡量的价值
工作人员
国际医学
战疫英雄
董鹏飞
我们的用心 传递大家的爱心
西安国际医学中心医院
XI'AN INTERNATIONAL MEDICAL CENTER HOSPITAL

佑护无法衡量的价值
PROTECTING THE IMMEASURABLE VALUE OF HEALTH
国际医学
战疫英雄
董新艳
我未曾想到我也会站在抗击疫情的第一线
但让我重新选一次 我依旧不会后悔
西安国际医学中心医院
XI'AN INTERNATIONAL MEDICAL CENTER HOSPITAL

佑护无法衡量的价值
PROTECTING THE IMMEASURABLE VALUE OF HEALTH
国际医学
战疫英雄
董增辉
万众一心 共克时艰
"疫"去不返 国泰民安
西安国际医学中心医院
XI'AN INTERNATIONAL MEDICAL CENTER HOSPITAL

佑护无法衡量的价值
国际医学
战疫英雄
豆江咪
用果敢行动践行初心使命
用救死扶伤兑现铿锵誓言
西安国际医学中心医院
XI'AN INTERNATIONAL MEDICAL CENTER HOSPITAL

佑护无法衡量的价值
PROTECTING THE IMMEASURABLE VALUE OF HEALTH
国际医学
战疫英雄
杜超侠
隔离的是病毒 凝聚的是同心 武汉加油
西安国际医学中心医院
XI'AN INTERNATIONAL MEDICAL CENTER HOSPITAL

佑护无法衡量的价值
国际医学
战疫英雄
樊建勇
秦楚同心 共克时艰
西安国际医学中心医院

佑护无法衡量的价值
国际医学
战疫英雄
樊晓寒
世间美好 一切皆安
西安国际医学中心医院

佑护无法衡量的价值
国际医学
战疫英雄
范 乔
点赞奋斗在抗疫一线的所有铿锵玫瑰
西安国际医学中心医院

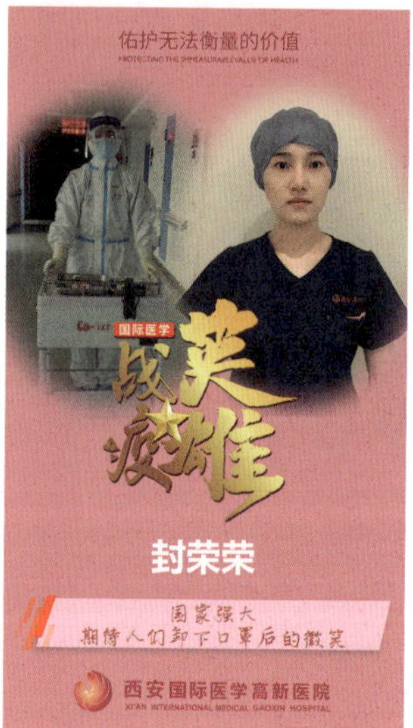
佑护无法衡量的价值
国际医学
战疫英雄
封荣荣
国家强大
期待人们卸下口罩后的微笑
西安国际医学高新医院

佑护无法衡量的价值
国际医学
战疫英雄
冯秋玲
选择医学可能是偶然 但你一旦选择了
就必须用一生的忠诚和热情去对待它
西安国际医学中心医院

佑护无法衡量的价值
国际医学
战疫英雄
冯 喆
敬佑生命 坚守一线 遏制疫情 我们一定赢
西安国际医学中心医院

佑护无法衡量的价值
国际医学
战疫英雄
付腊梅
最好的贵人 就是拼命努力的自己
西安国际医学中心医院

佑护无法衡量的价值
国际医学
战疫英雄
高和飞
国家有难 职责所在
服从指令 "疫"战到底
西安国际医学高新医院

佑护无法衡量的价值
国际医学
战疫英雄
高 蕾
吃碗油泼面 美美地睡一
觉 好好陪陪爱人和孩子
西安国际医学高新医院

佑护无法衡量的价值
国际医学
战疫英雄
高琴
没有理由退缩 没有理由懈怠
西安国际医学高新医院
XI'AN INTERNATIONAL MEDICAL GAOXIN HOSPITAL

佑护无法衡量的价值
国际医学
战疫英雄
高庆华
逆行而上 是我的选择 更是责任和使命
西安国际医学中心医院

佑护无法衡量的价值
国际医学
战疫英雄
高叶
有一份热 发一份光
微光汇聚 终将冲破阴霾
西安国际医学中心医院
XI'AN INTERNATIONAL MEDICAL CENTER HOSPITAL

佑护无法衡量的价值
国际医学
战疫英雄
高钊
人人都在坚持 人人都在努力
只为打赢这场没有硝烟的战争
西安国际医学中心医院

佑护无法衡量的价值
关颖哲
国际医学
战疫英雄
关颖哲
花开疫散 我们定相见
西安国际医学中心医院

佑护无法衡量的价值
国际医学
战疫英雄
管萌娜
此刻的坚持 是我对护士最好的诠释
西安国际医学中心医院

佑护无法衡量的价值
国际医学
战疫英雄
郭杜娟
巾帼勇担当 逆行抗疫情
西安国际医学中心医院

佑护无法衡量的价值
国际医学
战疫英雄
郭佳萌
隔离的是病毒 凝聚的是同心 武汉加油
西安国际医学中心医院
XI'AN INTERNATIONAL MEDICAL CENTER HOSPITAL

佑护无法衡量的价值
国际医学
战疫英雄
郭蕾
季节换了个名字 依旧会风光如故
西安国际医学中心医院

佑护无法衡量的价值
国际医学
战疫英雄
郭 幸
隔离的是病毒 凝聚的是同心 武汉加油
西安国际医学中心医院
XI'AN INTERNATIONAL MEDICAL CENTER HOSPITAL

佑护无法衡量的价值
国际医学
战疫英雄
郭亚丽
没有一个冬天不能逾越
没有一个春天不会到来
西安国际医学中心医院
XI'AN INTERNATIONAL MEDICAL CENTER HOSPITAL

佑护无法衡量的价值
国际医学
战疫英雄
郭 瑜
人生没有对错 只有选择后的坚持 不后悔
走下去 就是对的 走着走着 花就开了
西安国际医学中心医院
XI'AN INTERNATIONAL MEDICAL CENTER HOSPITAL

佑护无法衡量的价值
国际医学
战疫英雄
韩 静
青山一道同云雨 明月何曾是两乡
西安国际医学中心医院
XI'AN INTERNATIONAL MEDICAL CENTER HOSPITAL

佑护无法衡量的价值
国际医学
战疫英雄
韩妮
希望家人都能平平安安
西安国际医学高新医院
XI'AN INTERNATIONAL MEDICAL GAOXIN HOSPITAL

佑护无法衡量的价值
国际医学
战疫英雄
韩 双
我希望 我的双手
能抚慰您心底的那粒微尘
西安国际医学中心医院
XI'AN INTERNATIONAL MEDICAL CENTER HOSPITAL

佑护无法衡量的价值
国际医学
战疫英雄
韩新鹏
青山一道同云雨 明月何曾是两乡
穿上防护服 便是英勇冲锋的战士
披上白大褂 就是治病救人的天使
西安国际医学中心医院
XI'AN INTERNATIONAL MEDICAL CENTER HOSPITAL

佑护无法衡量的价值
国际医学
战疫英雄
何 宁
愿岁月安好 山河无恙
西安国际医学中心医院
XI'AN INTERNATIONAL MEDICAL CENTER HOSPITAL

佑护无法衡量的价值
国际医学
战疫英雄
何 莎
打败疫情是我们医护人员的职责
国际医学加油 武汉加油 中国加油
西安国际医学中心医院
XI'AN INTERNATIONAL MEDICAL CENTER HOSPITAL

佑护无法衡量的价值
国际医学
战疫英雄
贺 焕
坦诚做人 踏实做事
珍惜生命 善待他人 真诚服务
西安国际医学中心医院

佑护无法衡量的价值
国际医学
战疫英雄
贺西京
随时待命 战之必胜 定显医生本色
西安国际医学中心医院

佑护无法衡量的价值
国际医学
战疫英雄
胡冠鑫
愿山河无恙 人间皆安
西安国际医学中心医院

佑护无法衡量的价值
国际医学
战疫英雄
胡 婷
这样一次经历 让我更加喜欢自己的职业 用专业的技术 实践救死扶伤的使命
西安国际医学高新医院
XI'AN INTERNATIONAL MEDICAL GAOXIN HOSPITAL

佑护无法衡量的价值
国际医学
战疫英雄
黄德玉
逆行中的白衣天使
西安国际医学中心医院

佑护无法衡量的价值
国际医学
战疫英雄
黄 伟
使命降临 请战支援
战役必胜 中国加油
西安国际医学中心医院

佑护无法衡量的价值
国际医学
战疫英雄
黄 艳
疫情一线 大爱无疆
西安国际医学中心医院
XI AN INTERNATIONAL MEDICAL CENTER HOSPITAL

佑护无法衡量的价值
国际医学
战疫英雄
惠 楠
春已至 花已开 愿山河无恙 你我皆安
西安国际医学中心医院
XI AN INTERNATIONAL MEDICAL CENTER HOSPITAL

佑护无法衡量的价值
国际医学
战疫英雄
护士
霍 双
救治生命 坚守一线 遏制疫情 我们一定赢
西安国际医学中心医院
XI AN INTERNATIONAL MEDICAL CENTER HOSPITAL

佑护无法衡量的价值
国际医学
战疫英雄
贾晓鹏
武汉加油 中国必胜
西安国际医学中心医院
XI'AN INTERNATIONAL MEDICAL CENTER HOSPITAL

佑护无法衡量的价值
国际医学
战疫英雄
贾雪
我只是做了一个重症医生该做的
西安国际医学高新医院
XI'AN INTERNATIONAL MEDICAL GAOXIN HOSPITAL

佑护无法衡量的价值
国际医学
战疫英雄
贾战生
驰援武汉新冠疫情防控使命所然
突发传染病防控体系建设任重道远
西安国际医学中心医院
XI'AN INTERNATIONAL MEDICAL CENTER HOSPITAL

佑护无法衡量的价值
国际医学
战疫英雄
姜梦园
或许我很渺小 但我也绝对不退
西安国际医学中心医院
XI'AN INTERNATIONAL MEDICAL CENTER HOSPITAL

佑护无法衡量的价值
国际医学
战疫英雄
姜鹏
为医无悔 援汉无憾
西安国际医学中心医院
XI'AN INTERNATIONAL MEDICAL CENTER HOSPITAL

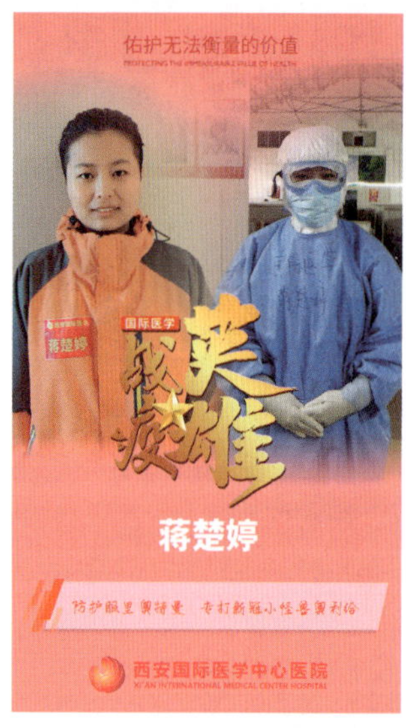
佑护无法衡量的价值
国际医学
战疫英雄
蒋楚婷
西安国际医学中心医院
XI'AN INTERNATIONAL MEDICAL CENTER HOSPITAL

佑护无法衡量的价值
国际医学
战疫英雄
蒋涛
任何困难都难不倒中国人
民 我是中国人 我骄傲
西安国际医学高新医院
XI'AN INTERNATIONAL MEDICAL GAOXIN HOSPITAL

佑护无法衡量的价值
国际医学
战疫英雄
蒋文娟
心存美好 终将走过寒冬 春回人家
西安国际医学中心医院
XI'AN INTERNATIONAL MEDICAL CENTER HOSPITAL

佑护无法衡量的价值
西安国际
陕西省医疗队
医用物资
国际医学
战疫英雄
焦海岗
天佑中华 众志成城 共渡难关
西安国际医学中心医院
XI'AN INTERNATIONAL MEDICAL CENTER HOSPITAL

佑护无法衡量的价值
国际医学
战疫英雄
焦婷婷
身披战袍 无怨无悔
西安国际医学中心医院

佑护无法衡量的价值
国际医学
战疫英雄
解美玲
生命诚可贵 共抗疫情 共进退
西安国际医学中心医院

佑护无法衡量的价值
国际医学
战疫英雄
靳俊功
践行医者誓言 实现人生价值
西安国际医学中心医院

佑护无法衡量的价值
国际医学
战疫英雄
康 菲
等乌云散开 一起看浪漫樱花
西安国际医学中心医院

佑护无法衡量的价值
国际医学
战疫英雄
康荣
愿山河无恙 人间安好
西安国际医学高新医院
XI'AN INTERNATIONAL MEDICAL GAOXIN HOSPITAL

佑护无法衡量的价值
国际医学
战疫英雄
雷佳妮
只愿疫情过后 春暖花开 国泰民安
西安国际医学中心医院

佑护无法衡量的价值
国际医学
战疫英雄
李 斌
用心做事 问心无愧
西安国际医学中心医院

佑护无法衡量的价值
国际医学
战疫英雄
李 程
风雨同心 我们安危与共
西安国际医学中心医院

佑护无法衡量的价值
国际医学
战疫英雄
李 聪
愿历此坎坷 山河可无恙 人间皆可安
西安国际医学中心医院

佑护无法衡量的价值
国际医学
战疫英雄
李 聪
愿药榭生尘 无疾人间
西安国际医学中心医院

佑护无法衡量的价值
国际医学
战疫英雄
李方方
作为一名医务人员 在国家危难
时能够走到一线 我无比自豪
西安国际医学高新医院

佑护无法衡量的价值
国际医学
战疫英雄
李飞妮
我在这个特殊时期收获了人生中最宝贵
的财富 这段记忆将陪伴我的一生
西安国际医学中心医院

佑护无法衡量的价值
国际医学
战疫英雄
李国才
医者担当 无惧无悔
西安国际医学中心医院

佑护无法衡量的价值
国际医学
战疫英雄
李欢欢
坚定信念上战场 不除病毒誓不归
西安国际医学中心医院

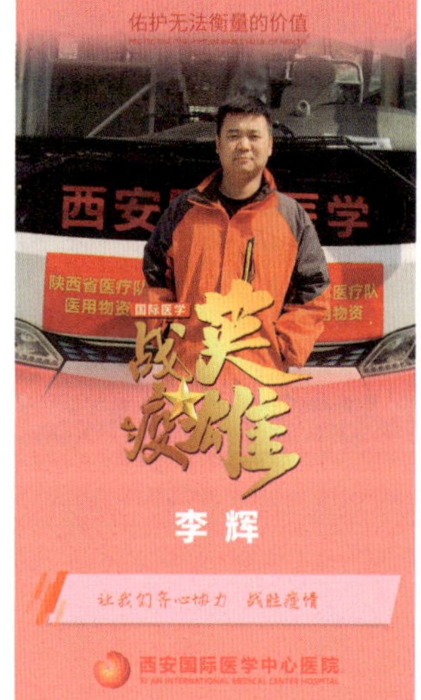
佑护无法衡量的价值
国际医学
战疫英雄
李 辉
让我们齐心协力 战胜疫情
西安国际医学中心医院

佑护无法衡量的价值
国际医学
战疫英雄
李金金
仁爱之心最美丽 胜过樱花落满地
西安国际医学中心医院

佑护无法衡量的价值
国际医学
战疫英雄
李 晶
没有一个冬天不可逾越
没有一个春天不会来临
西安国际医学中心医院

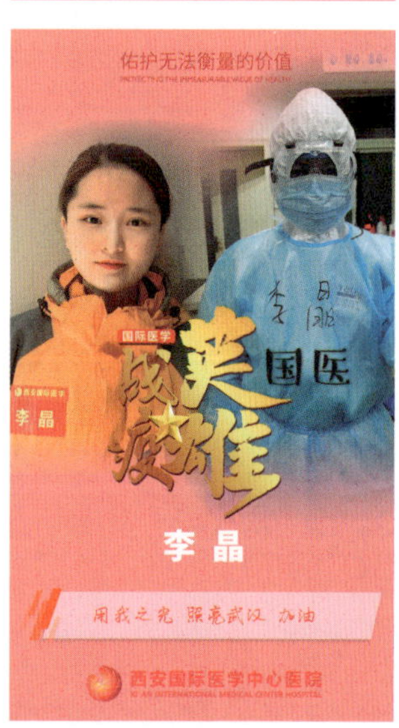
佑护无法衡量的价值
国际医学
战疫英雄
李 晶
用我之光 照亮武汉 加油
西安国际医学中心医院

佑护无法衡量的价值
国际医学
战疫英雄
李军
同舟共济 共渡难关
西安国际医学中心医院

佑护无法衡量的价值
国际医学
战疫英雄
李倩
穿上这一身白衣
我们就是战场上一往无前的战士
西安国际医学中心医院

佑护无法衡量的价值
国际医学
战疫英雄
李世龙
我将继续保持高昂斗志 全力以赴
救治病患 彰显医者仁心的奉献精神
西安国际医学中心医院

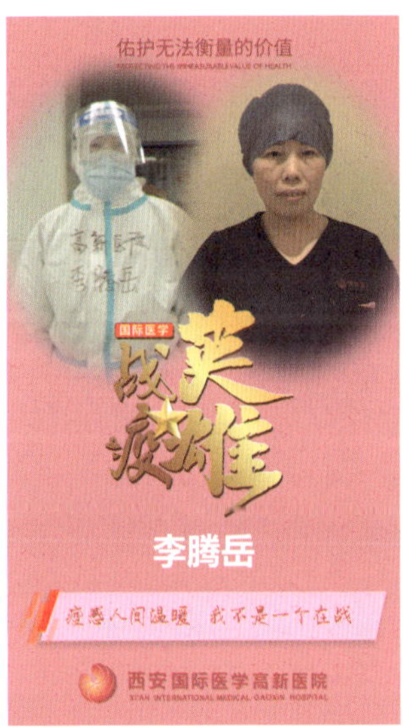
佑护无法衡量的价值
国际医学
战疫英雄
李腾岳
痊愈人间温暖 我不是一个在战
西安国际医学高新医院

佑护无法衡量的价值
国际医学
战疫英雄
李铁柱
武汉抗疫 我义无反顾 疫情不除 我不退
西安国际医学中心医院

佑护无法衡量的价值
国际医学
战疫英雄
李彤
风华绰绰 你落落大方
家国有难 你迎难而上
西安国际医学中心医院

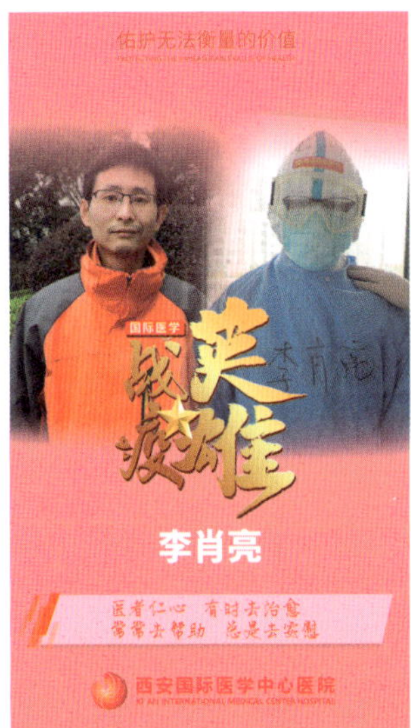
佑护无法衡量的价值
国际医学
战疫英雄
李肖亮
医者仁心 有时去治愈
常常去帮助 总是去安慰
西安国际医学中心医院

佑护无法衡量的价值
国际医学
战疫英雄
李欣
负重前行 我们坚守希望
西安国际医学中心医院

佑护无法衡量的价值
国际医学
战疫英雄
李妍
负重前行 我们坚守希望
西安国际医学中心医院

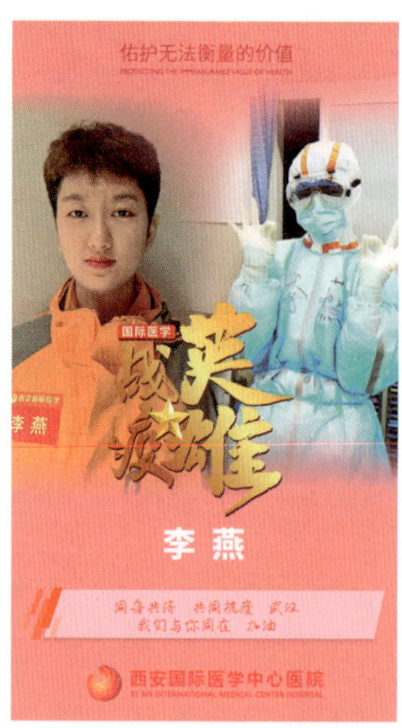
佑护无法衡量的价值
PROTECTING THE IMMEASURABLE VALUE OF HEALTH
国际医学
战疫英雄
李燕
同舟共济 共同抗疫 武汉
我们与你同在 加油
西安国际医学中心医院
XI'AN INTERNATIONAL MEDICAL CENTER HOSPITAL

佑护无法衡量的价值
PROTECTING THE IMMEASURABLE VALUE OF HEALTH
国际医学
战疫英雄
李一鸣
心怀天下 大爱无疆
西安国际医学中心医院
XI'AN INTERNATIONAL MEDICAL CENTER HOSPITAL

佑护无法衡量的价值
PROTECTING THE IMMEASURABLE VALUE OF HEALTH
国际医学
战疫英雄
李昭
若有战 召必回 战必胜
西安国际医学中心医院
XI'AN INTERNATIONAL MEDICAL CENTER HOSPITAL

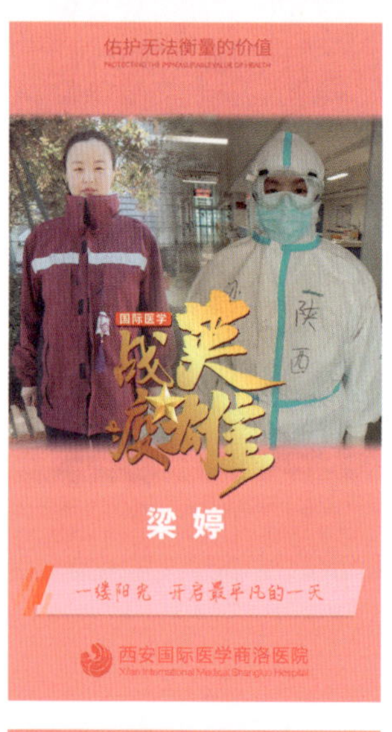
佑护无法衡量的价值
PROTECTING THE IMMEASURABLE VALUE OF HEALTH
陕西
国际医学
战疫英雄
梁婷
一缕阳光 开启最平凡的一天
西安国际医学商洛医院
Xi'an International Medical Shangluo Hospital

佑护无法衡量的价值
PROTECTING THE IMMEASURABLE VALUE OF HEALTH
国际医学
战疫英雄
梁颖
我们带着责任来 带着使命来
我们更要带着荣誉回去 带着胜利回去
西安国际医学中心医院
XI'AN INTERNATIONAL MEDICAL CENTER HOSPITAL

佑护无法衡量的价值
PROTECTING THE IMMEASURABLE VALUE OF HEALTH
国际医学
战疫英雄
廖建军
抗疫情 无畏惧
为恢复百姓健康生活而战
西安国际医学中心医院
XI'AN INTERNATIONAL MEDICAL CENTER HOSPITAL

佑护无法衡量的价值
PROTECTING THE IMMEASURABLE VALUE OF HEALTH
国际医学
战疫英雄
蔺卫龙
不管前方怎么艰险 为了同胞
我将义无反顾往前走
西安国际医学中心医院
XI'AN INTERNATIONAL MEDICAL CENTER HOSPITAL

佑护无法衡量的价值
PROTECTING THE IMMEASURABLE VALUE OF HEALTH
国际医学
战疫英雄
刘冰
抗"疫"当前 科学防控 感控先行 过程与细节并重
时刻守护医护人员安全是"感控人"的使命和担当
西安国际医学中心医院
XI'AN INTERNATIONAL MEDICAL CENTER HOSPITAL

佑护无法衡量的价值
PROTECTING THE IMMEASURABLE VALUE OF HEALTH
国际医学
战疫英雄
刘芳
看到病人期盼的目光和出院时难以抑制的兴奋 再怎么疼 再怎么难受 都是值得的
西安国际医学中心医院
XI'AN INTERNATIONAL MEDICAL CENTER HOSPITAL

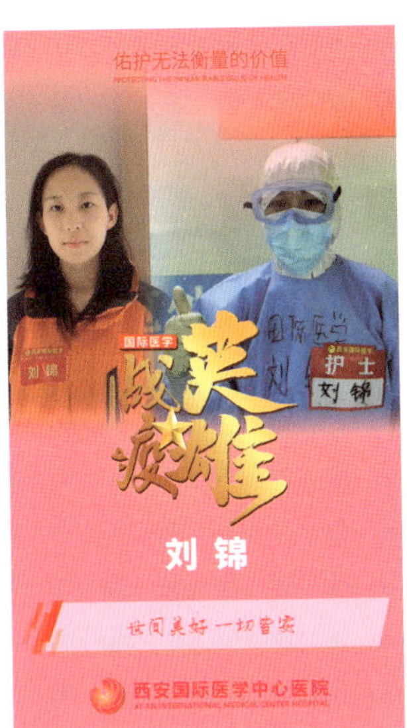
佑护无法衡量的价值
国际医学
战疫英雄
刘锦
世间美好 一切皆安
西安国际医学中心医院

佑护无法衡量的价值
国际医学
战疫英雄
刘娟
感谢每一个能够配合隔离防护的人员 是大家的坚持 我们的战斗才能胜利
西安国际医学高新医院
XI'AN INTERNATIONAL MEDICAL GAOXIN HOSPITAL

佑护无法衡量的价值
国际医学
战疫英雄
刘苗
万物更新 万事胜意 继续成长
西安国际医学中心医院

佑护无法衡量的价值
国际医学
战疫英雄
刘瑞
照顾好每位患者 是我们护士的责任
西安国际医学中心医院

佑护无法衡量的价值
国际医学
战疫英雄
刘树松
穿上这身白大褂 这就是使命 这就是责任 这次抗疫之行 疫情不灭 我们不归
西安国际医学中心医院

佑护无法衡量的价值
国际医学
战疫英雄
刘思杨
在天最最最黑的时候 就是天亮的时候 因为黑的尽头就是光
西安国际医学中心医院

佑护无法衡量的价值
国际医学
战疫英雄
刘婷
春回大地 万物复苏 等我回家
西安国际医学高新医院
XI'AN INTERNATIONAL MEDICAL GAOXIN HOSPITAL

佑护无法衡量的价值
国际医学
战疫英雄
刘弯弯
抗击疫情 没有旁观者 作为中华民族的一分子 我们只是做点自己应该做的
西安国际医学中心医院

佑护无法衡量的价值
国际医学
战疫英雄
刘文娟
点燃爱的希望 同样照亮自己前行的路
西安国际医学中心医院

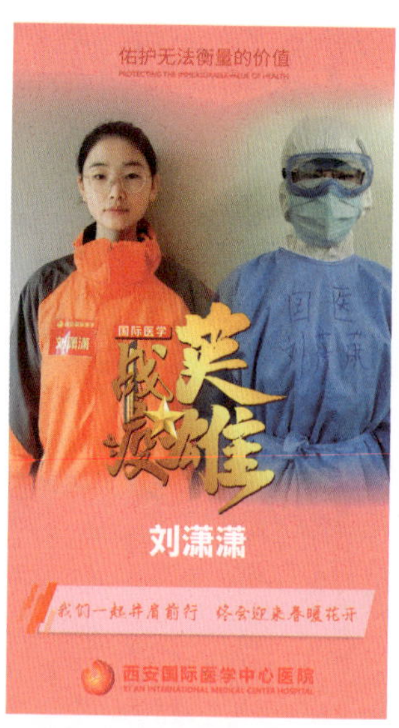
佑护无法衡量的价值
国际医学
战疫英雄
刘潇潇
我们一起并肩前行 终会迎来春暖花开
西安国际医学中心医院
XI'AN INTERNATIONAL MEDICAL CENTER HOSPITAL

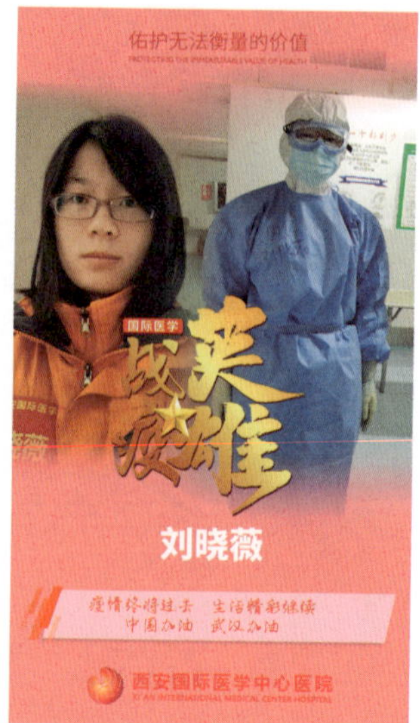
佑护无法衡量的价值
国际医学
战疫英雄
刘晓薇
疫情终将过去 生活精彩继续
中国加油 武汉加油
西安国际医学中心医院
XI'AN INTERNATIONAL MEDICAL CENTER HOSPITAL

佑护无法衡量的价值
国际医学
战疫英雄
刘祎
祖国强大 人民团结 华夏儿女有担当 此生无悔入华夏 来世还做中国人
西安国际医学高新医院
XI'AN INTERNATIONAL MEDICAL GAOXIN HOSPITAL

佑护无法衡量的价值
国际医学
战疫英雄
刘永平
医生职责重托 战胜疫情 国泰民安
西安国际医学中心医院
XI'AN INTERNATIONAL MEDICAL CENTER HOSPITAL

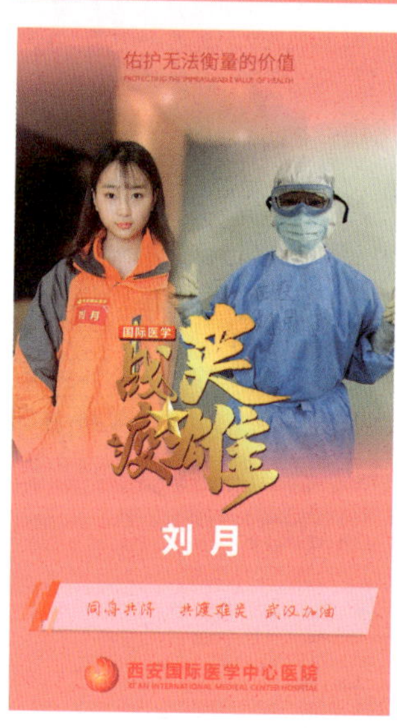
佑护无法衡量的价值
国际医学
战疫英雄
刘月
同舟共济 共渡难关 武汉加油
西安国际医学中心医院
XI'AN INTERNATIONAL MEDICAL CENTER HOSPITAL

佑护无法衡量的价值
国际医学
战疫英雄
刘志宏
魑魅魍魉何所惧 医护携手铸长城
西安国际医学中心医院
XI'AN INTERNATIONAL MEDICAL CENTER HOSPITAL

佑护无法衡量的价值
国际医学
战疫英雄
柳小莉
不负韶华不负心 勠力同心抗疫情
敬佑生命 甘于奉献
西安国际医学中心医院
XI'AN INTERNATIONAL MEDICAL CENTER HOSPITAL

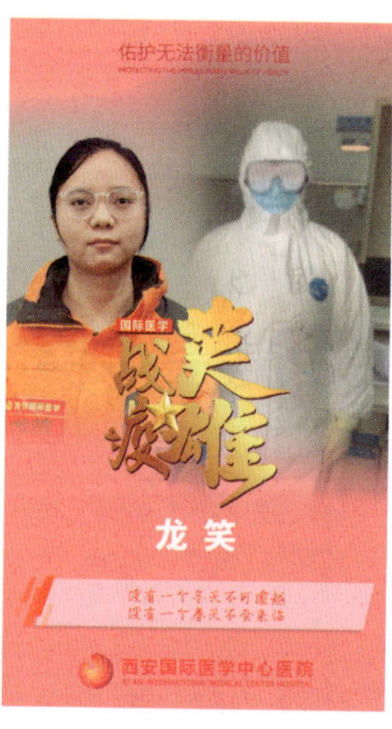
佑护无法衡量的价值
国际医学
战疫英雄
龙笑
没有一个冬天不可逾越
没有一个春天不会来临
西安国际医学中心医院
XI'AN INTERNATIONAL MEDICAL CENTER HOSPITAL

佑护无法衡量的价值
卢茹芸
国际医学
战疫英雄
卢茹芸
我们是白衣战士 必须往前冲
西安国际医学中心医院
XI'AN INTERNATIONAL MEDICAL CENTER HOSPITAL

佑护无法衡量的价值
国际医学
战疫英雄
芦镜镜
冬天终将过去 那真正温暖的春天也一定如约而至
西安国际医学中心医院

佑护无法衡量的价值
医生
国际医学
战疫英雄
鲁宏斌
武汉加油 中国必胜
疫情不止 我们不退
西安国际医学中心医院

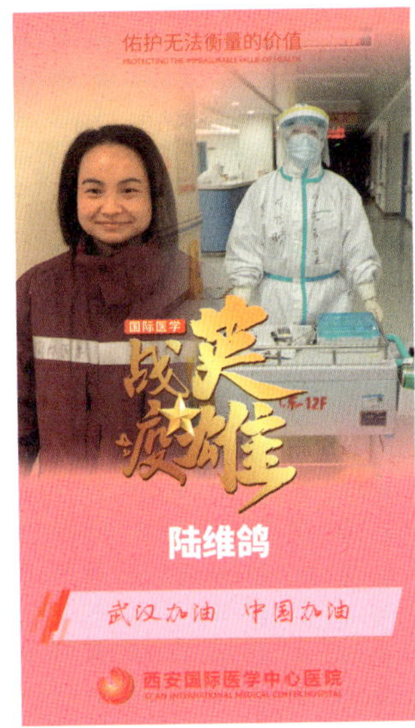
佑护无法衡量的价值
国际医学
战疫英雄
陆维鸽
武汉加油 中国加油
西安国际医学中心医院

佑护无法衡量的价值
国际医学
战疫英雄
鹿 敏
以人为本 以德为先
以家为根 以梦为源
西安国际医学高新医院
XI'AN INTERNATIONAL MEDICAL GAOXIN HOSPITAL

佑护无法衡量的价值
国际医学
战疫英雄
鹿岁岁
爱和希望比病毒蔓延的更快
武汉别慌 我们等你
西安国际医学中心医院

佑护无法衡量的价值
国际医学
战疫英雄
罗 威
寒冬已去 曙光在即
西安国际医学中心医院

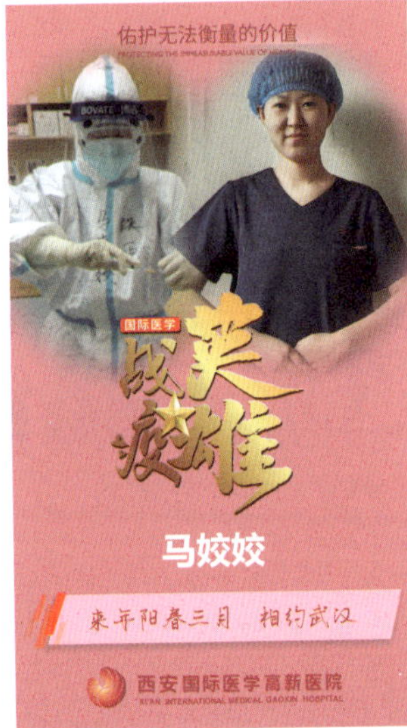
佑护无法衡量的价值
国际医学
战疫英雄
马姣姣
来年阳春三月 相约武汉
西安国际医学高新医院
XI'AN INTERNATIONAL MEDICAL GAOXIN HOSPITAL

佑护无法衡量的价值
国际医学
战疫英雄
马 骏
出征战"疫" 青春无悔
西安国际医学高新医院
XI'AN INTERNATIONAL MEDICAL GAOXIN HOSPITAL

佑护无法衡量的价值
国际医学
战疫英雄
马乔璐
拯救生命 我们责无旁贷
西安国际医学中心医院

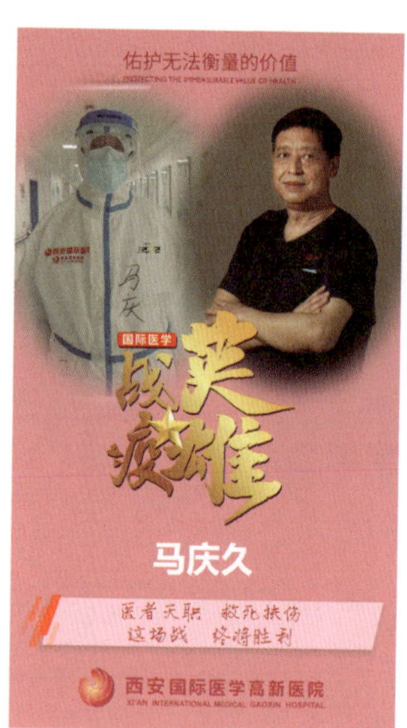

佑护无法衡量的价值
PROTECTING THE IMMEASURABLE VALUE OF HEALTH
国际医学
战疫英雄
马庆久
医者天职 救死扶伤
这场战 终将胜利
西安国际医学高新医院
XI'AN INTERNATIONAL MEDICAL GAOXIN HOSPITAL

佑护无法衡量的价值
PROTECTING THE IMMEASURABLE VALUE OF HEALTH
国际医学
战疫英雄
马 炜
爱和希望 比病情蔓延得更快
每一种爱 都刻进武汉心脏
西安国际医学中心医院
XI'AN INTERNATIONAL MEDICAL CENTER HOSPITAL

佑护无法衡量的价值
PROTECTING THE IMMEASURABLE VALUE OF HEALTH
国际医学
战疫英雄
马稳婕
只是做了我的职业应该做的事情
西安国际医学高新医院
XI'AN INTERNATIONAL MEDICAL GAOXIN HOSPITAL

佑护无法衡量的价值
PROTECTING THE IMMEASURABLE VALUE OF HEALTH
国际医学
战疫英雄
马筱茜
医护之责 义不容辞
西安国际医学中心医院
XI'AN INTERNATIONAL MEDICAL CENTER HOSPITAL

佑护无法衡量的价值
PROTECTING THE IMMEASURABLE VALUE OF HEALTH
马亚妮
国际医学
战疫英雄
马亚妮
作为一名护士 防控抗疫 是我职责所在
西安国际医学中心医院
XI'AN INTERNATIONAL MEDICAL CENTER HOSPITAL

佑护无法衡量的价值
PROTECTING THE IMMEASURABLE VALUE OF HEALTH
国际医学
战疫英雄
毛金莲
做好督导排头兵 护我战友安返家
西安国际医学中心医院
XI'AN INTERNATIONAL MEDICAL CENTER HOSPITAL

佑护无法衡量的价值
PROTECTING THE IMMEASURABLE VALUE OF HEALTH
国际医学
战疫英雄
门领航
能够保护别人 我非常自豪
西安国际医学高新医院
XI'AN INTERNATIONAL MEDICAL GAOXIN HOSPITAL

佑护无法衡量的价值
PROTECTING THE IMMEASURABLE VALUE OF HEALTH
国际医学
战疫英雄
孟娟娟
有国才有家 保卫祖国义不容辞
西安国际医学中心医院
XI'AN INTERNATIONAL MEDICAL CENTER HOSPITAL

佑护无法衡量的价值
PROTECTING THE IMMEASURABLE VALUE OF HEALTH
国际医学
战疫英雄
慕甜甜
别人都说我们是英雄 我觉得不是
我们只是在做我们应该做的
西安国际医学中心医院
XI'AN INTERNATIONAL MEDICAL CENTER HOSPITAL

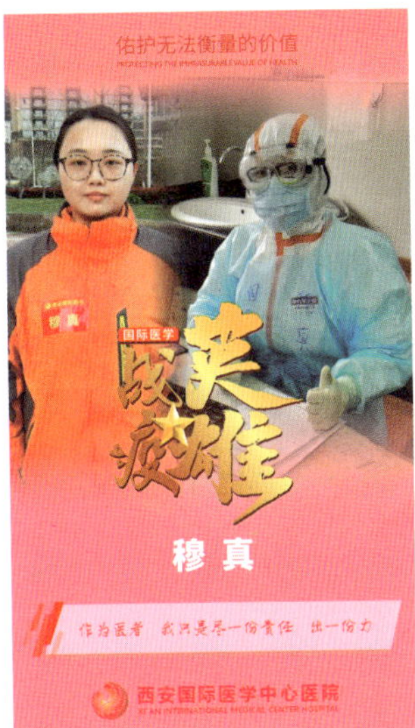
佑护无法衡量的价值
国际医学
战疫英雄
穆 真
作为医者 武汉是尽一份责任 出一份力
西安国际医学中心医院

佑护无法衡量的价值
国际医学
战疫英雄
倪晓慧
铿锵玫瑰 铁骨柔情
西安国际医学中心医院

佑护无法衡量的价值
国际医学
战疫英雄
潘 婷
众志成城 抗击疫情
西安国际医学中心医院

佑护无法衡量的价值
PROTECTING THE IMMEASURABLE VALUE OF HEALTH
国际医学
战疫英雄
庞 冲
吃个火锅 撸个烤串
好好压压大西安的马路
西安国际医学高新医院
XI'AN INTERNATIONAL MEDICAL GAOXIN HOSPITAL

佑护无法衡量的价值
国际医学
战疫英雄
彭艳艳
微光汇聚 让爱同行
西安国际医学商洛医院

佑护无法衡量的价值
国际医学
战疫英雄
千 瑶
抗击疫情 众志成城
西安国际医学中心医院

佑护无法衡量的价值
国际医学
战疫英雄
强燕燕
又是一身白衣 堪比铠甲勇士 进行抗疫之战
西安国际医学中心医院

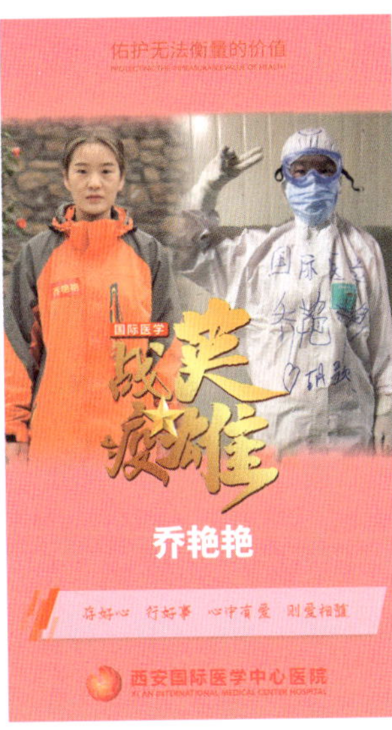
佑护无法衡量的价值
国际医学
战疫英雄
乔艳艳
存好心 行好事 心中有爱 则爱相随
西安国际医学中心医院

佑护无法衡量的价值
国际医学
战疫英雄
秦小波
武汉的阳光格外的温暖
相信我们很快就会战胜疫情
西安国际医学高新医院
XI'AN INTERNATIONAL MEDICAL GAOXIN HOSPITAL

佑护无法衡量的价值
国际医学
战疫英雄
秦伊会
人心齐 泰山移 团结的
力量 在疫情面前才会深知
西安国际医学高新医院
XI'AN INTERNATIONAL MEDICAL GAOXIN HOSPITAL

佑护无法衡量的价值
国际医学
战疫英雄
秦艳妮
时间就是生命 与时间赛跑
拼力向死神抢回同胞的生命
西安国际医学中心医院
XI'AN INTERNATIONAL MEDICAL CENTER HOSPITAL

佑护无法衡量的价值
国际医学
战疫英雄
邱 珂
祈福武汉 中国加油
西安国际医学中心医院
XI'AN INTERNATIONAL MEDICAL CENTER HOSPITAL

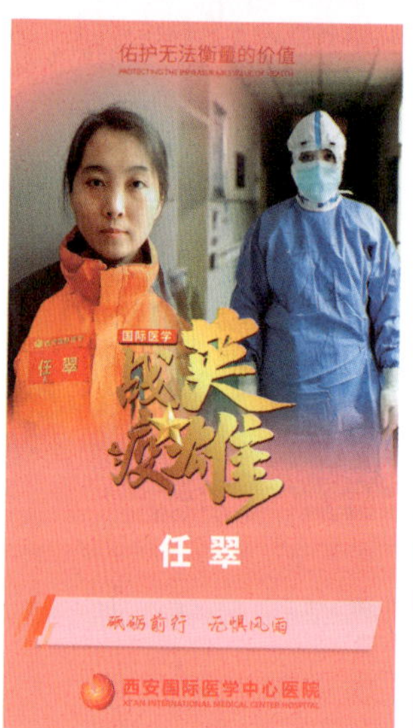
佑护无法衡量的价值
国际医学
战疫英雄
任 翠
砥砺前行 无惧风雨
西安国际医学中心医院
XI'AN INTERNATIONAL MEDICAL CENTER HOSPITAL

佑护无法衡量的价值
国际医学
战疫英雄
任佳荣
惊涛骇浪 方显英雄本色
历经山河 仍觉人间值得
西安国际医学中心医院
XI'AN INTERNATIONAL MEDICAL CENTER HOSPITAL

佑护无法衡量的价值
国际医学
战疫英雄
任凯丽
弯弓征战作男儿 梦里曾经与画眉
西安国际医学中心医院
XI'AN INTERNATIONAL MEDICAL CENTER HOSPITAL

佑护无法衡量的价值
国际医学
战疫英雄
任曼曼
疫情就是命令 逆行就是责任
西安国际医学中心医院
XI'AN INTERNATIONAL MEDICAL CENTER HOSPITAL

佑护无法衡量的价值
国际医学
战疫英雄
商江丽
勇敢是泪水刻面对 幸福是陌生刻触感
西安国际医学中心医院
XI'AN INTERNATIONAL MEDICAL CENTER HOSPITAL

佑护无法衡量的价值
国际医学
战疫英雄
商妙维
希望疫情早点结束
特别特别想我的小宝贝
西安国际医学高新医院
XI'AN INTERNATIONAL MEDICAL GAOXIN HOSPITAL

佑护无法衡量的价值
国际医学
战疫英雄
申冬青
战役面前 义不容辞
奋战一线 守护生命
西安国际医学高新医院

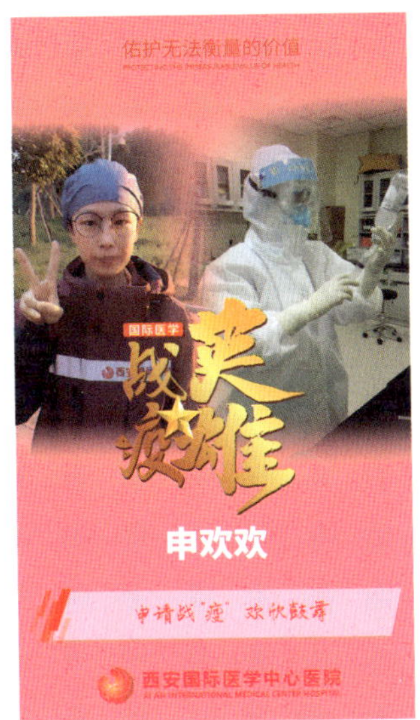
佑护无法衡量的价值
国际医学
战疫英雄
申欢欢
申请战"疫" 欢欣鼓舞
西安国际医学中心医院

佑护无法衡量的价值
国际医学
战疫英雄
史金平
未曾见过樱花 却做了最美的白衣
西安国际医学中心医院

佑护无法衡量的价值
国医
史璐
国际医学
战疫英雄
史 璐
疫情就是命令 病房就是战场
不获全胜绝不轻言成功
西安国际医学中心医院

佑护无法衡量的价值
国际医学
战疫英雄
孙成波
每个人的眼里都写满了故事 待抗疫结束
我们去聆听每一位英雄的故事 加油
西安国际医学中心医院

佑护无法衡量的价值
国际医学
战疫英雄
孙 欢
有疫必战 义无反顾
西安国际医学中心医院

佑护无法衡量的价值
国际医学
战疫英雄
孙小双
万众一心 共抗疫情 加油加油
西安国际医学中心医院

佑护无法衡量的价值
国际医学
战疫英雄
孙小燕
期待来年春天相约武汉
西安国际医学高新医院

佑护无法衡量的价值
国际医学
战疫英雄
唐翠萍
尽为医者之所能 胜无硝烟之战争
西安国际医学中心医院

佑护无法衡量的价值
国际医学
战疫英雄
唐娜
抗疫路上 我们一直在努力
西安国际医学中心医院

佑护无法衡量的价值
国际医学
战疫英雄
唐瑞星
当寒风遇见暖阳 一切终会好起来
西安国际医学中心医院

佑护无法衡量的价值
国际医学
战疫英雄
田丽萍
有爱才有家
西安国际医学高新医院

佑护无法衡量的价值
国际医学
战疫英雄
田茜
愿历次坎坷 山河可无恙 人间皆可安
西安国际医学高新医院
XI'AN INTERNATIONAL MEDICAL GAOXIN HOSPITAL

佑护无法衡量的价值
国际医学
战疫英雄
田甜
春暖花开 山河无恙
你来西安 我去武汉
西安国际医学高新医院

佑护无法衡量的价值
国际医学
战疫英雄
弯贝贝
坚定信心 同舟共济 战胜疫情
西安国际医学中心医院

佑护无法衡量的价值
国际医学
战疫英雄
万小翠
病毒无情 人间有爱
中国加油 武汉加油
西安国际医学中心医院

佑护无法衡量的价值
国际医学
战疫英雄
万珍妮
只争朝夕不负韶华
西安国际医学中心医院

佑护无法衡量的价值
国际医学
战疫英雄
汪倩
逆风的方向 更适合飞翔
西安国际医学高新医院

佑护无法衡量的价值
国际医学
战疫英雄
汪兴辉
有问题 找后勤 珍惜每一次服务 一次做好
西安国际医学中心医院

佑护无法衡量的价值
国际医学
战疫英雄
汪娅莉
作为中医人 三指切六脉
中西医结合 扶正兼祛邪
西安国际医学中心医院

佑护无法衡量的价值
国际医学
战疫英雄
王飙落
我必须把他们平平安安一个不少的带回来
西安国际医学中心医院

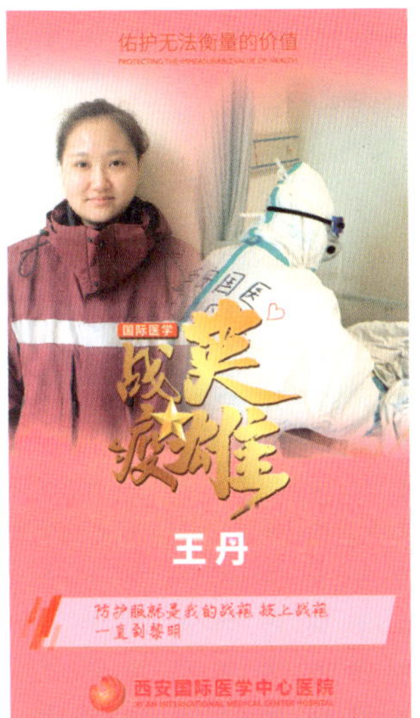
佑护无法衡量的价值
国际医学
战疫英雄
王丹
防护服就是我的战袍 披上战袍
一直到黎明
西安国际医学中心医院

佑护无法衡量的价值
国际医学
战疫英雄
王飞
提枪越马 疫情不退 我们不退
西安国际医学高新医院

佑护无法衡量的价值
国际医学
战疫英雄
王海昌
我们不怕辛苦 我们不怕危险 就是死
也要站着死
西安国际医学中心医院

佑护无法衡量的价值
国际医学
战疫英雄
王辉
生活就像海洋
只有意志坚强的人 才能到达彼岸
西安国际医学中心医院

佑护无法衡量的价值
国际医学
战疫英雄
王吉
冬可尽 春可期 愿山河无恙 岁月安康
西安国际医学中心医院

佑护无法衡量的价值
国际医学
战疫英雄
王健
救死扶伤 义不容辞
西安国际医学中心医院

佑护无法衡量的价值
PROTECTING THE IMMEASURABLE VALUE OF HEALTH
国际医学
战疫英雄
王姣姣
作为一名医务工作者 西安国际医学中心医院的一份子 我骄傲我能奔赴战场
西安国际医学中心医院
XI'AN INTERNATIONAL MEDICAL CENTER HOSPITAL

佑护无法衡量的价值
PROTECTING THE IMMEASURABLE VALUE OF HEALTH
国际医学
战疫英雄
王 晶
爱我所爱 行我所行
西安国际医学中心医院
XI'AN INTERNATIONAL MEDICAL CENTER HOSPITAL

佑护无法衡量的价值
PROTECTING THE IMMEASURABLE VALUE OF HEALTH
国际医学
战疫英雄
王晶晶
待我长发及腰
我们再相约武汉看樱花
西安国际医学高新医院
XI'AN INTERNATIONAL MEDICAL GAOXIN HOSPITAL

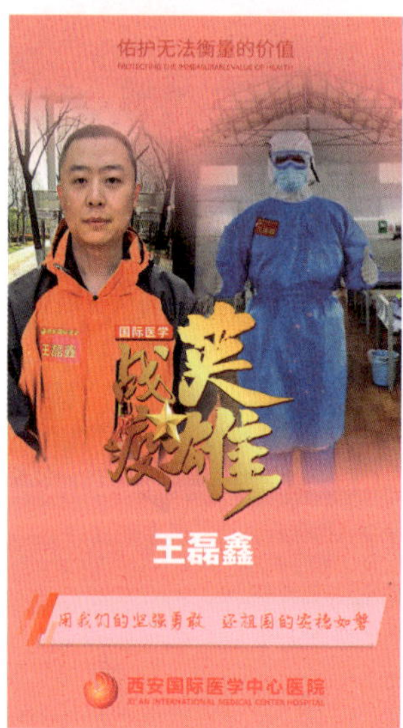
佑护无法衡量的价值
PROTECTING THE IMMEASURABLE VALUE OF HEALTH
国际医学
战疫英雄
王磊鑫
用我们的坚强勇敢 还祖国的安稳如磐
西安国际医学中心医院
XI'AN INTERNATIONAL MEDICAL CENTER HOSPITAL

佑护无法衡量的价值
PROTECTING THE IMMEASURABLE VALUE OF HEALTH
国际医学
战疫英雄
王丽萍
祝愿祖国繁荣昌盛 国泰民安
西安国际医学高新医院
XI'AN INTERNATIONAL MEDICAL GAOXIN HOSPITAL

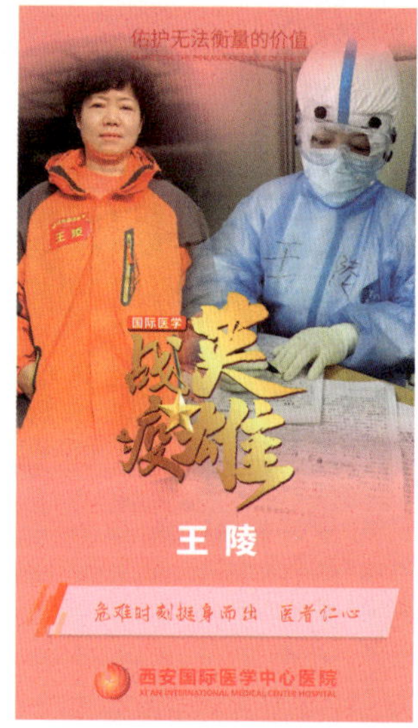
佑护无法衡量的价值
国际医学
战疫英雄
王 陵
危难时刻挺身而出 医者仁心
西安国际医学中心医院
XI'AN INTERNATIONAL MEDICAL CENTER HOSPITAL

佑护无法衡量的价值
PROTECTING THE IMMEASURABLE VALUE OF HEALTH
国际医学
战疫英雄
王忙忙
定格我的青春 融进国家需要
西安国际医学中心医院
XI'AN INTERNATIONAL MEDICAL CENTER HOSPITAL

佑护无法衡量的价值
PROTECTING THE IMMEASURABLE VALUE OF HEALTH
国际医学
战疫英雄
王明艳
守护你们的安全 修筑疫情的壁垒
西安国际医学中心医院
XI'AN INTERNATIONAL MEDICAL CENTER HOSPITAL

佑护无法衡量的价值
国际医学
战疫英雄
王 琦
驰援荆楚 凯旋
西安国际医学高新医院
XI'AN INTERNATIONAL MEDICAL GAOXIN HOSPITAL

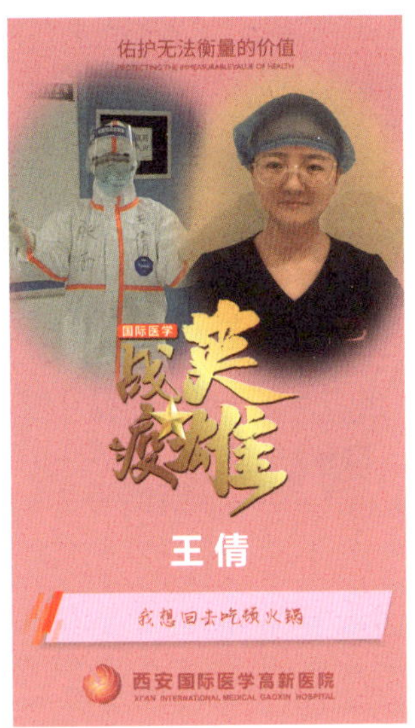
佑护无法衡量的价值
国际医学
战疫英雄
王 倩
我想回去吃顿火锅
西安国际医学高新医院
XI'AN INTERNATIONAL MEDICAL GAOXIN HOSPITAL

佑护无法衡量的价值
国际医学
战疫英雄
王侨侨
爱和希望比病毒蔓延得更快 武汉莫慌
我们陪你
西安国际医学中心医院

佑护无法衡量的价值
国际医学
战疫英雄
王 瑞
一群人 一条路 坚持一起走下去
武汉加油 中国加油
西安国际医学中心医院

佑护无法衡量的价值
国际医学
战疫英雄
王 朔
为了我们的梦想坚定信心
无悔于我们的青春
西安国际医学中心医院

佑护无法衡量的价值
国际医学
战疫英雄
王 伟
齐心协力共渡难关 早日战胜疫情
武汉加油 中国加油
西安国际医学中心医院

佑护无法衡量的价值
国际医学
战疫英雄
王香茹
今天也是阳光明媚的一天
冬去春至 苦尽甘来
西安国际医学中心医院

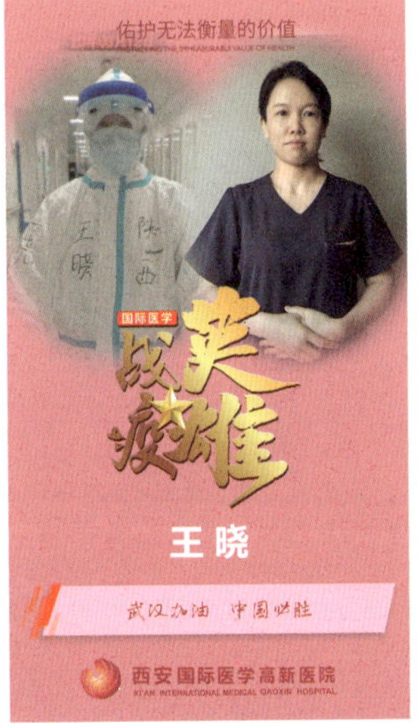
佑护无法衡量的价值
国际医学
战疫英雄
王 晓
武汉加油 中国必胜
西安国际医学高新医院
XI'AN INTERNATIONAL MEDICAL GAOXIN HOSPITAL

佑护无法衡量的价值
国际医学
战疫英雄
王晓菊
我祈愿我的祖国山河无恙故人皆平安
西安国际医学高新医院
XI'AN INTERNATIONAL MEDICAL GAOXIN HOSPITAL

佑护无法衡量的价值
国际医学
战疫英雄
王 艳
风雨经过 彩虹相约
西安国际医学中心医院

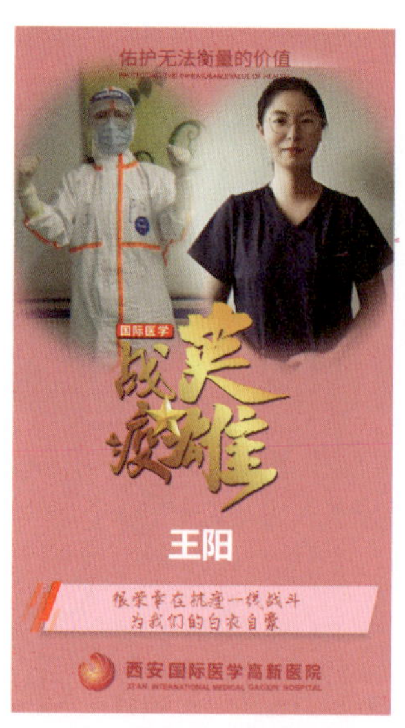

佑护无法衡量的价值
国际医学
战疫英雄
王阳
很荣幸在抗疫一线战斗
为我们的白衣自豪
西安国际医学高新医院
XI'AN INTERNATIONAL MEDICAL GAOXIN HOSPITAL

佑护无法衡量的价值
国际医学
战疫英雄
王 莹
好事总会发生在下一个转弯
西安国际医学中心医院
XI'AN INTERNATIONAL MEDICAL CENTER HOSPITAL

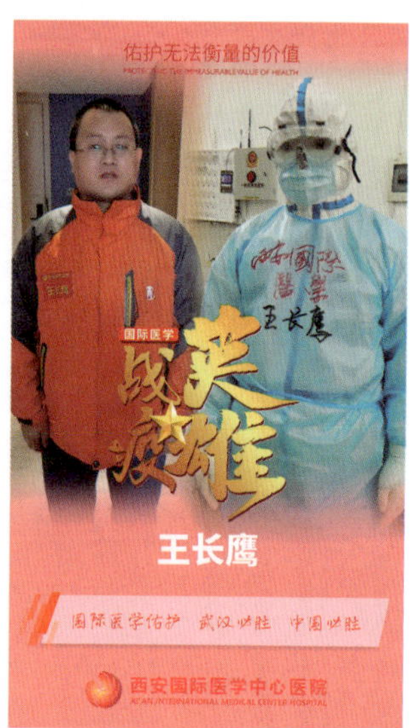

佑护无法衡量的价值
国际医学
战疫英雄
王长鹰
国际医学佑护 武汉必胜 中国必胜
西安国际医学中心医院
XI'AN INTERNATIONAL MEDICAL CENTER HOSPITAL

佑护无法衡量的价值
国际医学
战疫英雄
卫金曼
敬畏生命 守护希望
努力铸就守卫中华民族的铁血长城
西安国际医学中心医院
XI'AN INTERNATIONAL MEDICAL CENTER HOSPITAL

佑护无法衡量的价值
国际医学
战疫英雄
魏 丹
作为一名护士 这是我的责任和义务
不抛弃不放弃
西安国际医学中心医院
XI'AN INTERNATIONAL MEDICAL CENTER HOSPITAL

佑护无法衡量的价值
国际医学
战疫英雄
魏洁琼
不忘初心 砥砺前行
西安国际医学中心医院
XI'AN INTERNATIONAL MEDICAL CENTER HOSPITAL

佑护无法衡量的价值
国际医学
战疫英雄
魏 兰
以梦为马不负韶华
西安国际医学中心医院
XI'AN INTERNATIONAL MEDICAL CENTER HOSPITAL

佑护无法衡量的价值
国际医学
战疫英雄
温 乐
如果奇迹有颜色 那一定是中国红
西安国际医学高新医院
XI'AN INTERNATIONAL MEDICAL GAOXIN HOSPITAL

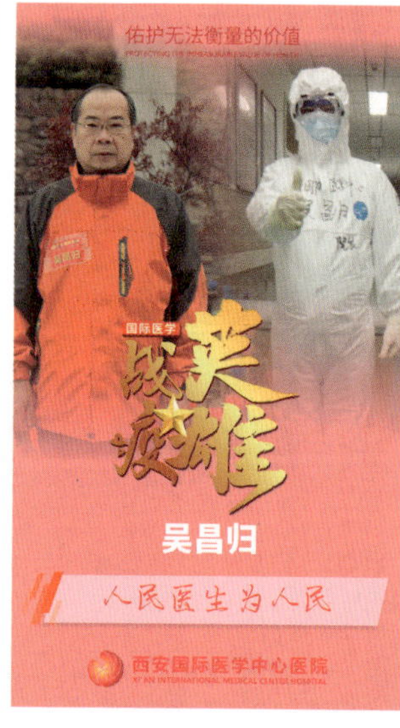

佑护无法衡量的价值
国际医学
战疫英雄
吴昌归
人民医生为人民
西安国际医学中心医院
XI'AN INTERNATIONAL MEDICAL CENTER HOSPITAL

佑护无法衡量的价值
PROTECTING THE IMMEASURABLE VALUE OF HEALTH
国际医学
战疫英雄
吴 香
国家有难 匹夫有责
身为一名护士义不容辞
西安国际医学中心医院
XI'AN INTERNATIONAL MEDICAL CENTER HOSPITAL

佑护无法衡量的价值
PROTECTING THE IMMEASURABLE VALUE OF HEALTH
国际医学
战疫英雄
吴 钊
只要能尽我所能 能有所用
我愿意付出我的一切甚至是生命
西安国际医学中心医院
XI'AN INTERNATIONAL MEDICAL CENTER HOSPITAL

佑护无法衡量的价值
PROTECTING THE IMMEASURABLE VALUE OF HEALTH
国际医学
战疫英雄
兀云飞
云开雾散终有时 守得清心待月明
西安国际医学中心医院
XI'AN INTERNATIONAL MEDICAL CENTER HOSPITAL

佑护无法衡量的价值
PROTECTING THE IMMEASURABLE VALUE OF HEALTH
国际医学
战疫英雄
向 丹
用自己微薄的力量
在我热爱的岗位上 为祖国助力
西安国际医学中心医院
XI'AN INTERNATIONAL MEDICAL CENTER HOSPITAL

佑护无法衡量的价值
PROTECTING THE IMMEASURABLE VALUE OF HEALTH
国际医学
战疫英雄
肖晶晶
生命的意义是敬畏和尊重
西安国际医学中心医院
XI'AN INTERNATIONAL MEDICAL CENTER HOSPITAL

佑护无法衡量的价值
PROTECTING THE IMMEASURABLE VALUE OF HEALTH
国际医学
战疫英雄
肖水亮
想辅导儿子写作业
想亲亲女儿的小脸蛋
西安国际医学高新医院
XI'AN INTERNATIONAL MEDICAL GAOXIN HOSPITAL

佑护无法衡量的价值
PROTECTING THE IMMEASURABLE VALUE OF HEALTH
国际医学
战疫英雄
肖顺凤
只要医患同心同德 建筑起相互理解 心灵相通的
生命共同体 我们就一定能够战胜无情的病毒
西安国际医学中心医院
XI'AN INTERNATIONAL MEDICAL CENTER HOSPITAL

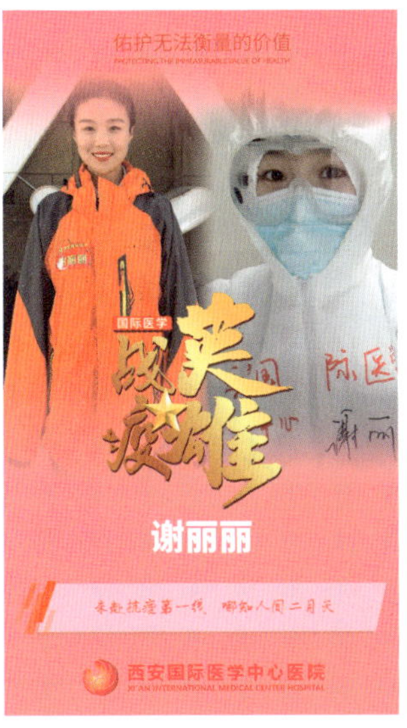

佑护无法衡量的价值
PROTECTING THE IMMEASURABLE VALUE OF HEALTH
国际医学
战疫英雄
谢丽丽
奔赴抗疫第一线 哪知人间二月天
西安国际医学中心医院
XI'AN INTERNATIONAL MEDICAL CENTER HOSPITAL

佑护无法衡量的价值
PROTECTING THE IMMEASURABLE VALUE OF HEALTH
国际医学
战疫英雄
谢 淼
作为呼吸专业医生
同呼吸共命运 胜利将属于我们的
西安国际医学中心医院
XI'AN INTERNATIONAL MEDICAL CENTER HOSPITAL

佑护无法衡量的价值
PROTECTING THE IMMEASURABLE VALUE OF HEALTH
国际医学
战疫英雄
谢秀娟
为生命而战 为自己的初心而战
西安国际医学中心医院
XI'AN INTERNATIONAL MEDICAL CENTER HOSPITAL

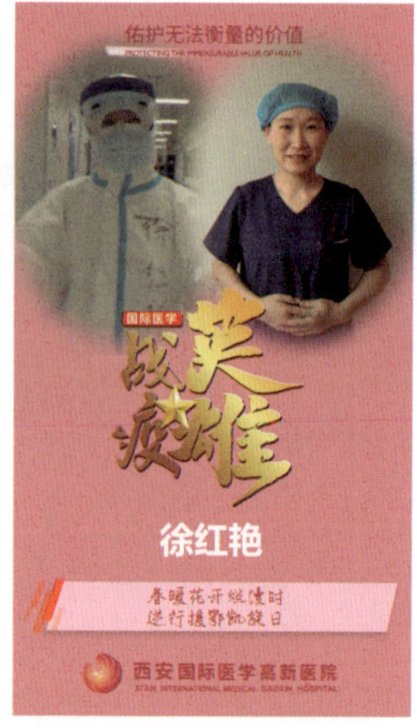
佑护无法衡量的价值
PROTECTING THE IMMEASURABLE VALUE OF HEALTH
国际医学
战疫英雄
徐红艳
春暖花开樱绽时
逆行援鄂凯旋日
西安国际医学高新医院
XI'AN INTERNATIONAL MEDICAL GAOXIN HOSPITAL

佑护无法衡量的价值
PROTECTING THE IMMEASURABLE VALUE OF HEALTH
国际医学
战疫英雄
徐小刚
祝福国际医学 祝福祖国
祝福人民 祝福武汉
西安国际医学中心医院
XI'AN INTERNATIONAL MEDICAL CENTER HOSPITAL

佑护无法衡量的价值
PROTECTING THE IMMEASURABLE VALUE OF HEALTH
国际医学
战疫英雄
徐 阳
佑护无法衡量的价值
西安国际医学中心医院
XI'AN INTERNATIONAL MEDICAL CENTER HOSPITAL

佑护无法衡量的价值
PROTECTING THE IMMEASURABLE VALUE OF HEALTH
国际医学
战疫英雄
徐 媛
抗击疫情 后勤就在你身边 为你保驾护航
西安国际医学中心医院
XI'AN INTERNATIONAL MEDICAL CENTER HOSPITAL

佑护无法衡量的价值
PROTECTING THE IMMEASURABLE VALUE OF HEALTH
许香清
国际医学
战疫英雄
许香清
发光不是太阳的权利 每个人都可以
西安国际医学中心医院
XI'AN INTERNATIONAL MEDICAL CENTER HOSPITAL

佑护无法衡量的价值
PROTECTING THE IMMEASURABLE VALUE OF HEALTH
国际医学
战疫英雄
许祖科
党员冲在前 防控在一线
西安国际医学中心医院
XI'AN INTERNATIONAL MEDICAL CENTER HOSPITAL

佑护无法衡量的价值
PROTECTING THE IMMEASURABLE VALUE OF HEALTH
国际医学
战疫英雄
薛光璇
如约而至的不止是春天
还有平安快乐的生活
西安国际医学高新医院
XI'AN INTERNATIONAL MEDICAL GAOXIN HOSPITAL

佑护无法衡量的价值
PROTECTING THE IMMEASURABLE VALUE OF HEALTH
国际医学
战疫英雄
薛梅梅
抗疫道路且长 但前面有光
疫情虽无情 众志定胜利
西安国际医学中心医院
XI'AN INTERNATIONAL MEDICAL CENTER HOSPITAL

佑护无法衡量的价值
国际医学
战疫英雄
薛婷宇
战"疫"前线 坚信我们会赢 坚信爱会赢
武汉加油 中国加油 国际医学加油
西安国际医学中心医院

佑护无法衡量的价值
国际医学
战疫英雄
薛 妍
只有爱在流淌 才有生的希望
西安国际医学中心医院

佑护无法衡量的价值
国际医学
战疫英雄
闫 琳
爱和希望比病毒蔓延得更快
每一种爱都能刻进武汉的心脏
西安国际医学高新医院

佑护无法衡量的价值
国际医学
战疫英雄
杨 峰
逆行 要有勇敢的精神 更要科学的思维
西安国际医学中心医院

佑护无法衡量的价值
国际医学
战疫英雄
杨俊丽
所有的付出都是值得的
西安国际医学中心医院

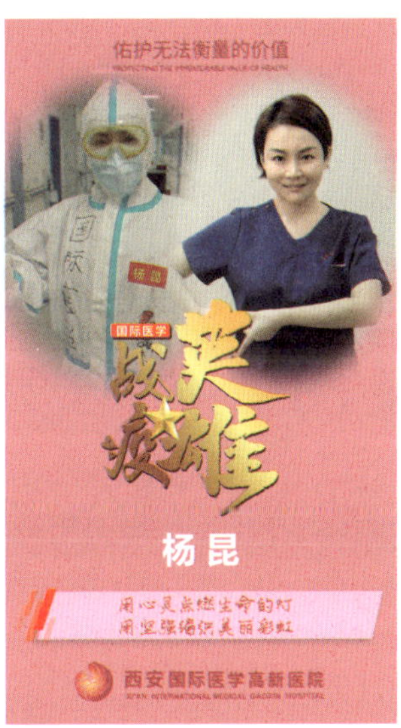

佑护无法衡量的价值
国际医学
战疫英雄
杨 昆
用心灵点燃生命的灯
用坚强编织美丽彩虹
西安国际医学高新医院

佑护无法衡量的价值
国际医学
战疫英雄
杨 磊
内心的坚韧是治愈疾病的一剂良药
西安国际医学中心医院

佑护无法衡量的价值
国际医学
战疫英雄
杨妮妮
一心赴救抗疫情 众志成城迎胜利
西安国际医学中心医院

佑护无法衡量的价值
国际医学
战疫英雄
杨 鹏
战召必回 无怨无悔
西安国际医学中心医院

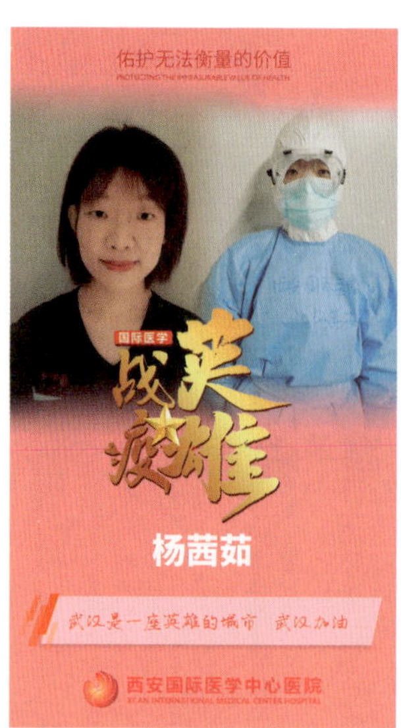
佑护无法衡量的价值
国际医学
战疫英雄
杨茜茹
武汉是一座英雄的城市 武汉加油
西安国际医学中心医院

佑护无法衡量的价值
国际医学
战疫英雄
杨 莎
寒冬和黑夜终会过去
春天与黎明将如期而至
西安国际医学中心医院

佑护无法衡量的价值
国际医学
战疫英雄
杨田丽
秦楚古相谊 有难自相扶
西安国际医学中心医院

佑护无法衡量的价值
国际医学
战疫英雄
杨旭东
让患者康复回家是我们目标
西安国际医学中心医院

佑护无法衡量的价值
国际医学
战疫英雄
杨一婷
你若安好 便是晴天
西安国际医学高新医院

佑护无法衡量的价值
国际医学
战疫英雄
杨 园
众志成城 齐心协力抗击疫情
武汉加油 中国必胜
西安国际医学中心医院

佑护无法衡量的价值
国际医学
战疫英雄
杨宗义
能被医院选中为抗疫战士 深感荣幸
西安国际医学中心医院

佑护无法衡量的价值
国际医学
战疫英雄
姚灵玉
沪鄂异城 抗疫同天 化零新生
身披战袍 抗击新冠 期待光明
西安国际医学中心医院

佑护无法衡量的价值
国际医学
战疫英雄
宜玉倩
正义之光 照在了大地上
把每个黑暗的地方全部都照亮
西安国际医学中心医院

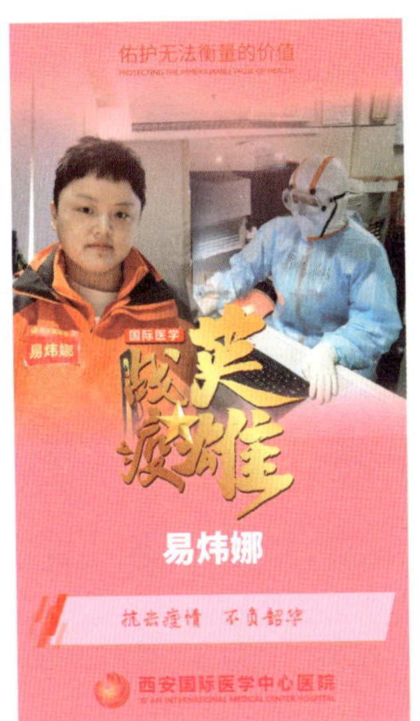
佑护无法衡量的价值
国际医学
战疫英雄
易炜娜
抗击疫情 不负韶华
西安国际医学中心医院

佑护无法衡量的价值
国际医学
战疫英雄
尹大宇
同舟共济 抗击疫情
西安国际医学中心医院

佑护无法衡量的价值
国际医学
战疫英雄
尹 强
施天使之爱 佑百姓健康
西安国际医学中心医院

佑护无法衡量的价值
国际医学
战疫英雄
雍翠翠
作为护士 提灯照暗夜
我们定能看到胜利的曙光
西安国际医学中心医院

佑护无法衡量的价值
国际医学
战疫英雄
于 杰
惟愿此后千百年 九州大地
人声鼎沸 国泰民安
西安国际医学中心医院

佑护无法衡量的价值
国际医学
战疫英雄
于诗芸
想看车水马龙的街道和熙熙攘攘的
人群 唯愿四季平安
西安国际医学中心医院

佑护无法衡量的价值
国际医学
战疫英雄
于燕喃
岂曰无衣 与子同袍
西安国际医学中心医院

佑护无法衡量的价值
国际医学
战疫英雄
于哲哲
因为被需要 所以勇往直前
医患同心 共抗疫情
西安国际医学中心医院

佑护无法衡量的价值
国际医学
战疫英雄
袁克文
彻底战胜新冠疫魔
早日回归正常生活
西安国际医学中心医院

佑护无法衡量的价值
国际医学
战疫英雄
袁 沙
以心为灯　愿作生命的守护天使
西安国际医学中心医院

佑护无法衡量的价值
国际医学
战疫英雄
袁天栋
我践行　新时代南丁格尔誓言
西安国际医学中心医院

佑护无法衡量的价值
国际医学
战疫英雄
袁永兴
在这个特殊的时期遇见了最好的你们
西安国际医学中心医院

佑护无法衡量的价值
国际医学
战疫英雄
岳金翠
不畏艰险　不辱使命
坚持到最后　胜利在望
西安国际医学高新医院

佑护无法衡量的价值
国际医学
战疫英雄
张 波
人生　总会有不期而遇的温暖
和生生不息的希望
西安国际医学中心医院

佑护无法衡量的价值
国际医学
战疫英雄
张 博
总有一天　斜阳下的光会映在白墙之上
西安国际医学中心医院

佑护无法衡量的价值
国际医学
战疫英雄
张彩燕
待春分吹绿长江两岸　武大樱
花准时开放　相信明天会更好
西安国际医学高新医院

佑护无法衡量的价值
国际医学
战疫英雄
张春燕
敬畏职责　敬畏生命
西安国际医学中心医院

佑护无法衡量的价值
国际医学
战疫英雄
张丁肇星
苟利国家生死以岂因祸福避趋之
西安国际医学中心医院

佑护无法衡量的价值
国际医学
战疫英雄
张 虹
吾做之事 职责之中 中国加油
西安国际医学中心医院

佑护无法衡量的价值
国际医学
战疫英雄
张 欢
疫情结束 我想带着我的家人
去看祖国的大美河山
西安国际医学高新医院

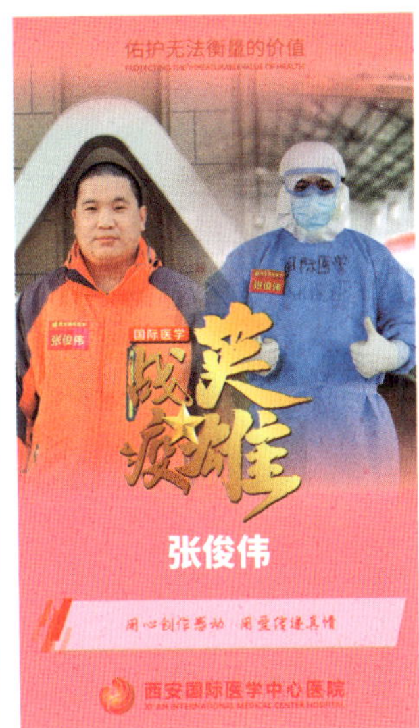
佑护无法衡量的价值
国际医学
战疫英雄
张俊伟
用心创作感动 用爱传递真情
西安国际医学中心医院

佑护无法衡量的价值
国际医学
战疫英雄
张奎伟
用真诚的心去善待痛苦中的病人
西安国际医学中心医院

佑护无法衡量的价值
国际医学
战疫英雄
张丽娟
我们都是平凡的普通人
但穿上白衣 我们必须坚强
西安国际医学中心医院

佑护无法衡量的价值
国际医学
战疫英雄
张 琳
所有细微之下 都隐藏着春暖花开
冰面破裂的巨响
西安国际医学中心医院

佑护无法衡量的价值
国际医学
战疫英雄
张 璐
西安国际医学中心医院

佑护无法衡量的价值
国际医学
战疫英雄
张 璐
面对困难我们绝不退缩
坚决打赢这场攻坚战
西安国际医学中心医院

佑护无法衡量的价值
国际医学
战疫英雄
张璐凡
我们同努力 疫情定可防
西安国际医学中心医院

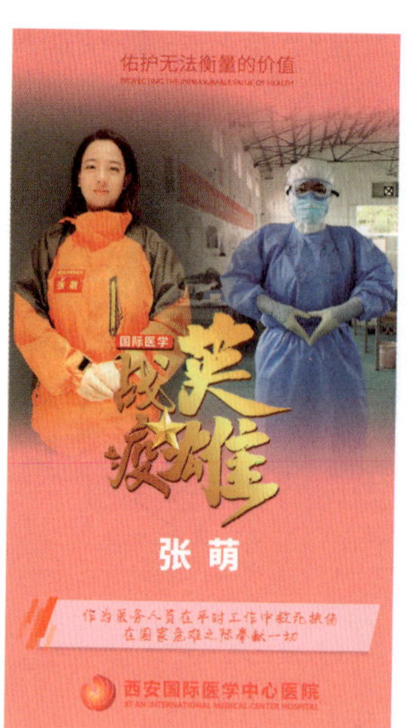
佑护无法衡量的价值
国际医学
战疫英雄
张萌
作为医务人员在平时工作中救死扶伤
在国家危难之际奉献一切
西安国际医学中心医院
XI'AN INTERNATIONAL MEDICAL CENTER HOSPITAL

佑护无法衡量的价值
国际医学
战疫英雄
张蒙
爱之花开放的地方 生命便能欣欣向荣
西安国际医学中心医院
XI'AN INTERNATIONAL MEDICAL CENTER HOSPITAL

佑护无法衡量的价值
国际医学
战疫英雄
张佩
没有被禁锢的城 只有不离开的爱
西安国际医学商洛医院

佑护无法衡量的价值
国际医学
战疫英雄
张荣荣
同心抗疫 共待花期
西安国际医学中心医院
XI'AN INTERNATIONAL MEDICAL CENTER HOSPITAL

佑护无法衡量的价值
国际医学
战疫英雄
张淑芬
疫情结束后早日回家
好好抱抱儿子 畅快地吃一顿火锅
西安国际医学高新医院
XI'AN INTERNATIONAL MEDICAL GAOXIN HOSPITAL

佑护无法衡量的价值
国际医学
战疫英雄
张天政
遇困难 战疫情 作一位有担当的医生
西安国际医学中心医院
XI'AN INTERNATIONAL MEDICAL CENTER HOSPITAL

佑护无法衡量的价值
国际医学
战疫英雄
张文静
沧海横流方显本色 大浪淘沙始见真金
西安国际医学中心医院
XI'AN INTERNATIONAL MEDICAL CENTER HOSPITAL

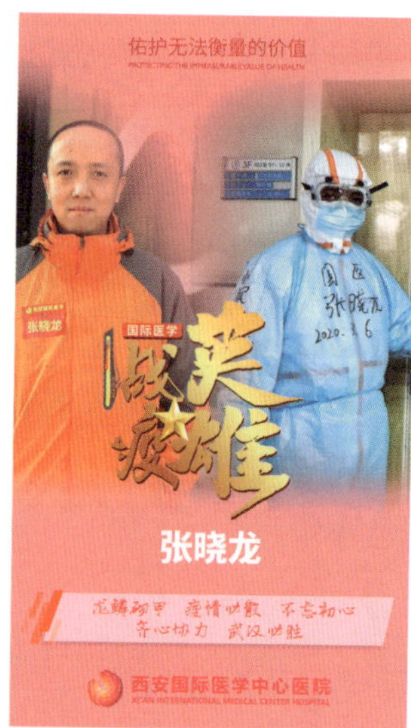
佑护无法衡量的价值
国际医学
战疫英雄
张晓龙
疫情必散 不忘初心
齐心协力 武汉必胜
西安国际医学中心医院
XI'AN INTERNATIONAL MEDICAL CENTER HOSPITAL

佑护无法衡量的价值
国际医学
战疫英雄
张欣
用心生活 超越自己 和生命一起精彩
西安国际医学中心医院
XI'AN INTERNATIONAL MEDICAL CENTER HOSPITAL

佑护无法衡量的价值
国际医学
战疫英雄
张 雪
愿所有痛痛都会被温暖治愈
中国加油 武汉加油
西安国际医学中心医院
XI'AN INTERNATIONAL MEDICAL CENTER HOSPITAL

佑护无法衡量的价值
国际医学
战疫英雄
张雪华
职责所在 义无反顾
胜利定会属于我们
西安国际医学中心医院
XI'AN INTERNATIONAL MEDICAL CENTER HOSPITAL

佑护无法衡量的价值
国际医学
战疫英雄
张雪婷
带大家平安回家 就是我的任务
西安国际医学中心医院
XI'AN INTERNATIONAL MEDICAL CENTER HOSPITAL

佑护无法衡量的价值
国际医学
战疫英雄
张玉涛
用行动诠释医者担当
用关爱抚慰患者心灵
西安国际医学中心医院
XI'AN INTERNATIONAL MEDICAL CENTER HOSPITAL

佑护无法衡量的价值
国际医学
战疫英雄
张玉艳
看朝阳冲破黑夜 我和你眺望光芒
西安国际医学中心医院
XI'AN INTERNATIONAL MEDICAL CENTER HOSPITAL

佑护无法衡量的价值
国际医学
战疫英雄
张愿花
吾身已许国 何妨生与伤
赤胆忠心 保家卫国
西安国际医学中心医院
XI'AN INTERNATIONAL MEDICAL CENTER HOSPITAL

佑护无法衡量的价值
国际医学
战疫英雄
张 云
没有什么岁月静好 只不过是有一群白衣使者
在负重前行 他们要逆风而行 却向阳而生 绽放光彩
西安国际医学中心医院
XI'AN INTERNATIONAL MEDICAL CENTER HOSPITAL

佑护无法衡量的价值
国际医学
战疫英雄
张子煜
竭我所能 尽我全力
义无反顾 勇往直前
西安国际医学中心医院
XI'AN INTERNATIONAL MEDICAL CENTER HOSPITAL

佑护无法衡量的价值
西安
医学
陕西省医疗队
医用物资
国际医学
战疫英雄
章建新
向所有奋战防疫一线的
医务工作者和工作人员致敬
西安国际医学中心医院
XI'AN INTERNATIONAL MEDICAL CENTER HOSPITAL

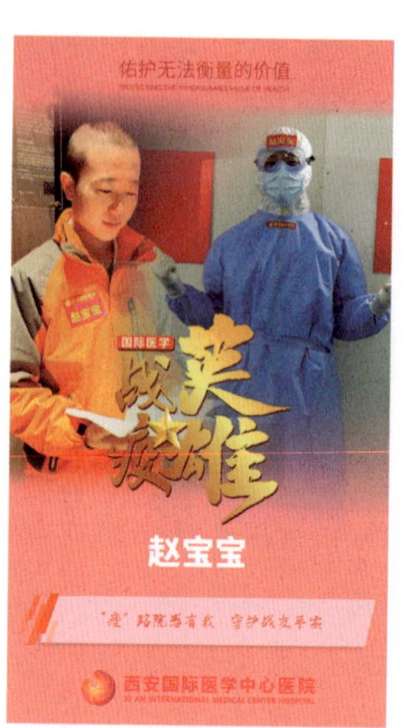
佑护无法衡量的价值
国际医学
战疫英雄
赵宝宝
"疫"路陪患有我 守护战友平安
西安国际医学中心医院

佑护无法衡量的价值
国际医学
战疫英雄
赵丹妮
胜利终将属于每一个热爱这片土地的人
西安国际医学中心医院

佑护无法衡量的价值
国际医学
战疫英雄
赵凡凡
心点亮一盏灯 爱聚成一座城
西安国际医学中心医院

佑护无法衡量的价值
国际医学
战疫英雄
赵建波
有国 有家 有人民
有你 有我 有大家 我们一定能赢
西安国际医学中心医院

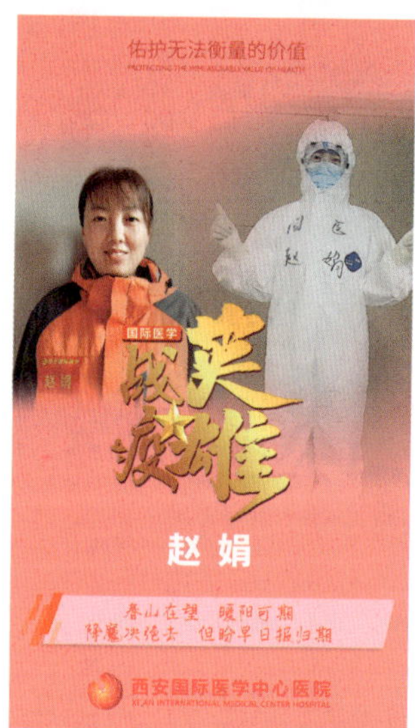
佑护无法衡量的价值
国际医学
战疫英雄
赵 娟
春山在望 暖阳可期
降魔决绝去 但盼早日报归期
西安国际医学中心医院

佑护无法衡量的价值
国际医学
战疫英雄
赵蕾蕾
想吃火锅 想陪家人
西安国际医学高新医院
XI'AN INTERNATIONAL MEDICAL GAOXIN HOSPITAL

佑护无法衡量的价值
国际医学
战疫英雄
赵玲玲
国家有难 身为"国家的孩子"
我们有责任有义务去回报祖国
西安国际医学中心医院

佑护无法衡量的价值
国际医学
战疫英雄
赵田霞
不忘初心 砥砺前行
西安国际医学中心医院

佑护无法衡量的价值
国际医学
战疫英雄
赵婷婷
共抗疫情 静待春天 爱不缺席
西安国际医学中心医院

佑护无法衡量的价值
国际医学
战疫英雄
赵温馨
为你岁月静好我愿负重前行
西安国际医学中心医院

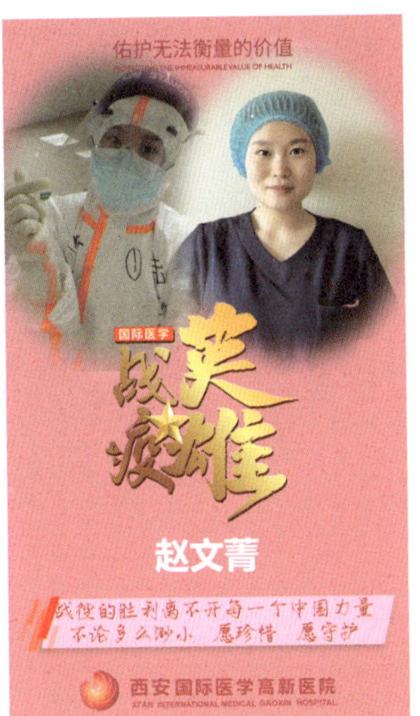
佑护无法衡量的价值
国际医学
战疫英雄
赵文菁
战疫的胜利离不开每一个中国力量
不论多么渺小 愿珍惜 愿守护
西安国际医学高新医院

佑护无法衡量的价值
国际医学
战疫英雄
赵文娟
苟以国家生死以 岂以祸福所避之
西安国际医学中心医院

佑护无法衡量的价值
国际医学
战疫英雄
赵雪妮
一群人 一条路 我们一起加油
武汉加油 中国加油
西安国际医学中心医院

佑护无法衡量的价值
国际医学
战疫英雄
赵亚军
拼过命了 无怨无悔了
西安国际医学高新医院

佑护无法衡量的价值
国际医学
战疫英雄
赵 燕
为天使护航 陪患人"疫"路坚守
西安国际医学中心医院

佑护无法衡量的价值
国际医学
战疫英雄
郑 星
愿生命如夏花般灿烂绽放
一切美好都如约而至
西安国际医学中心医院

佑护无法衡量的价值
国际医学
战疫英雄
郑雨晴
拼过命了 无怨无悔了
西安国际医学高新医院

佑护无法衡量的价值
国际医学
战疫英雄
周红社
这次抗疫是我人生中最难忘的一次经历
能生活在这样的国度里深感荣幸
西安国际医学高新医院

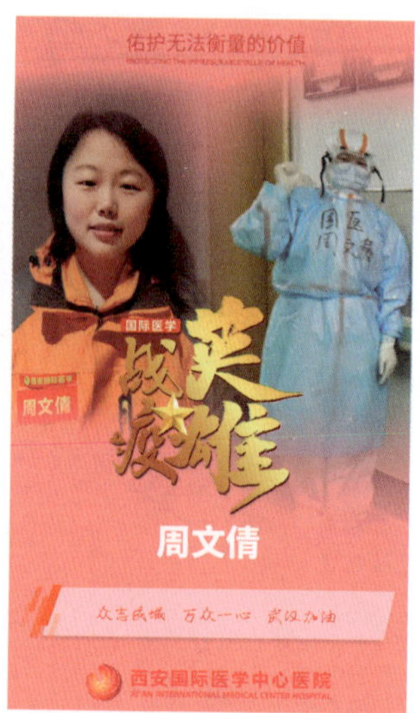

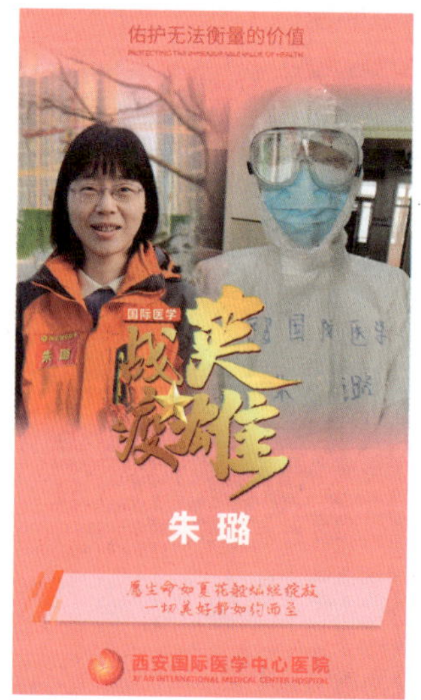

（共计 330 名英雄，排名不分先后。）